Jana Al-Hassan

Stockwerk 99

Jana Al-Hassan

STOCKWERK 99

Aus dem Arabischen von
Christine Battermann

SWALLOW EDITIONS
SCHILER

Bibliografische Information der Deutschen Nationalbibliothek
Die Deutsche Nationalbibliothek verzeichnet diese Publikation in der Deutschen Nationalbibliografie; detaillierte bibliografische Daten sind im Internet über http://dnb.ddb.de abrufbar.

SWALLOW EDITIONS
Gegründet und herausgegeben von
Rafik Schami

Die Übersetzung aus dem Arabischen wurde mit Mitteln des Auswärtigen Amtes unterstützt durch Litprom e.V. – Literaturen der Welt.

Arabischer Originaltitel: Tabiq 99

Difaf Publishing, Beirut / Edition El-Ikhtilef, Algier

Englische Erstveröffentlichung: Floor 99

Deutsche Erstausgabe
1. Auflage 2018
Lektorat: Patricia Ober
Satz und Umschlag: textintegration.de
Foto der Autorin: Ali Fathi
Swallow Editions Symbol © Root Leeb
Druck: Standartų Spaustuvė, Vilnius
Printed in Lithuania

ISBN 978-3-89930-081-9

Vielleicht ist Heimat kein Ort, sondern einfach ein unveränderlicher Zustand.

James Baldwin

Erster Teil

— 1 —

New York, im Frühling 2000

Zu Beginn unserer Beziehung beobachtete ich Hilda gern stundenlang im Spiegel. Ich führte sie absichtlich in Cafés oder an andere Orte, wo es viele Spiegel gab, und sah dort mehr ihr Bild an als sie selbst. Ich wollte es gleichsam losgelöst von ihr betrachten, weil sich aus verschiedenen Perspektiven meist am ehesten zeigt, wie ein Mensch wirklich ist, man andererseits aber außerordentlichen Mut braucht, sich dieses spezifische Selbst anzuschauen.

Normalerweise warf ich zunächst einen verstohlenen Blick auf ihre honigfarbenen Augen, um ihn anschließend zu ihrer feinen Nase, den vollen Lippen und der kleinen Rinne dazwischen wandern zu lassen. Irgendetwas zwischen Nase und Oberlippe einer Frau entzückte mich immer besonders, die Zartheit vielleicht. Auch die Länge ihrer Finger und die Größe ihrer Hand spielten eine Rolle, als verriete die Hand, was der übrige Körper verbarg.

Ich betrachtete ihr Gesicht, bis sie zu mir hinsah, wandte den Blick dann ab und richtete ihn erneut auf den Spiegel. Wieder alleine, verglich ich stets die Hilda, die ich berühren konnte, mit ihrem Bild. Und schließlich trieb ich die Verrücktheiten so weit, vor dem Spiegel Sex mit ihr zu haben und sie zu bitten, sich selbst dabei zu beobachten, genau hinzusehen, wie ihr Körper sich bewegte. Ich registrierte, wie sie sich verschämt nach ihrem Hinterteil umdrehte und weiter hinunter bis zu ihren Unterschenkeln blickte, wie sie dann lächelte und ihren Kopf an dem Teil meines Körpers vergrub, der ihr am nächsten war. In solchen Momenten breitete sich ihr langes, weiches braunes Haar über ihre Schultern und meine Arme, und sie sah aus wie eine Frau, die auf der Flucht war, der Welt den Rücken kehrte und bei mir Schutz suchte.

Aus irgendeinem Grund jedoch – selbst jetzt könnte ich ihn nicht genau nennen – wurde mir das Spiel mit den Spiegeln allmählich verhasst, und zwar gerade zu dem Zeitpunkt, als Hilda begann, Gefallen daran zu finden. Ich wünschte mir, ich hätte es ihr niemals beigebracht. Es war, als hätte sie mein Geheimnis gelüftet oder mir meine Vorstellung von der wahren Beschaffenheit des Menschen und seinem Spiegelbild gestohlen. Ich fürchtete, sie würde über das, was sie war, hinauswachsen und ihr gesamtes Potenzial an Perspektiven entfalten, von denen der Mensch sonst vielleicht nie im Leben erfährt.

Und noch etwas änderte sich, als Hilda anfing, in die Spiegel zu schauen: Ich begann, mich ihr gegenüber minderwertig zu fühlen. Ich hatte keine Freude mehr an dem Spiel mit den Bildern, sondern brannte vor Wut, sobald sie beim Sex den Kopf hob, um sich anzusehen, und wartete nur darauf, dass sie ihren Kopf wieder wie sonst schamhaft an meinem Körper barg. Doch das dauerte mit jedem Mal länger. Wenn Hilda aufgehört hatte, uns bei der Liebe zu beobachten, suchte sie nicht mehr Schutz bei mir, sondern sah mich stattdessen scharf an und zog mich an sich. Dann drang ich mit Gewalt in sie ein, bis sie nachgab und unter meinen Händen dahinschmolz.

Nachdem ich ihr beigebracht hatte, sich selbst nachzulaufen, floh die Kleine nun vor mir! Dumm und töricht, wie ich war, hatte ich ihr versehentlich mein Geheimnis enthüllt. Denn je öfter ich in den Spiegel starrte, desto mehr konzentrierte ich meine Blicke darauf und umso stärker war ich mit meinem eigenen Selbst konfrontiert. Anders als früher ließ sie nun auch die Augen auf, wenn ich sie küsste. Allerdings gab ich mich erst zufrieden, wenn sie sich wieder dem Dunkel überließ, als wäre das der Beweis dafür, dass sie in der Liebe völlig aufging und sich ganz von der äußeren Welt abschloss.

Es war lange her, dass ich mein Gesicht angeschaut hatte, und eine Zeit lang hatte ich die Narbe, die sich von meinem Auge bis unter die linke Wange zog, fast vergessen. Dabei hatte ich mich gar nicht bemüht, diesen dauerhaften äußeren Makel zu ignorieren, sondern manchmal tatsächlich nicht mehr an ihn gedacht, genau wie wir viele andere Dinge in unserem Leben übersehen, die uns nur zufällig oder bei Bedarf wieder in den Sinn kommen.

Mit Hilda hatte ich vieles aus den Augen verloren, als hätte es nie existiert: die Märkte von Sabra und Schatila, den Schweißgeruch der Leute, die dort verkehrten. Die beengten Häuser, die wie aneinandergeklebte Pappschachteln aussahen, und die Räume, die die Lagerbewohner, als der Boden knapp wurde, ohne jede Regel daran anbauten. Als den »knappen Boden« beschrieb ihn mein Verwandter Muhammad, der »dort« wohnte. Ein wütender Boden, der im Begriff schien, uns zu verschlingen, erbost über uns, nicht weil wir ihn besetzt hatten, sondern weil er und wir das Elend miteinander teilten – und den Wunsch, uns daraus zu befreien. Man hatte uns auf ihm abgeworfen, und wir hatten uns einer auf den anderen gestürzt. Nun hielt man den Beton und uns auf ein paar Quadratkilometern gefangen, die unserer Vergangenheit und unseren Erinnerungen keinen Raum boten, sich allein als unsere Gegenwart zur Verfügung stellten und unsere Zukunft blockierten. So sind die Flüchtlingslager, weder Zuhause noch Heimat, nichts als übervölkerte Orte.

Die Narbe in meinem Gesicht, mein versehrtes Bein und den Schmerz, der, wie der Arzt mich gewarnt hatte, unerträglich werden könnte, hatte ich vergessen, genau wie die Last meines Körpers, die Sorgen des Alltags und meine Müdigkeit. Wirklich vergessen? Oder nur so getan? Was sonst ist denn Vergessen als eine zeitweise Stilllegung der Wunde? Und sobald die nächste Station erreicht ist, drehen sich die Räder weiter.

Der Zug näherte sich dem Ziel. Meine Liebste und ich hielten uns an den Händen, als wären wir sicher, das Herz des anderen zu verlieren, und versuchten deshalb, die Nägel hineinzuschlagen oder die Flamme unserer ersten Liebestage in der Hand zu bergen, damit sie nicht erlosch. Doch schon hatte uns das Feuer ergriffen, und wir verbrannten.

Beim Warten auf ein Treffen mit Hilda verging mir die Zeit immer schnell, und ich musste grinsen, wenn ich mir Dialoge ausdachte, die wir wahrscheinlich nie führen würden. Selbst Warten war keine Last, sondern bot mir Raum für den Genuss, mir Hilda vorzustellen: Was würde sie anhaben? Einen ihrer weiten Röcke oder ihre violette Lieblingsjacke? Welches Parfum würde sie tragen? Würde sie mich ärgern und nachhaken, ob ich noch wusste, wie es hieß? Wie würde sie beim Essen ihre Lippen bewegen, wie oft würde sie lachen? Was würde sie mir von ihren Freunden erzählen, und worüber könnte sie sich beschweren? Würde sie mir eine neu erfundene Tanzfigur zeigen und mich auf dem Sofa platzieren, damit ich zusah, wie ihr Körper durch die Luft wirbelte?

Immer wenn ich an Hilda dachte, hatte ich das Gefühl, als entstünden dort, wo die Haut in meinem Gesicht zerfressen war und sich die Narbe gebildet hatte, frische und gesunde neue Zellen, als wüchse Haut unter dem Fleisch hervor, und das Blut ergrünte und erblühte in weißen, roten und gelben Blutkörperchen, sodass ich plötzlich schön wurde.

Aber seit meine junge Freundin, nachdem sie sich öfter darüber beklagt hatte, dass ich nicht bei ihr war, beschlossen hatte, sich ein wenig von mir abzusetzen, und sich die Zeit anderweitig vertrieb, war ich jedes Mal nahe daran zu ersticken, wenn ich sie umarmte. Sobald ich die Arme um sie legte und sie an mich zog, kam es mir vor, als wäre da eine Distanz, die unsere Körper daran hinderte, sich aneinanderzuschmiegen, ich meinte, ihre Taille böge sich zurück und wiche mir aus. Dieses Gefühl hatte ich inzwischen selbst in Momenten größter Nähe und Intimität, als läge zwischen uns eine Kluft, die sie von mir trennte.

Mitten in der Nacht wachte ich auf, setzte mich auf die Bettkante und betrachtete sie, wie sie, nur halb zugedeckt, dalag, und am liebsten hätte ich sie geweckt und mich lange mit ihr unterhalten. Ich wusste, ich könnte einfach ein bisschen Lärm machen, dann würde sie bemerken, dass ich nicht schlief, und fragen, ob alles in Ordnung sei. Dutzende Male hatte ich es bereits so gemacht. Ich brauchte nur zu hüsteln oder so zu tun, als wäre ich aufgestanden, um mir ein Glas Wasser zu holen, schon öffnete sie die Augen und streckte die Hand nach mir aus, um mir zu bestätigen, dass sie da war. Dann richtete ich irgendeine banale Frage an sie und begann ein Gespräch, das sich manchmal bis ins Morgengrauen zog.

Nachdem Hilda sich mein Gerede angehört hatte, schlief ich stets wieder fest ein, sorglos und in tiefer Ruhe. Dass meine Liebste nach diesen nächtlichen Gesprächen nicht mehr einschlafen konnte, war mir nie aufgefallen. Genauso wenig kam es mir in den Sinn, wenn sie neben mir lag, darüber nachzudenken, was sie träumte, oder mich gar zu fragen, ob ich ihr den Schlaf geraubt oder eine Phantasie gestört hatte, in der sie gerade unterwegs war. Ich fühlte mich einfach nur erfüllt, als hätte ich meine Last vom Rücken geworfen und könne nun wieder ausschreiten.

Jetzt aber wagte ich es nicht mehr, ihren Schlaf zu entweihen und sie zu stören. Wenn ich versuchte, nach ihren Locken zu tasten oder sie mir sanft um den Finger zu wickeln, spürte ich meine Hände unwillkürlich zittern. Während sie hier in meinem Bett schlief, nur eine Handbreit von mir entfernt, schien sie mir doch sehr weit fort, unerreichbar für mich. Als müsse eine Ewigkeit vergehen, ehe meine Lippen wieder einen Kuss oder ein herzerwärmendes Wort von ihr erflehen konnten, als würde, selbst wenn sie bis ans Ende meiner Tage »Liebster« zu mir sagte, diese Anrede nie mehr so klingen wie früher. Dass sie bei mir war, erschien mir in dieser Hinsicht wie eine Strafe, bei der ich mir nicht sicher war, ob ich sie verdient hatte.

Ich stand aus dem Bett auf und ging zur Tür, an die ich meine Krücke gelehnt hatte. Doch statt sie zur Hilfe zu nehmen, stellte ich sie beiseite und begann, absichtlich schnell, durch die Wohnung zu hinken. Dabei stampfte ich so fest auf, als wünschte ich mir, mit dem Unterkörper, beziehungsweise mit dem linken Bein, wegzuknicken und auf die Fliesen zu stürzen, um meine drückende Last loszuwerden.

In der Gewissheit jedoch, dass mein Tun nicht zu dem erstrebten Resultat führen würde, dachte ich für einen Moment, dass ich mir vielleicht nur wieder selbst beweisen wollte, ein so stahlharter Mann zu sein, dass ich mich durch nichts davon abhalten ließ, immer weiter vorwärts zu marschieren; dass ich meinem Körper gegenüber eine Trotzhaltung einnahm, indem ich manchmal mit ihm kämpfte, ihn verfluchte und böse auf ihn wurde, ihm zu anderen Zeiten jedoch Mitleid und Zärtlichkeit entgegenbrachte.

Als ich müde wurde und mein Bein so malträtiert hatte, dass es wie betäubt war und ich es nicht mehr spürte, streckte ich mich auf das große rote Sofa. Hilda hatte es ausgesucht, genau wie die honigfarbenen Stühle und den Holztisch in der Wohnzimmermitte. Als sie bei mir eingezogen war, hatte sie überhaupt sämtliche Möbel ausgetauscht. Seitdem besaßen wir dekorative Kristallvasen, silberne Schüsseln, Kerzen mit Kirsch- und Heidelbeerduft, moderne bunte Vorhänge und im Bad orangeweiße Keramik. Alles hatte sie auf den Kopf gestellt.

Obwohl es mir nach jahrelanger Armut inzwischen gut ging, hatte ich doch nie über ihren erlesenen Geschmack verfügt. Die Reichen besaßen ihn sozusagen von Geburt, für die Armen war er unerreichbar. Ich hatte ganz normale weiße Laken gekauft und Möbelstücke, die größtenteils nicht zueinander passten. Ehe Hilda die Wohnung veränderte, hatte ich nicht einmal bemerkt, welch öde Atmosphäre dort herrschte. Das düstere Olivgrün und das dunkelbraune Holz, das fast überall seine Schatten warf, wirkten wie eine Fortsetzung meines alten Zuhauses, als hätte ich unbewusst das Lager mit hierhergebracht.

Als ich mich umsah, musste ich lächeln, und auch der Schmerz im Fuß hatte nachgelassen. Es war das Lächeln eines Mannes, der über sich selbst triumphiert. Als Schutzschild für meine Einsamkeit und um die Last der Erinnerungen etwas abzuschwächen, begann ich eine andalusische Melodie zu summen.

Auch Singen ist ja eine Form des Widerstands. Verlegen sich nicht Häftlinge und Gefangene aufs Singen, statt zu jammern? Ist es für sie nicht wie ein Strahl des Lichts, dessen sie beraubt sind, ein Mittel, ihre Kehle zu überlisten, um wieder das Gefühl zu haben, eine eigene Stimme zu besitzen, die noch immer hörbar ist? Ich dachte an alle Gefangenen, die man ihrer Freiheit beraubt hatte, und summte weiter, bis ich einschlief. In meinen Träumen flogen meine Melodien zu ihnen, vereinten sich mit den ihren, und gemeinsam erhoben sich unsere Stimmen, um die Türen ihrer Kerker aufzureißen.

— 2 —

Am Morgen weckte mich Hilda, indem sie mir mit den Fingerspitzen das Gesicht streichelte und meinen Namen flüsterte. »Madschid ... Madschid ... mein Madschid!« Immer wieder rief sie leise nach mir, bis ich die Augen öffnete und sie ansah. Sie lächelte. Ich lächelte zurück, und mehrere Sekunden war es still.

»Ich hab dir Kaffee gemacht. Und schau, ich hab dir einen neuen Becher mitgebracht!« Sie zeigte zum Tisch, wo sie ihn hingestellt hatte. Es war eine hohe weiße Tasse, auf der in großen roten Buchstaben stand: »Big Hug Mug«.

»Er ist von Kate Spade«, sagte sie. »Ich habe ihn gestern in einem Geschäft am Times Square gekauft. Ich hab überhaupt jede Menge Einkäufe gemacht. Für meine Mutter und meine Schwester Ohrringe von Tiffany! Du weißt ja, wie meine Mutter ist, ihr Geschenk muss vom exklusivsten Juwelier sein, damit sie vor ihren Freundinnen damit angeben kann. Warum sagst du nichts? Gefällt dir der Becher nicht?«

Sie sprach schnell, als wollte sie einen Bogen um das eigentliche Thema machen. Denn sie wusste Bescheid, und ich ebenfalls. Aber darüber zu sprechen hatten wir auf später verschoben, genau wie das Eingeständnis, dass wir beide Bescheid wussten. Letzte Woche erst hatte sie mir in aller Ruhe mitgeteilt, dass sie vorhatte, wieder nach Beirut zu fliegen. Und je nachdem, wie die Dinge lagen, könne der Besuch sich länger hinziehen.

»Was für Dinge?«, hatte ich gefragt. »Was für Dinge? Dort gibt es nichts für dich zu tun. Dein Leben ist hier. Deine Arbeit ist hier. Dein Zuhause ist hier. Was hast du dort zu suchen?«

Hilda hatte nicht geantwortet, wie um mir weiter Gelegenheit zum Protest gegen ihre Reise zu geben. »Und ich? Hast du gar nicht daran gedacht, was es für mich bedeutet, wenn du so lange weg bist?« Meine Liebste verlegte sich ganz aufs Schweigen, wie um mich dazu zu bringen, weiter zu jammern und sie anzuflehen, dass sie blieb. Mit einem Mal war ich mir gewiss, dass ich mich genau so verhielt, wie sie es wollte, deshalb presste ich die Lippen zusammen, wandte den Blick ab und sagte nichts mehr.

Ein paar Minuten vergingen in vollkommener Stille, dann begann Hilda, ihre Reise zu rechtfertigen, und erklärte, sie sei ständig hin- und hergerissen zwischen hier und dort. Sie müsse unbedingt zurückkehren und sich noch einmal mit dem Ort konfrontieren, um verstehen zu können, wo sie jetzt stand. Sie fühle sich fremd hier, und empfinde die Zeit, in der sie fern von ihren Erinnerungen gelebt habe, als hart und schmerzhaft. Sie werde doch wiederkommen, versicherte sie mir, sie wolle sich mit ihrer Reise ja nicht von unserer Liebe lossagen.

»Ich verlasse doch nicht dich. Ich muss nur in mein Dorf, und sei es für ein paar Wochen. Ich bin jetzt auf dein Verständnis angewiesen. Unsere Liebe kann doch nichts erschüttern.«

»Die Liebe wird sich in Nichts auflösen, wenn du gehst ... Du wirst ganz in ihrer Welt aufgehen und glauben, was sie dir über mich erzählen.«

»Das wird nicht passieren.«

»Was willst du ihnen denn sagen? Ich habe mich in einen lahmen Palästinenser verliebt?«

»Gar nichts werde ich sagen. Ich gehe ja nicht, um etwas zu sagen. Versuch doch, das zu verstehen! Und außerdem bist du kein lahmer Palästinenser, sondern der Mann, den ich liebe.«

»Dann geh. Aber es wird Folgen haben.«

»Drohst du mir etwa?«

»Ich informiere dich nur.«

Sie versuchte, mir einen herausfordernden Blick zuzuwerfen, aber ihre Augen waren voller Niedergeschlagenheit und Trauer. Sie sah aus, als wolle sie einem Streit mit mir aus dem Weg gehen und verlege sich lieber aufs Schweigen. Vielleicht wollte sie irgendwann eine Bestätigung von mir, wollte, dass ich sagte, in ihrem Gedächtnis sei noch Platz, den wir mit gemeinsamen Erinnerungen füllen könnten, und ich würde mein Leben geben, um dieses »wir« zu verteidigen; oder dass ich sie anflehte, in New York zu bleiben, und sie zu überzeugen versuchte, dass sie in dieses Land gehörte und »Onkel Sam« mit ihrer Reise niemals einverstanden wäre. Aber all dies tat ich nicht, sondern meinte nur bewusst grausam, ich wünschte ihr gutes Gelingen, ich würde versuchen, auf sie zu warten, und mich in der Zwischenzeit mit meinem Teil an dieser Konfrontation mit der Vergangenheit beschäftigen. So von oben herab sprach ich, und das in arrogantem Ton, obwohl ich als Liebender meiner Liebsten gegenüber besser hätte sagen sollen, wenn sie mit ihrer Konfrontationsreise fertig sei, würde ich da sein, oder ich würde immer bei ihr sein, auch wenn sie woanders wäre.

Böse sah ich sie an. Dabei konzentrierte ich meinen Blick auf ihre Schultern. Dann ließ ich ihn nach oben wandern, bis mein Gesicht auf Höhe des ihren war. Wir starrten einander in die Augen, als warteten wir, wer den Blick als Erster abwenden würde, wie bei einem Duell. Ich wollte, dass sie die Augen schloss, dass sie traurig wurde, ängstlich. Sie so rebellisch zu sehen, reizte mich.

In diesem Moment waren wir wie Verlorene, als hätten wir dringend eine Umarmung nötig, die unseren Körpern vielleicht dazu verhelfen würde, sich wieder fest aneinanderzuschmiegen. Das Verlangen danach kreiste um uns, bald wild, bald schwach und nachgiebig. Ich starrte auf ihre Schultern, sah, in welch harmonischem Verhältnis sie zur Länge des Halses standen, und wünschte mir, ich könnte Hilda an mich ziehen und ihr sagen, wie schön sie war und wie sehr ich mir wünschte, sie hierzubehalten, direkt an meinem Herzen. Aber das tat ich nicht. Stattdessen sagte ich, ich beugte mich ihrem Entschluss, um mir dadurch den Anschein eines zivilisierten Mannes zu geben, der den möglichen Verlust in Kauf nimmt und sich großmütig damit abfindet.

In den folgenden Tagen, als sie ihre Sachen packte und sich reisefertig machte, beobachtete ich von weitem, wie sie sorgfältig ihre Kleider faltete und in den Koffer legte, und erschrak bei dem Gedanken, dass ihre Sachen bald nicht mehr in der Wohnung wären, dass ich morgens keine Wasserspuren mehr auf ihrer Zahnbürste finden würde, keine Haare im Kamm auf dem Tisch und keine Unterwäsche auf dem Boden.

Der Gedanke, dass sie meinen Kleiderschrank mit ihren Sachen belegt hatte, störte mich zu diesem Zeitpunkt nicht mehr, vielmehr hätte ich ihr gern gesagt, sie könne sich ruhig überall breitmachen, könne mich im Bett ganz an den Rand drücken, alle Decken auf ihre Seite ziehen und sich im Fernsehen ansehen, was immer ihr gefiel, ich hätte nichts dagegen, solange sie nur da war und ich abends, wenn das Leben sich zur Ruhe legte, meinen Kopf auf sie betten konnte.

Die vergangene Nacht kam mir in den Sinn, wie sie meinen Kopf an ihre Brust gezogen und an ihr Herz gelegt hatte. Gesagt hatte sie nichts, nur geweint. Nicht heftig, aber konzentriert. Immer wieder hatte ich einen Tropfen auf den Kopf bekommen, als zöge ein ganzer Schwarm von Tränen heran, als seien sie eine Geschichte, eine Geschichte von der großen Liebe, die ich, so warfen sie mir vor, nicht verstanden und eigenhändig zerstört hatte.

Ich kam mir vor wie eine Katze, die ihre Jungen, weil sie vielleicht schwächlich geboren sind, aus lauter Angst um sie verschlingt. Allerdings war Hilda zur damaligen Zeit ja noch da, und ich hatte sie auch nicht aufgefressen. Warum war dann die Hoffnung verschwunden, die Liebe wieder aufleben zu lassen? Wenn ihre Abreise so tränenreich war, warum musste sie dann überhaupt gehen?

»Ich weine nicht deinetwegen, ich weine meinetwegen ... Irgendwann wirst du es sicher verstehen.«

Etwas allerdings verstand ich nicht, nämlich warum sich Frauen immer so unklar ausdrücken müssen. Ich wusste wirklich nicht, was so verlockend an einer Vergangenheit war, in die sie, wie sie doch entschieden hatte, gar nicht hineingehörte. Weder ihr Heimweh konnte ich nachvollziehen noch, warum sie sich nicht von ihren Erinnerungen lösen konnte. Ich hatte sie anders eingeschätzt, als eine der unglaublichen Frauen nämlich, die alles, was schlimme Erinnerungen in ihnen wachrufen könnte, energisch aus dem Weg kicken und nie einen Blick zurückwerfen. Ich war davon ausgegangen, dass sie auch mir eines Tages einen solchen Tritt versetzen würde, und meinte, wenn ich vorsichtshalber einen Schritt vor ihr zurückwich, könne mir das eine sonst unvermeidliche Tortur ersparen.

Als der Tag von Hildas Abreise gekommen war, stand ich in einiger Entfernung von der Haustür und sah zu, wie der Taxifahrer die Koffer ins Auto lud. Ich begann mir verschiedene Tricks auszudenken, mit denen sich ihr Aufbruch vielleicht noch verhindern ließ, wie etwa alle Ein- und Ausgänge des Hauses abzuschließen und so zu tun, als hätte ich den Schlüssel verloren, oder gar die Luft aus den Reifen zu lassen, damit sie es nicht rechtzeitig zum Flughafen schaffte. Allerdings war ich zutiefst unfähig, ihrem

Entschluss gegenüber eine entschiedene Haltung einzunehmen, schließlich sollte sie ja von sich aus und aus freien Stücken bei mir bleiben.

Ihr Verlangen nach mir, zu spüren, dass sie mich brauchte, dass ihre Augen leuchteten, wenn sie nur an mich dachte, war das Einzige, was mich dazu motivieren konnte, Wunder zu vollbringen, um sie glücklich zu machen und damit behalten zu können. Das Einzige dagegen, was mich noch mehr vernichten konnte als ihre Abreise, war die Möglichkeit, dass sie nur aus Mitleid bei mir blieb.

Das wäre ein tödlicher Schlag, der mich vollkommen lähmen würde: das Gefühl zu haben, dass Hilda mich und sich selbst betrog und sich dazu zwang, sich um mich zu kümmern, um einer humanitären Pflicht zu genügen oder das potenzielle schlechte Gewissen zu vermeiden, das sie bekäme, wenn sie einen sozial isolierten und körperlich kranken Mann verließe, einen Mann, der hinkte und eine Narbe im Gesicht hatte. Es hätte mir bestätigt, dass ich unzulänglich war und eine Pflegerin brauchte, keine Frau. Und ich wollte nicht als krank und behindert gelten. Genau dagegen hatte ich ja mein Leben lang gekämpft.

Sie sollte mich als ihren vollwertigen Mann betrachten und sich mit mir als Frau fühlen, ganz und gar Frau, nicht als potenzielle Krankenschwester, die einen alten, vorzeitig grau gewordenen Mann umsorgte. Wenn ich sie berührte, sollte sie zittern wie ein Vögelchen im Nest, wenn die Mutter es unter ihre Fittiche nimmt, wie ein Kätzchen, das von seinem

Halter plötzlich hochgenommen oder unerwartet gestreichelt wird. Das hätte vielleicht eine Änderung in meinem Verhalten zu ihr bewirkt, es korrigiert, ja, wieder zurechtgebogen. Ich redete mir ein, auf der Reise würde ihr schon bewusst werden, dass sie meine Beute war, eine Beute, die sich mit der Zeit an ihr Gefängnis gewöhnt hatte, bis es schließlich zu ihrem Zuhause geworden war; sie würde schon einsehen, dass eine Flucht aus dem Fenster ihr Verderben wäre. Dann würde sie zurückkommen, mich abküssen und lachen, wie sie es immer tat, wenn sie feststellte, dass ich recht hatte, sie es aber nicht zugeben wollte.

— 3 —

New York, Flughafen, 2000

Hilda reiste ab. Sie trug eine transparente weiße Bluse und Jeans, eng bis zum Knie und darunter weit. Hinter sich her zog sie zwei voluminöse violette Koffer. Sie reiste ab, und ich starrte in die Abflughalle, als könne ich nicht glauben, dass sie fortging, und hoffe, sie werde umkehren. Ich schaute ihr nach, wie sie die Koffer zog, sich umdrehte und mir winkte, bis sie schließlich im Gedränge der Passagiere verschwand.

Weil ich mir einbildete, sie werde aus irgendeiner Hintertür wieder auftauchen, sah ich mich um, und mein Blick fiel auf das Schild »John-F.-Kennedy-Flughafen«. Gleich versank ich in Gedanken über diese einzigartige Persönlichkeit, ohne zu wissen, warum ich sie mit mir selbst in Verbindung brachte. Ich erinnerte mich, wie heldenhaft Kennedy gehandelt hatte, als das amerikanische Torpedoboot PT 109, das er kommandierte, im Jahr 1943 von einem japanischen Zerstörer gerammt wurde, wie er neun Besatzungsmitglieder nach langen Nächten hinter den japanischen Linien zurück aufs sichere Festland brachte. Dieses Ereignis machte ihn zum Nationalhelden, aber es zerrüttete auch seine körperliche Gesundheit und verursachte seine spätere Behinderung. Die Tragödie hat immer zwei Gesichter, eines ist heldenhaft, das andere zersetzend, als sei Größe gleichbedeutend mit Leid und Schmerz.

Ungefähr dreißig Minuten wartete ich so, ohne auch nur ein einziges Mal auf meine Armbanduhr zu schauen. Das Warten war ein Teil meiner Bemühung, zu begreifen, was geschah, als wäre mein Hirn außer Gefecht gesetzt und ich von meinem Körper getrennt und zu nichts weiter fähig, als mich mit ihm auf eine Bank zu hocken und seinem Wunsch nach vollkommener Untätigkeit nachzugeben. Wie lange ich schon so gesessen hatte, wurde mir erst bewusst, als einem Reisenden geräuschvoll der Koffer zu Boden fiel. Erst da hob ich meinen Blick. Die Leute, die sich für die Abreise bereitmachten oder auf ein Wiedersehen mit ihren Liebsten warteten, erschienen mir wie eine Bande oder eine Meute, die sich gegen mich zusammengerottet hatte. Warum hatten sie Hilda nicht aufgehalten? Nie gekannter Hass auf sämtliche Umstehende überfiel mich, und ich wollte all diesen Fremden zurufen, in dem Moment, in dem Hilda das Flugzeug bestieg, sei in meiner Brust ein Loch aufgerissen, ein Loch, das mit jeder Meile, die sie zurücklegte, größer werden würde, das wusste ich. Solch ein Verlustgefühl lässt einen erschlaffen wie ein zerschlissenes Kleidungsstück, man bleibt leer, abgerissen und zornig zurück. So war ich, wie ein Hemd, das nicht mehr in Ordnung zu bringen war, das man vielleicht flicken konnte, das aber nie mehr werden würde wie früher, nie mehr in seinen Urzustand zurückkehren.

Jetzt, wo Hilda fort war, war ich entschlossen, meinen Zorn unter Kontrolle zu halten, ihr mein Unglück nicht vorzuwerfen und zu respektieren, dass sie ein wenig Distanz brauchte, wie ich es ihr versprochen hatte. Insgeheim allerdings hätte ich gern das Götzenbild des kultivierten Mannes zerschmettert, der sich großherzig mit dem Verlust abfindet und sich damit tröstet, dass er nun mal zum Leben dazugehört. Ich hätte sie am liebsten an den Haaren zu mir gezerrt, sie vor meine Füße geworfen und dort festgehalten, sie zum Schweigen gebracht, wenn sie zu jammern versuchte, und sie wie ein vollwertiger und gesunder Mann geliebt, um sie anschließend in die Arme zu schließen, damit sie glücklich und zufrieden einschlafen konnte.

Ich hätte ihr sagen wollen, dass ich gar nicht der vorbildliche Mensch war, dass ich eine wilde Bestie in mir barg, die in meiner Haut Unterschlupf gefunden hatte, und dass ich hin und wieder, wenn sie sich dort aufblies und der Schmerz unbezähmbar wurde, den dringenden Wunsch verspürte, sie herauszulassen. Doch was konnte ich tun, um mich an Hilda zu rächen? Nichts. Ich konnte mich nur meinerseits von ihr zurückziehen, das Telefon nicht abnehmen, wenn sie anrief, um zu hören, wie es mir ging. Das war die einzige Möglichkeit, sie zu bestrafen, falls ich es wagte.

Während des gesamten Heimwegs vom Flughafen dachte ich darüber nach, was Verlust bedeutet, was es heißt, wenn wir meinen, einen Anspruch auf bestimmte Personen zu haben, und es uns zuweilen so vorkommt, als dürften sie nicht einfach aus unserem Alltag verschwinden. Ich versuchte mich mit einer Art Wunschtraum zu überlisten: Ich überlegte mir, dass auch die Abwesenheit des geliebten Menschen ein weiteres Gesicht hat, dass erst sie es einen wirklich zu schätzen lehrt, wenn er wieder da ist, und ihn einem noch wertvoller macht, dass Liebende eine gewisse Distanz brauchen, dass das Leben mit der Zeit so oder so seinen natürlichen Lauf nimmt und das Schicksal uns den, den wir brauchen, nach einer Weile wieder ans Herz presst.

Ich musste mir den Verlust als etwas Vorübergehendes, Kurzfristiges vorstellen, als etwas Temporäres, das in bestimmten Momenten des Lebens unausweichlich ist. Doch als meine Gedanken so zwischen Positivem und Negativem hin- und herwanderten, fiel mir ein, dass es ja auch ewigen Verlust gibt. Warum sonst verfolgte uns das Gespenst des Todes ständig und nahm uns die, die wir liebten? Warum blieb von manchen Menschen nach ihrem Tod in unserer Vorstellung nur noch ein starres, in einem festen Zeitrahmen fixiertes Bild zurück? War es auszudenken, dass Hildas Bild, wie sie zwischen den Passagieren verschwand, das sich mir ins Gedächtnis gebrannt hatte, das letzte sein könnte?

Es musste ein anderes Ende geben, auch wenn ich ihr dafür folgen, in ihrer Nähe wohnen, sie anrufen und ihr alles erklären musste, was ich verschwiegen hatte, als sie noch in New York war. Wenn ich »dorthin« ginge, an den Ort, den ich entschlossen war zu vergessen, würde ich vielleicht andere Worte finden, vielleicht sogar neue Möglichkeiten, mich zu artikulieren, oder einen Zungenschlag, der sich als überzeugender und zugkräftiger herausstellte. Darum bemühte ich mich ja schon mein Leben lang: mir die Bilder selbst zu schaffen, sie von mir zu weisen, wenn sie so kamen, wie sie waren, dem Leben, wann immer ich konnte, die Stirn zu bieten und den Schmerz erträglicher zu machen.

Ich konnte mich nicht mit solch einem grotesken Ende abfinden wie dem, dass Hilda mir von Beirut aus am Telefon erklären könnte, sie habe gerade festgestellt, dass sie mich nicht liebe; nachdem sie aus Heimweh in ihr Geburtsland zurückgekehrt sei, habe sie dort wieder Wurzeln geschlagen. Sagten die Leute nicht immer so: Solange man reist und nur kurzfristige Stopps einlegt, heißt das, unterwegs zu sein, aber irgendwann ist es Zeit heimzukehren?

Alles, was ich versuchte, war, mich gegen eine Rückkehr zu sperren und zu versuchen, die Vergangenheit aus meinem Gedächtnis zu tilgen, als sei dies alles nie geschehen; meine Identität und mein Land, das ich nie kennengelernt hatte, zu vergessen und vor mir selbst jedwede Bindung an irgendeinen Flecken auf der Landkarte zu leugnen.

Jetzt war ich hier, im großartigsten Land der Welt, und ging täglich am Empire State Building vorbei. Bewundernd blickte ich an seinen einhundertundzwei Stockwerken empor und machte mir Hoffnung, da nun die Gebäude sich erfolgreich bis zum Himmel durchgeschlagen hatten, ebenfalls nach »ganz oben« zu gehören, wenn ich nur im obersten Stock eines Wolkenkratzers oder Hauses stand, sodass alle Länder sich weit unter mir befänden – Beirut und Palästina, das ich nie kennengelernt hatte.

Wenn ich von hier, vom Balkon meines Büros im neunundneunzigsten Stock aus, auf die Welt hinabblickte, schien das Lager nicht existent. Und Palästina kam mir vor wie ein Land, das sich im Gedränge verlor, ein Land, dessen Ruf, falls es wagen sollte, nach mir zu verlangen, nicht zu mir durchdrang. Mein Büro war der Ort, an dem ich herrschte, heimelig und vertraut und gleichzeitig arrogant und einschüchternd. Und wenn ich bei der Möblierung der Wohnung erfolglos gewesen war, was die Ausstattung meines Arbeitsplatzes betraf, lag die Sache anders.

Es war ein modernes ovales Büro mit schwarzweißem Fliesenboden. Neben der Tür stand eine steinerne Büste der Venus, der römischen Göttin der Schönheit, Liebe und Fruchtbarkeit. Längs der Wand zog sich ein graues Sofa, daneben stand ein Glastisch, der das Licht reflektierte, und auf diesem lagen das neueste Apple-Notebook und ein Booklet, das die bekanntesten Videospiele dieses Unternehmens erklärte.

Das Büro war für mich ein Ort ohne Grenzen, dem nichts sonst gleichkam, und verband sich mit Abenteuer, Freiheit, Entdeckungen, Ungebundenheit und Kreativität. Andererseits war es wie eine Hölle, denn je mehr Gedanken und Mühen ich hineinsteckte, desto mehr wollte es. Ein Dschungel, der grinsend seinen Schlund aufriss, damit man dem Sog von Kreativität und Geschwindigkeit erlag und Täuschungen und Figuren erfand, mit denen man seinerseits die Kinder in diese furchtbare und schnelle Welt locken konnte.

In eine Welt, von der man zwar den Blick abzuwenden versuchte, die einen aber so in ihren Bann zog, dass man bis zum Schluss ganz in ihr versunken blieb. Das Autorennspiel »Formel 1« beispielsweise, das wir kürzlich entworfen hatten, gab diesen Kindern, und den Erwachsenen ebenfalls, ein Gefühl der Macht. Es machte sie zu Rennfahrprofis, sie konnten ihre Fahrzeuge aus der Bahn fliegen lassen und dann wieder auf die richtige Spur bringen, selbst wenn sie mit anderen Wagen zusammenstießen und fürchterliche Unfälle erlitten. Das Spiel gab ihnen das Gefühl, dass ihre Fehler verzeihlich waren und dass selbst die Vernichtung sie nicht daran hinderte, die Ziellinie zu erreichen. Der einzig erwähnenswerte Reiz bestand in der Geschwindigkeit und in dem Vermögen, in extremem Sinn Prüfungen zu bestehen.

Hier oben kam ich mir immer vor, als suchte ich ständig Zuflucht bei der Größe. Und lange Zeit war es mir tatsächlich gelungen zu vergessen – oder so zu tun, als hätte ich vergessen – bevor Hilda kam und alles änderte. Als hätte sie mit ihrer großen Liebe die äußere Schale zerbrochen und mich nackt in einem Raum voller Spiegel zurückgelassen. Ich ging nach Hause, musterte mein Gesicht im Spiegel und sah darin nicht mehr als einen Granatsplitter.

— 4 —

Libanon, Lager Sabra und Schatila, 1982

»Mama! Mama!«

»Was ist, was hast du?«

»Papa schickt mich, ich soll dir sagen, wir müssen zu Tante Zahra ins Lager al-Burdsch ... Er sagt, es wird eine schwere Nacht.«

»Warum kommt denn dein Vater nicht mit? Und wie sollen wir zu Tante Zahra kommen?«

Meine Mutter hatte ihre Frage noch nicht beendet, da hörten wir schon den Geschützdonner, und von allen Seiten gingen Bomben auf uns nieder. Sie war hochschwanger und bewegte sich schwerfällig. Ein Zipfel ihres wallenden gestreiften Kleids schleppte hinter ihr her, während sie sich so durch die Küche schob, die Teller wusch und sie mit einem billigen Tuch abtrocknete, das vom häufigen Ausgekochtwerden in dem großen, für Wäsche und Handtücher bestimmten Aluminiumtopf am Rand bereits ausgefranst war.

Als sie draußen Gewehrsalven hörte, schloss sie die Türen des Hauses fest zu und legte sich die Hände auf den Bauch. Sie murmelte Wörter, die ich nicht verstand, schimpfte auf den Krieg und die Diaspora und ging dann zurück in die Küche, um sich die Kartoffeln zu holen und anzufangen, sie zu schälen. Ich begriff ihre erstaunliche Fähigkeit nicht, bei diesem

Bombenlärm draußen einfach weiterzumachen, als hätte sie sich an den Gedanken des Krieges gewöhnt und beabsichtigte eine von ihm unberührte Sphäre zu schaffen, die ihr erlaubte weiterzuleben.

Mein Herz schlug schneller, ich ging zu ihr und zog sie am Kleid, damit sie die Kartoffeln losließ, aufhörte, sich zu bewegen und zugab, dass die Dinge so nicht in Ordnung waren. Sie drehte sich zu mir um und sagte, wir würden warten, bis sich die Lage ein wenig beruhigt habe, und dann zu Tante Zahra gehen. Plötzlich pochte es heftig an der Tür, dazu hörten wir meinen Vater schreien, wir sollten ihm schnell aufmachen. Meine Mutter ließ Kartoffeln und Schälmesser ins Spülbecken fallen. An ihren Händen klebte noch Erde. Sie wischte sie sich am Kleid ab, holte den Schlüssel heraus und bat meinen Vater, sich zu beruhigen.

»Gott zerstöre sie!«

»Jetzt ist nicht die Zeit für Flüche. Sobald es wieder ruhig ist, gehen wir nach al-Burdsch. Ich hab die jungen Leute zurückgelassen und bin zu euch gekommen.«

»So plötzlich bist du wieder da, nach fünf Tagen?«

»Das ist jetzt nicht die Zeit für Vorwürfe, Frau!«

Noch immer habe ich im Ohr, in welch besorgtem Tonfall mein Vater meiner Erinnerung nach mit mir sprach, als er mich, nachdem die Granate mich am Fuß getroffen hatte, auf den Arm nahm. Ich war verletzt worden, weil ich, als mein Vater hereinkam, hinausgelaufen war, um die Sachen zu holen, die er vor der Haustür abgesetzt hatte. Einen Koffer und zwei Tüten, deren Inhalt mir unbekannt war. Ich weiß nicht, wie es so schnell passieren konnte. Auch von meinem Gesicht sah ich Blut strömen. Ich wusste nicht, dass mich auch dort ein Splitter getroffen hatte. Mein Vater kam auf mich zugerannt. Meine Mutter schrie, redete auf ihn ein, mich ins »Gaza Hospital« zu bringen, und trieb ihn zur Eile. Mit mir auf dem Arm rannte er los, um mich zur Notaufnahme zu bringen, und mein Blut mischte sich mit dem Schweiß, der ihm von der Stirn rann. Dann verlor ich das Bewusstsein.

»Der Junge stirbt uns unter den Händen weg ... Geh, ich komme schon zurecht. Geh!«

»Wie soll ich denn gehen, was ist dann mit dir?«

»Ich sag dir doch, geh!«

Mein Vater lief los, trug mich weit fort vom Tod, konnte aber nicht mehr zurück zu meiner Mutter und dem Ungeborenen, das das Licht der Welt noch nicht erblickt hatte. Leuchtraketen umflogen das Lager Schatila, und das große Morden begann. Ineinander verschlungen lagen die Leichen auf dem Boden, und mein Vater konnte nicht zurück durch die Menschenmenge, um meine Mutter zu retten. Wäre sie nur mitgekommen! Wäre sie uns vorausgelaufen zu Tante Zahra! Wäre sie nicht schwanger gewesen! Dann hätte sich das Gesicht meines Vaters nach dem Massaker vielleicht nicht verändert, und aus dem kühnen Helden wäre kein gebrochener Mann geworden, zerstört vom Krieg und seinen Tragödien.

Wenn ich auf den 16. September 1982 zurückblicke, genauer gesagt auf die Zeit um fünf Uhr nachmittags, als das Massaker anfing, ist es mir unmöglich, mir das Datum einfach nur als Zahl ins Gedächtnis zu rufen. Vielmehr erwecke ich gewissermaßen mit den Bildern, die ich in mir trage, die Toten wieder zum Leben, um sie anschließend erneut in den Tod zu schicken. Wenn ich versuche, die Erinnerung daran wiederzufinden, erscheinen die Ereignisse, allein, weil sie so grässlich waren, stets unvollständig und diffus.

In meinem Kopf ist das Massaker immer mit Stille verbunden, obwohl mein Vater mit mir floh, bevor die Bombardements aufhörten und das Leben im Lager erlosch. Allerdings waren die Metzeleien in all ihrer Grausamkeit nicht das einzig Vernichtende, hinzu kam der Gedanke an die Rückkehr dorthin, an den Ort, an dem es nach den Toten roch, der ihre Stimmen erstickte und ihnen selbst ihr letztes Röcheln raubte, als wollte er nicht wahrhaben, dass sie ermordet worden waren.

An die Rückkehr zu den geschälten Kartoffeln, den Schüsseln, die die Frauen aufs Feuer gestellt hatten, den Kleidern auf den Wäscheleinen und den Mülltüten, die darauf warteten, dass jemand sie aus dem Haus trug – zu all den Dingen, die an jenem Tag an Ort und Stelle erstarrt waren, allen Sachen, die von ihren Besitzern nie mehr aufgehoben werden würden.

Die Tragödie war, wie alle Kriegsdramen, nicht zu Ende, nachdem sie sich ereignet hatte, sondern man hatte den Eindruck, sie beginne damit erst, mit den Erzählungen von verscharrten Überresten und

Leichen, die sich nicht auf dem Krankenbett mit einem Lächeln vom Leben verabschiedet hatten, wie wir es normalerweise in Filmen sehen, sondern mit schreckerfüllten, flehenden Blicken.

Das Massaker, wie ich es später auf Fotos und aus den Erzählungen einiger Geretteter wahrnahm, bewirkte, dass der Tod für mich gleichbedeutend war mit dem Bild eines Schlächters, eines Messers und angsterfüllter Augen. Dadurch konnte ich mir einen Toten, selbst wenn ich erfuhr, dass er auf natürliche Weise, wie etwa infolge einer Krankheit, gestorben war, nun nur noch so vorstellen: mit einer Stich- oder Schusswunde. Dieses Bild allein reichte, mich innerlich vor Wut kochen zu lassen und den Wunsch in mir zu erwecken, einmal mit geschlossenen Augen in meinem Bett sterben zu dürfen.

Mit mir auf dem Arm suchte mein Vater nach einem Durchschlupf, bevor sich der Belagerungsring endgültig schloss. Ein seltsamer Geruch hing an jenem Morgen über dem Lager. Wir waren wie Mäuse, die spürten, dass irgendwo eine Falle stand, eine Falle, für deren Existenz es keinen sicheren Beweis gab. Bevor das Lager abgeriegelt war und das Töten begann, war ich draußen.

Ich habe nie erfahren, wie meine Mutter umgebracht wurde, ob einer der Bewaffneten sie vergewaltigte oder ob sie ihr, weil sie schwanger war, den Bauch aufschlitzten, wie sie es bei vielen Frauen taten. Ich erfuhr auch nicht, was mit den Kartoffeln passierte.

Nach dem, was die Nachbarn – diejenigen, die noch da waren – schilderten, kroch die kleine Schwester unseres Nachbarn Fausi zur Brust ihrer getöteten Mutter und nahm sie in den Mund, bevor die Soldaten auch auf sie feuerten. Unser Nachbar Said versuchte, Widerstand zu leisten, und sie traten ihn in die Hoden und bespuckten ihn zu Tode. Den Ausdruck »sie bespuckten ihn zu Tode« habe ich nie begriffen, Spucken tötet ja nicht. Aber die Demütigung tut es. Von meiner Mutter wusste niemand etwas. Nicht einmal einen Bericht über ihre Ermordung hatten sie uns gelassen. Niemand sagte, man habe sie laut schreien hören. Niemand zählte die Kugeln, die sie trafen. Niemand sagte irgendetwas.

Unser Nachbar Abu Hassan überlebte wie durch ein Wunder, weil er sich auf dem Dachboden versteckte. Er war allein im Haus, als er draußen die Bewaffneten hörte. Nach seinen Söhnen und seiner Frau konnte er nicht mehr suchen. Er wusste, der Moment, in dem er das Haus verließ, wäre sein Ende. »Das Schlimmste auf der Welt ist, zu wissen, dass die Menschen, die du liebst, gerade ganz in deiner Nähe umgebracht werden, und du kannst nichts tun«, sagte er zu meinem Vater und biss sich dabei vor Kummer so auf die Unterlippe, dass seine von Zigaretten aus arabischem Tabak geschwärzten Zähne, zwischen denen ein einzelner Goldzahn blinkte, unter der runzligen Oberlippe herausstanden.

Wie er berichtete, waren die Bewaffneten ins Haus eingedrungen und hatten alles auf den Kopf gestellt, während er oben die Luft anhielt. Wie ein

Gelähmter habe er sich gefühlt, der stundenlang auf dem Boden liege und das Wasser, das nur wenige Meter von ihm entfernt sei, weder kriechend noch laufend erreichen könne. »Wir sind keine Männer mehr«, sagte er zu meinem Vater, »gar nichts sind wir.«

Viele Geschichten vom Tod hörte man nach dem Massaker. Frauen schlagen sich ins Gesicht und verfluchen Araber und Arabismus. Tote stecken in Plastiksäcken, und Leichen werden anonym verscharrt. Schwarze Säcke enthalten, wenn der Tote Glück hat, seinen vollständigen Leichnam, sonst das, was von ihm übrig ist. Manchmal hat man vielleicht die Hand des Einen mit dem Fuß eines Anderen zusammengelegt. Egal. Wichtig war nur, dass man den Tod nicht mehr sehen musste. Ein Massengrab wurde ausgehoben, um die Toten hineinzulegen. Das Recht auf ein angemessenes Begräbnis gestand man ihnen nicht zu.

»Wo ist Mama?«, fragte ich meinen Vater, als ich erfahren hatte, was geschehen war. Er gab keine Antwort. »Wo ist die Leiche? Gibt es keine Leiche?«

Schweigen.

»Was ist mit dem Baby passiert, Papa?«

Schweigen.

Er sagte nichts. Tagelang antwortete er nicht.

Nach einer Weile, als seine verletzte Seele ein wenig geheilt war, fragte ich ihn wieder nach ihr, und er sagte: »Deine Mutter ist nach Palästina zurückgekehrt, um ihr Kind dort zu bekommen. Deine Mutter ist wieder in Palästina, wir alle werden wieder nach Palästina gehen.« So antwortete er auf meine lästigen Fragen, ohne je einen Termin für die Rückkehr zu nennen, jene Rückkehr, von der er ständig träumte, als glaube er an seine eigene Schwindelei beziehungsweise an die Lüge, die er seinem noch nicht fünfzehnjährigen Sohn erzählt hatte.

Mein Vater lebte weiter in der Hoffnung, nach Galiläa zurückzukehren, überzeugt, dass meine Mutter nicht gestorben sei, sondern in Kafr Yasif auf ihn warte und ein neues Kind geboren hätte, das darauf brannte, uns zu sehen. Lang und breit erzählte er von meinem Bruder, als wäre er aus einem Grund, den ich nicht nennen könnte, sicher, dass das Ungeborene im Leib meiner Mutter ein Junge gewesen war. Ich selbst war, wenn ich meinem Vater zuhörte, stets unschlüssig, ob ich ihm glauben sollte oder nicht. Natürlich wäre es eine Schande gewesen, ihn mit meinen Zweifeln zu konfrontieren. Einmal allerdings deutete ich ihm an, dass ich die Wahrheit kannte und mich mit der Realität vollkommen abgefunden hatte. Ich wisse, warum er plötzlich so traurig geworden sei, flüsterte ich.

»Ich bin doch nicht traurig. Und was weißt du? Sag es mir!«

»Ich weiß es, aber ich sage es nicht.«

»Doch, du musst mir sagen, was du weißt.«

»Aber ich will nicht sprechen.«

Er bestand darauf, ich solle ihm erklären, was ich mit dieser Behauptung, es zu wissen, meinte und was ich vor ihm geheim hielt. Aber ich hatte damals das Gefühl, für ihn verantwortlich zu sein, als hätte ich die Vaterrolle übernommen und er sei zu meinem Sohn geworden, der sich dagegen wehrte, dass ich seine Gefühle verletzte und ihm mitteilte, ich sei mir über den Tod meiner Mutter und ihres Ungeborenen vollkommen im Klaren.

Als sei ich derjenige, der ihm den Verlust erträglicher machen müsste, erklärte ich ihm damals, ich wisse, dass meine Mutter schon mal nach Kafr Yasif vorgegangen sei, ich hätte es von den Nachbarn gehört. Damit bot ich ihm einen neuen Vorwand, die Wahrheit zu leugnen, und er umarmte mich, tätschelte mir den Kopf und sagte: »Sie wartet dort, habe ich es dir nicht gesagt, sie wartet dort.« Dann versanken wir beide in langes Schweigen, von dem ich dachte, es würde nie aufhören.

Schließlich jedoch wurde es von meinem Vater gebrochen. Er begann, von der Nakba und den Verlusten im Jahr 1948 zu erzählen, als er noch ein Halbwüchsiger gewesen war, ungefähr so alt wie ich am Tag des Massakers, fünfzehn Jahre. Mein Vater erzählte immer eine Geschichte aus der Zeit vor der Nakba, nämlich aus dem Jahr 1939, während des Mandats, als die Briten im Dorf mehrere Häuser in Brand steckten, weil man zwei ihrer Soldaten umgebracht hatte. Er war damals erst sechs Jahre alt gewesen, aber den Anblick der Feuer hatte er in Erinnerung behalten. Später erfuhr er, dass eines der abgebrannten Häuser Adonis Nusra gehört hatte, einem engen Freund seines Vaters, meines Großvaters also.

»Kafr Yasif war die Hauptstadt Galiläas, wir hatten noch nicht erleichtert aufgeatmet, weil die Engländer gehen würden, da kamen schon die Juden. Die Engländer haben davor furchtbar gewütet, sie verbrannten Adonis Nusras Haus und die Briefe, die er an seinen Bruder in Mexiko schicken wollte. Adonis sah seinen Bruder nicht mehr wieder. Er verschwand spurlos und ist bestimmt noch immer verschwunden.«

Mein Vater sagte, die Flucht aus Kafr Yasif sei für ihn so gut wie nie geschehen, als hätte er nicht auf die Einzelheiten der Reise geachtet und erinnerte sich nur, dass er sich plötzlich im Libanon wiederfand. Indem er den Weg, den er bis zur Grenze zurückgelegt hatte, leugnete, stellte er gewissermaßen die gesamte Vertreibung in Abrede und zeigte, dass er gern daran geglaubt hätte, nur durch Zufall in den Südlibanon gelangt zu sein. Als hätte er sich verirrt und die Adresse seines Hauses verloren, würde aber unweigerlich irgendwann heimkehren.

– 5 –

New York, im Frühling 2000

Meine Mutter ist in Galiläa. Auch ich möchte gern glauben, dass sie dort ist, um nicht den Schrecken der Tragödie, sie verloren zu haben, wieder heraufzubeschwören. Mein Vater liegt auf einem Friedhof fern seines Landes. Hilda ist »dorthin« gegangen. Und ich stehe in New York auf dem Balkon meines Büros im 99. Stock. Ich sehe, wie ich mich in der Fensterscheibe, hoch über der Stadt des Lichts, spiegele und denke, sie – diese Ausländer – müssen das Gefühl haben, dass wir ihnen fremd sind.

Wo ich jetzt stehe, gibt es keinen arabischen Boden, keine Fragen oder Sorgen. Die Räder der Stadt drehen sich schnell, man wähnt sich in einem großen Ozean, der ständig jede Menge Holz als Brennstoff braucht. Aber vielleicht ist das ein unpräziser Vergleich. Holz hat einen Geruch, Land und Boden; und Boden gibt es nicht ohne Heimat. Besser also: Ich bin hier in New York, in einem großen Ozean, in dem man ständig die Knöpfe drücken muss, damit das Rad sich weiterdreht. Ich laufe durch die Straßen dieser Großstadt, und jedes Mal, wenn ich das Gefühl habe, mich nun hier auszukennen, komme ich an irgendeine Ecke, an der ich feststellen muss, dass ich mich verirrt habe, dass es von hier aus nur noch ins Nirgendwo geht. Dass ich die mir eigene Physiognomie von meinem Gesicht abwischen muss, um ein Irgendwer zu sein oder zu werden.

Dieses Kafr Yasif, das ich nie kennenlernen durfte, dessen Namen ich aber immer wieder gegoogelt habe, um an ein paar Fotos zu kommen! Wobei ich nur ganz wenige Aufnahmen fand, und darauf nie eine Spur von meiner Mutter. Was tut sie wohl da, wo sie jetzt ist? Trägt sie noch immer das mit feinem grauen Garn bestickte Kleid mit den breiten dunkelblauen und weißen Streifen? Schält sie Kartoffeln? Warum ist mir kein einziges Bild von ihr geblieben? »Kafr Yasif«, ich gebe das Wort erneut bei Google ein, und Wikipedia teilt mir mit, es sei »ein Dorf in Galiläa, Israel«. Auf einer anderen Seite heißt es, das Gesicht der Stadt sei geprägt von der Zadschal-Dichtung, die in ihren Sälen zu hören sei. Ich sehe mir die Bilder an: Gebäude und Häuser, einige mit roten Ziegeln gedeckt. Autos. Gesichter. Personen. Von meiner Mutter keine Spur.

Ich gebe zu, dass ich, bevor ich Hilda kennenlernte, kein allzu großes Heimweh nach meinem Herkunftsort hatte. Dann jedoch bemerkte ich, dass ich ihr Details aus meinen Phantasien über diesen Ort erzählte. Einzelheiten, von denen ich selbst nicht wusste, dass sie in meinem Geist existierten. Mit meiner Geliebten sprach ich oft über Orte, Erinnerungen, Tragödien, Massaker, Geschäftsleute und Geschäfte. Jedes Mal, wenn ich ihr von einem Ereignis oder einem Gedanken erzählte, hatte ich das Gefühl, mich jetzt erst kennenzulernen, wie ein Mann, der aus der Tiefe heraus ins Leben tritt und alles, was dem Vergessen anheimgegeben war, an die Oberfläche holt. Als würde uns erst, wenn wir über uns selbst sprechen, klar, wie fremd wir uns sind.

Ich berichtete ihr davon, wie ich nach dem Massaker ins Lager zurückgekehrt war, nachdem ich mich ein wenig erholt hatte; von unserem kleinen Haus, das beim Eintreten wie eine Ruine wirkte. Alles war voller Blut, das Sofa umgestürzt ... Ein Topf stand auf dem Gas. Auf dem Boden ein paar Kartoffelstücke und Schalen. Meine Mutter musste sie zum Braten mit Salz bestreut und dann beiseite gestellt haben. Sie hatte an jenem Tag auch Suppe gekocht, bevor sie feststellen musste, dass niemand von uns davon essen würde. Oft habe ich mich gefragt, ob die Bewaffneten wohl davon gekostet oder die Finger hineingetunkt hatten.

Tante Zahra war mitgekommen, um das Haus zu putzen und die Sachen meiner Mutter zusammenzupacken, aber mein Vater protestierte und verlangte, dass sie den Schrank so ließ, wie er war. Als ich sie aufräumen sah, dachte ich mir, dass Frauen doch eine seltsame Fähigkeit besitzen, dem Tod die Stirn zu bieten, mehr als Männer. Ich hatte das Gefühl, mein Vater sei zerbrechlich wie Glas, sie jedoch streifte sich gelbe Gummihandschuhe über, wusch die Teller ab und putzte die Fenster. Anschließend nahm sie sich den Boden vor. Sie goss Wasser aus und begann, die Fliesen zu scheuern und die anhaftenden Flecken durch den Handschuh hindurch mit den Nägeln abzukratzen.

Ich wusste nicht, ob ich mich an diese Unmenge von Einzelheiten schon erinnert hatte, bevor ich Hilda erzählte, was uns zugestoßen war. Mir fielen Hausecken und Farben wieder ein, von denen ich gedacht hatte, ich hätte sie für immer begraben. Aber selbst die schwarze Farbe des Kleids meiner Tante konnte ich noch sehen und den weißen Stoff ihres Schals, als sei die Zeit stehengeblieben. Und jedes Mal hatte ich sie in demselben Kleid vor Augen, als hätte sie es nie ausgezogen.

Doch nicht nur mein Gedächtnis durchforstete ich in Hildas Gegenwart, sondern auch die Gegenwart und meine Beziehung zu Amerika. Aber auch sie brachte mir Neuigkeiten und eröffnete mir ihre Welt, die so anders war als die meine: all ihre mir fremden Personen, Personen, die mich in Anbetracht meiner Situation wahrscheinlich als Feind betrachten würden. Ich wollte allerdings, dass sie von ihnen sprach, um sie über sie kennenzulernen. Manchmal vielleicht auch, um sicherzugehen, dass sie keine von ihnen war und sich letzten Endes von ihnen abwenden, sich für mich an ihnen rächen und schließlich mir allein gehören würde.

Wenn sie dann rief: »Heilige Jungfrau!«, wie sie es üblicherweise tat, wenn sie überrascht war, erwartete ich, dass sie anschließend mit der Hand vor dem Mund in ein langes, klangvolles Lachen ausbrechen würde, während ihre Augen vor Glück strahlten.

Sie war nicht die Sorte Frau, bei der nur das Gesicht lacht, sondern eine von denen, bei denen man das Gefühl hat, das Herz würde ihnen aus der Brust springen, als käme die Freude direkt aus ihm. Wenn sie nicht aufhören konnte zu lachen, schüttelte es ihren ganzen Körper und sogar ihre Füße, und sie legte mir die Hand auf die Schulter. Die Szene endete stets damit, dass sie mich umarmte und, wenn ihre Wange mein Gesicht berührte, lächelte. Ich atmete ihren Duft, als wollte ich diese Frau einsaugen und sie auf unbegrenzte Zeit in dieser Umarmung halten.

Wenn ich mit Hilda sprach, wurde ich ganz ruhig. Sie gab mir das Gefühl, mich meinen Worten und Gedanken ungehemmt überlassen zu können. Ich löschte sogar mein übliches Selbst, bekam das Gefühl, über ihm zu stehen, und wenn ich ihr Geschichten von Freunden und Verwandten erzählte oder Privates von mir, entdeckte ich beim Sprechen immer irgendeinen Aspekt, der mir oder den anderen bislang verborgen geblieben war.

So berichtete ich Hilda von meinem libanesischen Freund Muhsin, der während des Bürgerkriegs in dieses Land gekommen war, um hier zu leben. Als ich ihr sein langes Haar beschrieb und seinen Bart, den er sich hatte wachsen lassen, um sich ein markantes und auffälliges Äußeres zu geben, fiel mir zum ersten Mal auf, dass dieser von seinen amerikanischen Freunden so bewunderte Bart meines Freundes Muhsin – der hier im Land der Wolkenkratzer »Mike« hieß – in anderem Zusammenhang durchaus beängstigend wirken und dazu führen könnte, dass sie sich bedroht fühlten. Doch Mikes Bart war ein modisches Statement, das von manchen so bewundert wurde, dass sie es imitierten.

»Die Bärte der Araber sind anders«, sagte ich zu Hilda, »so als nisteten darin Gewehre. Ein Bart sieht aus, als verstecke sich der Tod darin, als liege zwischen den Härchen ein Hinterhalt verborgen oder eine Mine. Weißt du, selbst die Bärte der Scheichs, Bischöfe und Mönche sehen anders aus als Mikes Bart.« Wenn ich so mit ihr sprach, fühlte ich, dass ich mit ihr die Welt entdecken wollte. An jenem Tag analysierte ich mit ihr noch länger die Bedeutung von Bärten, und wie man sie sich über die Epochen hinweg als Zeichen für Weisheit, einen hohen Rang oder sexuelle Potenz wachsen ließen.

»Ich glaube, Mike wollte ihn als äußeres Zeichen von Stärke, nicht nur als Unterscheidungsmerkmal«, sagte sie, und ich schwieg kurz, bevor ich ihr beipflichtete. So war Muhsin tatsächlich, immer darauf bedacht, stark zu sein. Diese Flamme wollte er, nicht Macht, und das war es auch, was ihn an New York so faszinierte.

Obwohl dieses Land die höchste Machtposition innehatte, war doch das Attraktive an ihm seine Stärke. »Was ist da der Unterschied? Ist es nicht so, dass sich beide Dinge ergänzen oder miteinander zusammenhängen?«, fragte mich Hilda. »Da besteht ein großer Unterschied«, antwortete ich. »Stärke ist das, was man von innen her aufbaut, damit es einen an die Macht bringt. Sie setzt sich aus den Lebenserfahrungen zusammen, in ihr sind viele Verluste eingeschlossen, nicht nur Errungenschaften. Macht dagegen, Macht ist die Katastrophe, besonders jene Macht, die Gewalt hervorbringt. Dann entsteht blinde, destruktive Gewalt, die sich durch nichts eindämmen lässt.«

New York war trotz seiner bis zum Himmel reichenden Macht auch ein Beispiel für eine gewisse Stärke, eine unleugbar feste und solide Stärke. Für mich entsprang diese Stärke von ihrer inneren Textur her aus gegenseitigem Beistand und Einigkeit, und aus dem beschleunigten Lebensstil – als dürfe man hier keine Zeit verlieren.

Sie schöpfte aus dem Wunsch, fortzubestehen und alle Bedürfnisse zu erfüllen, um derentwillen die Menschen den Blick von der hinter Hochhäusern verborgenen Sonne abwenden mussten. New York erschien mir als eine Stadt von Fremden. Als ein Ort, zu dem man nicht gehörte, an dem man aber zu sich selbst fand. Die meisten, die hier lebten, waren von weither gekommen, und obwohl jeder von ihnen einen anderen Akzent und eine andere Geschichte hatte, schienen sie sich hier wie zu Hause zu fühlen.

Die Frage, die ich mir immer stellte, war, ob Mike, dieser von seinem Arabertum entfremdete junge Mann, der sich zu den Lichtern dieser Stadt geflüchtet hatte, tatsächlich in dieses Land gehörte. Vielleicht hatte ihn das System ja in seinen brillanten Momenten in einen Wolkenkratzer verwandelt? Er versuchte sich oft einzureden, dass Muhsin tot sei. Für ihn existierte er nicht mehr. Er hatte sogar durch Krafttraining seine schwächliche Konstitution verändert, sich die Zähne aufgehellt und die Haare lang wachsen lassen. Dann allerdings war er mit einem Mal gezwungen, sein früheres Selbst wiederherzustellen, denn genau dieses von ihm so bewunderte System schmetterte ihn zu Boden. Als er wieder aufwachte, war er bankrott und ganz unten angekommen. Und plötzlich war »Muhsin« wieder da, der Muslim, der unter seiner konfessionellen Identität, wie die übrigen Libanesen, den Bürgerkrieg überstanden hatte. Sie waren ja keine Individuen oder Bürger mehr gewesen, sondern nur noch »Muslime« oder »Christen«. Diese Robustheit, die ihn so gegen die düstersten Umstände immunisierte, musste wohl etwas Arabisches sein, ein Resultat des Krieges sowie der Durchhaltefähigkeit und Ausdauer, die dieser dem Menschen verliehen hatte.

Es war eine Art langer Atem, den wir Menschen vom anderen Teil der Welt uns angewöhnt haben. Wer jetzt stark blieb, war nicht Mike, sondern Muhsin. Muhsin, herangewachsen in den Beiruter Gassen, zwischen Gewehren und Artilleriefeuer, und nicht der Reiche, dessen Geld sich immer weiter vermehrt hatte, nur um ihn schließlich zur Emigration zu zwingen und ihn ohne die schnell arbeitende Geldmaschine dastehen zu lassen, für die Ökonomie nicht mehr war als Transaktionen der Banken und Deals.

Mike war auch nicht mehr nach New York zurückgekommen. Er hatte mir versprochen zurückzukehren, wenn er seine Krise überwunden hätte. Jetzt jedoch drängte er mich, ihn zu besuchen, weil er nicht kommen könne, bevor all seine finanziellen Probleme gelöst seien. Unsere amerikanische Freundin Marianne sagte mir, nachdem sie ihn im Libanon besucht hatte, er sei noch genauso, wie sie ihn kenne, verrückt und verliebt in das Leben. Noch immer sei er ein Narzisst und träume von den New Yorker Lichtern. An der Ecke der Bliss-Street in Beirut hatte er ein kleines Restaurant eröffnet und plante, aus diesem bescheidenen Anfang eines Tages eine weltweite Kette zu machen, um damit die Fast-Food-Restaurants zu verdrängen.

Selbst dort in jener Straße trug er noch seinen Bart und tat Dinge, die jeder einfache Arbeiter übernehmen könnte: Er wienerte den Boden, wusch Gemüse, schnitt Fleisch und buk den Teig im Ofen. Das alles machte er zum Vergnügen, als hätte er plötzlich seine Leidenschaft für das Kochen entdeckt, von seinen Freunden, die seine Rezepte probierten, Lob einzuheimsen und sie zu der Aussage zu nötigen, er könne gut kochen und seine Speisen seien das Beste, was sie je gegessen hätten.

Von New York aus stellte ich mir die Leute in seiner Umgebung alle ziemlich ähnlich vor. Mikes Freunde konnte ich mir nur als einen einzigen Typus denken, wie Pappfiguren, Statisten, die mit silbernen Gabeln oder Löffeln aßen. In meiner Phantasie führten sie alle synchron und mit der gleichen Bewegung das Essen an ihren auf den Karton gemalten dauerlächelnden Mund, kauten es genau dreimal und schluckten es dann hinunter. Manchmal unterhielten sie sich auch, allerdings in einer unverständlichen Sprache, als führten sie spezielle für Zeichentrick- und Plastikfiguren bestimmte Gespräche ohne Sinn oder Bedeutung.

Mike war eine widersprüchliche Natur, die sich immer mit möglichst vielen Menschen umgab. Tag für Tag tauchten neue Frauen und Männern, Freundinnen und Freunde in seinem Leben auf. Viele von ihnen verschwanden wieder genauso schnell, wie sie gekommen waren. In seiner Nähe blieben nur die, die sich damit abfanden, seine Launen und seine Nervosität zu ertragen, weil sie wussten, dass er im Innersten ein guter Mensch war, der niemandem etwas zuleide tat. Überhaupt unterschied ich mich sehr von seinen zahlreichen Bekannten, und ich wusste nicht, ob dies in diesem Fall ein spezieller Vorzug war oder eher ein Gebrechen. Zwischen ihnen kam ich mir vor, als könne ich als Einziger Schmerz empfinden.

Doch nicht meine mit zahlreichen Mängeln behaftete Körperbeschaffenheit machte mich so ungewöhnlich, sondern ihre ständigen Blicke auf mich, die verrieten, dass ihnen stets ein Gedanke im Kopf herumging: »Was tut bloß dieser Krüppel bei dem gutaussehenden Mike?« Nachdem sie mich eine Weile angestarrt hatten, taten sie so, als sähen sie mich nicht mehr und nahmen ihre Unterhaltung wieder auf. »Was geht uns denn das Unglück dieses Lahmen an?«

Im tiefsten Inneren war mir egal, was sie von mir hielten, manchmal stärkte ihre Arroganz sogar mein Überlegenheitsgefühl ihnen gegenüber, als würde ich sagen: »Was wisst denn ihr vom Leben, ihr Idioten? Hat es euch jemals so drangsaliert wie mich? Und was wisst ihr von Mike? Ist euch überhaupt bekannt, dass er eigentlich Muhsin ist?« Doch wie der

Schmerz mich einerseits auszeichnete, konnte er mir andererseits auch ein Gefühl der Minderwertigkeit vermitteln.

In seltenen Momenten allerdings, wenn wir alle ins Gespräch vertieft waren und einer von ihnen mir auf die Schulter klopfte, vergaß ich mein Gebrechen, und sie, glaube ich, auch. Ich lächelte und lachte, und solche Augenblicke milderten meine Distanziertheit gegenüber den Menschen und meine innere Entfremdung von ihnen. Ich fragte mich dann, ob tatsächlich die Menschen so verbohrt waren, oder ob ich derjenige war, der Angst hatte und von seiner Tragödie ganz in Anspruch genommen war, weil ich darin meine Natur sah.

Vielleicht waren meine Besuche bei Mike und die Tatsache, dass ich an der Verbindung zu seiner verrückten und fremdartigen Welt festhielt, ein Mittel, dieser Tragödie zu entkommen, um in Wechselwirkung mit anderen zu treten und mir ein normales Leben zu schaffen, in dem all diese Abstände zwischen den Menschen nicht existierten, ein Leben, in dem ich mich nicht für mich schämte und mich weder überlegen noch minderwertig fühlte, sondern einfach auf gleicher Ebene.

Was mich außerdem an meinen libanesischen Freund band, war meine stete Bewunderung für seine Fähigkeit, niemals Wurzeln zu schlagen und diesen Zustand dauernder Veränderung auch noch zu genießen. An diese seltsame Fähigkeit loszulassen dachte ich immer, und manchmal hielt ich ihn für einen weisen und gelassenen Menschen, bis dann seine Oberflächlichkeit wieder zutage trat und sich auf seinen Zügen abmalte. In manchen Momenten erschien er mir einfach nur egoistisch, als scharte er all die Leute nur um sich, um seinen Narzissmus zu nähren und als schillernde Persönlichkeit im Mittelpunkt des Interesses zu stehen.

Um seine Freundschaft mit Mike zu bewahren, durfte man ihn nie übertrumpfen, niemals besser erscheinen als er und musste ihn mit Lob überschütten. Deshalb blieb meine Beziehung zu ihm auch stets auf wöchentliche Treffen beschränkt und weitete sich nie zu täglichem Kontakt aus, bei dem wir private Dinge hätten miteinander teilen müssen.

Dann und wann besuchte ich ihn gern und lauschte seinen Geschichten, die sich meist um ihn selbst drehten. In Wahrheit tat ich das allerdings gar nicht aus Zuneigung zu ihm. Vielmehr war ich neugierig auf ihn und studierte, wenn auch nur kurzzeitig, diese Oberflächlichkeit als Lebensstil; ich, der mit Ängsten und Sorgen Beladene, der Mann, dem es schwerfiel, seine Ernsthaftigkeit abzulegen.

Jedes Mal stellte er mir eine neue Frau vor, eine Geliebte, Freundin, Braut, manchmal sogar Ehefrau. Und alle einte sie eine einzige Eigenschaft: die Bewunderung für ihn und die Tatsache, dass sie ihn höher schätzten als sich selbst. Eine einzige Frau allerdings übertraf ihn noch in Sachen Eigenliebe: die Mexikanerin Eva, die ebenfalls vom Ruhm träumte. Dieses Mädchen glich ihm sehr, trotz eines geringfügigen Unterschieds: Er war oberflächlich, sie war pragmatisch, sie legte ihre Vorhaben fest und setzte sie stur und rücksichtslos um.

Erwähnenswert, um zu Mikes, oder Muhsins, einzigartiger Persönlichkeit vorzudringen, ist mein anfängliches Zögern, ihn Hilda vorzustellen. Er war ein Freund, dem man nicht vertrauen, den man gleichzeitig aber auch nicht aufgeben konnte. Ich vermied es, meine Liebste mit ihm zusammentreffen zu lassen, vor allem am Anfang meiner Bekanntschaft mit ihr, als ich in ihr nur ein kleines Mädchen sah oder ein Kätzchen, das man beschützen musste. Sie war allein hier, von weither gekommen, um Tanzen und Modedesign zu lernen. Sie erschien mir wie eine Rose, die im Begriff war, sich zu entfalten, Leidenschaft, die sich selbst nicht begriff. Sie war eine von den anmutigen jungen Frauen, ein heller, durchsichtiger Kristall, durch den man die ganze Welt sah.

Sie war von »dort«, dem Ort, der den Duft kindlicher Unschuld trug. Eine scheue Schönheit, die immer liebreizend blieb, aber heimlich leise aufschrie. Bisweilen beschwor sie einen, sich ihr zu nähern und in sie einzudringen, und im nächsten Augenblick ließ sie einen völlig perplex dastehen, voller Angst, sie zu beschädigen. Genau wie Schüler zu Beginn des Schuljahres versuchen, ihre Hefte ordentlich und rein zu halten, so behutsam und geduldig wie Kinder ihre ersten Buchstaben in die Hefte schreiben, sich um eine ebenmäßige Schrift bemühen oder achtgeben, dass die Buchstaben nicht aus der Reihe tanzen, war auch ich am Anfang meiner Beziehung zu ihr. Vielleicht ist es anfangs immer so, man ist darauf bedacht, Fehler zu vermeiden.

Wenn man aber auf alle Hefte blickt, auf die Blätter, die den ersten Seiten und Wörtern folgen und näher am Heftende sind, scheinen die meisten Schüler dann dieser Sorgfalt nicht überdrüssig? Vergessen sie nicht irgendwann, ihre Hefte reinzuhalten, und tauchen nicht hier und da Kritzeleien auf? Was sind das bloß für Schüler, die ihre Hefte das ganze Schuljahr lang sauberhalten? Sind es dieselben, die auch im Leben gut auf ihre Beziehungen achtgeben? Haben nicht wir alle schon solche Mitschüler getroffen und sie um ihre Fähigkeit beneidet, stets den gleichen Eifer an den Tag zu legen?

War Hilda tatsächlich mein weißes Blatt gewesen, und nun war der Umschlag meines Hefts zerrissen, oder war das ein blöder Vergleich? Und warum war ich inzwischen dazu übergegangen, sie allen meinen Freunden vorzustellen? Benutzte ich sie, um mit ihr anzugeben, um Muhsin zu sagen, dass die Frauen auch an mir etwas fanden? Tat ich dies erst, nachdem ich mich der Aufrichtigkeit ihrer Gefühle für mich vergewissert hatte, um sicherzugehen, dass sie mein Bild vor ihnen nicht ruinierte? Damit sie, wenn sie mir ins Gesicht sahen, nicht an diesen langen Riss auf meiner Wange dachten, an die Narbe, die, so schien es mir, immer größer wurde, sich zum Hals und schließlich bis zu meinem Fuß zog, mit dem ich nicht so fest und entschieden auftreten konnte wie die anderen? Sie sollten nur den Mann in mir sehen, einen Mann mit einer Frau, die ihn anhimmelte.

Jetzt hatte ich Hilda so vor Augen, wie ich sie das erste Mal gesehen hatte, und gerade diese Erinnerung quälte mich, und es zuckte mir in den Fingern, den Telefonhörer abzunehmen und ihre Nummer zu wählen, um ihre süße Stimme zu hören. Aber das mir selbst gegebene Versprechen, ihr den Preis ihrer Abwesenheit vor Augen zu führen, hielt mich davon ab.

Dass sie versuchen würde, von sich aus das Eis zwischen uns zu brechen, war das Letzte, was ich von ihr erwartet hätte. Aber eines Nachts, als die Einsamkeit mit mir Zwiesprache hielt, spielte diese verdammte Frau mir einen Streich. Sie rief bei mir an und schwärmte länger als fünf Minuten vom Geruch der Erde und vom Flughafen. Voller Leidenschaft und Liebe beschrieb sie mir Beirut, kam darauf zu sprechen, wie sie sich gefühlt hatte, als ihre Füße den Heimatboden betreten hatten. Ihre Brust habe sich der Welt wieder geöffnet, sagte sie, wie der Blitz hätte der Ort bei ihr eingeschlagen und sie gepackt. Die Luft sei ihr in alle Poren gedrungen und habe sie erfüllt, als gebe es in diesem Land nichts, das sie in schlechter Erinnerung hätte.

»Ich hatte gedacht, bei meiner Ankunft hier würde meine Wunde wieder aufreißen, aber genau das Gegenteil war der Fall. Alles wirkte so fremd. Die Bilder, die wieder in mir hochkamen, waren alle positiv. Sie binden mich an diesen Ort, als hätte ich mich erst von ihm entfernen müssen, um ihn wieder neu zu entdecken. Ich fühlte mich, als sei ich stärker als der Ort, als sei ich nicht mehr das schwache Mädchen, das ihn damals verlassen hat. Wir waren einander ebenbürtig geworden, gleich und gleich«, sagte Hilda hastig und bewegt, dann fuhr sie fort: »Alles hat sich verändert, Madschid, aber wenn man sich die Gesichter und Orte länger anschaut, erscheinen sie für einen Moment wieder so, wie sie waren. Laurice hat mir all meine Lieblingsgerichte gekocht, wenn das so weitergeht, werde ich ziemlich zunehmen, glaube ich. Wenn du mich siehst, erkennst du mich vielleicht gar nicht mehr wieder.« Und weil ihr meine Antwort zu kurz angebunden war, fragte sie noch: »Möchtest du mich denn nicht sehen? Vermisst du mich gar nicht?«

»Doch. Das tue ich.«

»Warum sagst du es mir dann nicht?«

»Weil ich müde bin und ins Bett will.«

»Dann gute Nacht.«

»Gute Nacht.«

Die Verbindung brach ab. Ich ging davon aus, dass das Telefon noch die ganze Nacht klingeln würde. Ich wollte, dass sie mich anflehte, ich solle nicht mehr so arrogant und stur sein und stattdessen versuchen, sie zu verstehen. Aber Hilda rief nicht an. Mit ihren kleinen, fest auftretenden Füßen war sie in ihre Heimat gegangen. Meine Verletzung rührte sie nicht, oder vielleicht tat sie das, und Hilda wartete nur darauf, dass sie wieder aufriss, um dort ansetzen zu können.

»Wenn ich nicht zurückgehe, wird die Heilige Jungfrau böse auf mich«, hatte sie ein paar Tage vor ihrer Abreise gesagt und mir erklärt, Laurice, die Frau, die bei ihrer Familie arbeitete, habe ihr erzählt, die Statue der Jungfrau in ihrem Dorf im Libanongebirge schwitze Öl.

Sie glaube zwar nicht an solche Märchen, meinte sie, aber der Stimme ihrer Mutter würde sie gern Folge leisten, und die dränge sie zu dem Besuch und bitte sie, mit ihr der Sonntagsmesse in der Erlöserkirche beizuwohnen. Und nur, um etwas Wärme zu tanken, wolle sie das auch tun. Sie habe ja schon verlernt, wie man das Kreuzzeichen über dem Gesicht schlage und das Abendmahl einnehme, wisse nicht einmal mehr, wie die Kirchenglocken klängen.

»Bald hab ich auch mein Arabisch verlernt. Macht dir das nichts aus, wenn ich kein Arabisch mehr kann?«, fragte sie mich bei ihrem letzten Versuch, mich dahin zu bringen, ihre Reise »abzusegnen«. Dann verlor sie die Nerven und warf mir vor, ein Egoist zu sein. Seit diesem Schreien und Weinen in jener Nacht spürte ich, dass sie sich gegen mich auflehnte, und ich beschloss, lieber zu schweigen und ihr keine Vorwürfe mehr zu machen, weil sie ja gesagt hatte, dass die Reise, selbst wenn sie lange daue-re, vorübergehen werde.

Als wir in jener Nacht zu Bett gingen, wünschte ich mir wilden Sex mit ihr, damit sie sich mir ganz unterwarf. Ich wollte, dass sie zu mir rückte und meinen Kopf mit ihren Fingerspitzen massierte, nur um sie zurückweisen und so dazu bringen zu können, ihre Verführungskünste spielen zu lassen. Ich wandte ihr im Bett den Rücken zu und verharrte so, in der Hoffnung, sie würde zu mir kommen und mir Hals, Schultern und Rücken küssen.

Ich wartete auf ihre Fingerspitzen, die nach jedem Streit voller Zärtlichkeit waren, und auf ihre Nägel, die in meine Haut sanken. Als mich jedoch mein Tastsinn enttäuschte und Hilda nicht zu mir kam, mobilisierte ich mein Gehör und versetzte es in Alarmbereitschaft, damit es mir meldete, aus welcher Richtung ihre Atemzüge kamen und wie viel Luft zwischen uns war. Ich wollte das Pochen in ihrer Brust hören, vielleicht würde es ihr Verlangen verraten oder mir sogar ankündigen, dass sie sich mir näherte.

Nachdem ich eine Stunde oder länger all meine Sinne angestrengt hatte, indem ich mich entweder verstohlen umsah oder, wie in einer unwillkürlichen Bewegung, absichtlich meine Hand gegen ihr Hinterteil schlug, fand ich mich einer Leere gegenüber, einer Leere, so endgültig, wie sie noch nie gewesen war. Schließlich, als ich mich zu Hilda umdrehte, stellte ich fest, dass auch sie mir den Rücken zugewandt hatte. Ich stand auf und ging zu ihrer Seite des Bettes. Sie schlief, und auf ihrem Kissen waren Spuren von schwarzem Kajal, gemischt mit Tränen.

Stumm weinend war Hilda eingeschlafen. Ich stand da wie ein gigantischer Scharfrichter, der sich die Peitschenstriemen an seinen Opfern ansieht. Als ich meiner Freveltat müde war und keine Lust mehr hatte, mir all die Qualen anzusehen, die ich verursacht hatte, hätte ich gerne vor den grauen Flecken niedergekniet und um Vergebung gebeten. Aber als ich versuchte, mich zu demütigen und aus Ehrerbietung vor ihren Tränen mein Knie zu beugen, stellte ich fest, dass mein Körper mir nicht gehorchte. Mir fiel eine Redensart meines Vaters wieder ein, die ich oft von ihm gehört hatte: »Wer ein Gebrechen hat, hat auch Härte.«

Seit jener Nacht hatte sich unser Gleichgewicht neu austariert. Wenn ich mir Hilda jetzt anschaute, sah ich in ihr nicht mehr meine Liebste, sondern den Schatten einer Christin. Doch nicht ein religiöses Motiv war der Grund dafür, sondern die Tatsache, dass ich mir sicher war, wenn sie »dorthin« zurückkehrte, würde sie sich nicht trauen, ihrer Mutter zu sagen, dass sie einen muslimischen Palästinenser liebte.

Vielleicht würde sie mich als schwere Belastung für ihr Leben empfinden und sich manchmal wünschen, der Mann, den sie sich ausgesucht hatte, wäre vom selben Schlag und selben Umfeld wie sie. Hilda hatte sich vor ihnen zu mir geflüchtet. Sie war vor all den Ansprüchen geflohen, die sie an sie stellten: das Hätschelkind ihres Vaters zu sein, das nie erwachsen wurde, und mit den Gewehren aus dem Krieg und den Erinnerungen an die Zeit zu leben, in der ihre Familie politischen Einfluss gehabt hatte. An die Zeit der Stärke.

Hildas Kindheit war nicht unglücklich gewesen, ganz im Gegenteil, zumindest von außen betrachtet. Das heißt, sie war ein wohlbehütetes Mädchen, die Jüngste der Geschwister, das Nesthäkchen. Diese Kombination hätte eine oberflächliche Frau aus ihr machen können, oder zumindest ein gleichgültiges junges Fräulein, das den Kokon seiner Familie nicht verlassen wollte.

Aber wie sie es beschrieb, hatte sie schon immer gesagt, dass eine Raupe sich nie in einen Schmetterling verwandeln kann, wenn sie sich nicht aus ihrem Kokon befreit. Dabei haben Schmetterlinge zwar ein schwierigeres Leben, weil sie es mit Staub und Stürmen aufnehmen müssen, dafür können sie aber fliegen, Entfernungen überwinden und die Welt entdecken.

Ihr Vater hätte es gern gesehen, wenn sie in ihrem Kokon geblieben wäre und einen Mann aus ihrer Religionsgemeinschaft geheiratet hätte, sodass er sie unter seinen Fittichen hätte behalten können. Aber das wollte sie nicht. Sie berichtete mir, sie habe beim Schulgebet mit ihren Freundinnen immer über den Satz »Führe uns nicht in Versuchung!« im Vaterunser nachgedacht. Und genau wegen dieses Satzes habe sie auch ihre Mutter mehrmals nach den Versuchungen befragt, von denen sie sich fernhalten solle.

Nachts, bevor sie die Augen schloss, hatte sie sich oft über all die Dinge den Kopf zerbrochen, die man Gott bittet, von einem fernzuhalten, ohne allerdings je eine Antwort zu finden. Daher war es eine verlockende Idee für sie, sämtliche Sünden kennenzulernen, um zu verstehen, wofür sie die meisten Jahre um Vergebung gebeten hatte, oder damit ihre Bitte um Vergebung eine gewisse Körperlichkeit gewann.

— 6 —

Libanongebirge, 1982

»Warum sprichst du nicht mit uns das Schuldbekenntnis, Hilda? Ich will hören, dass du mir nachsprichst: O Herr, mein Gott, von ganzem Herzen bereue ich all meine Sünden.«

»O Herr, mein Gott, von ganzem Herzen bereue ich all meine Sünden.«

»Denn mit der Sünde habe ich mich selbst verloren und das ewige Heil.«

»Denn mit der Sünde habe ich mich selbst verloren und das ewige Heil.«

»Warum betest du nicht laut? Beende das Schuldbekenntnis alleine, du hast es dir doch gemerkt?«

»Denn mit der Sünde habe ich mich selbst verloren und das ewige Heil und habe die Qualen der Hölle verdient.«

Damals hatte Hilda das Schuldbekenntnis unter Tränen, aber bis zum Ende aufgesagt. Sœur Jaqueline bat sie an jenem Tag noch, nach dem Religionsunterricht in der Klasse zu bleiben, und sprach mit ihr über die Buße, und wie wichtig es sei, tugendhaft zu sein und sich vom Laster fernzuhalten.

Sie erzählte ihr von der Heiligkeit der Jungfrau Maria, die unbefleckt empfangen habe. Warum Hilda weinte, fragte sie allerdings nicht. Hilda sagte der Nonne damals, sie liebe Gott und wolle ihn nicht zornig machen, aber sie fürchte, dass er sie nicht liebe. Sœur Jaqueline jedoch versicherte ihr, unsere Mutter Maria werde beim Herrn Fürsprache für sie einlegen. Hilda war zu jenem Zeitpunkt elf Jahre alt, und eine ihrer Freundinnen wohnte im Internat der Schule.

Ihre Freundin Patricia hatte ihr erzählt, dass die Nonnen die Mädchen mit dem Essen knapphielten, und Hilda wagte es, die Nonne zu fragen, ob Gott ihnen das auch vergeben werde. Daraufhin nahm Sœur Jaqueline Hilda ins Gebet, bis sie zugab, dass sie dies alles von Patricia hatte.

Am folgenden Tag wollte Patricia nicht mehr mit Hilda spielen oder sprechen. Ihre Freundinnen erzählten, dass das Mädchen von den Nonnen empfindlich bestraft und gezwungen worden war, vor allen anderen fünfzigmal hintereinander das Schuldbekenntnis aufzusagen. Nun stand Patricia am Rande des Spielplatzes und sah Hilda hasserfüllt und vorwurfsvoll an, um ihr danach den Rücken zuzukehren und ihr komplett aus dem Weg zu gehen.

Dieser Vorfall schmerzte Hilda sehr, denn sie hatte nicht vorgehabt, ihrer Freundin zu schaden. »O Herr, von ganzem Herzen bereue ich all meine Sünden …« Wieder zu Hause, kniete Hilda vor ihrem Zimmerfenster zum Beten nieder und sprach das Schuldbekenntnis. Sie hoffte, dass Patricia dann am nächsten Tag wieder mit ihr sprechen würde, aber das tat sie nicht. Im Gegenteil, ihre Feindseligkeit griff weiter um sich und sprang auch auf die übrigen Freundinnen über, sodass Hilda sich in diesem Schulhalbjahr wie eine Ausgestoßene vorkam.

Sie versuchte es nun damit, täglich verschiedene Gebete zu sprechen, mal an die Heilige Jungfrau gerichtet, mal an Jesus und mal an Gott, aber all ihr Flehen hatte keine Wirkung. Sie steckte eine Kassette in den Rekorder und versuchte, das Lied »Unter deinem Schutz« auswendig zu lernen, vielleicht würde ihr das einen Punkt bringen und Patricia dazu nötigen, ihr zu helfen.

»Unter deinem Schutz suchen wir Zuflucht, Maria. Weise unsere Bitten nicht ab, wenn wir zu dir beten!« Sie stoppte die Kassette und spielte sie, nachdem sie sich die erste Zeile gemerkt hatte, erneut ab. Am zweiten Tag flüsterte sie insgeheim: »O Stolz der Spiegel, o bester der Sterblichen, o Meer der Gaben, das durch die Welt floss.« Als jedoch keine Veränderung in der Haltung ihrer Freundin merkbar war, kam sie wütend aus der Schule nach Hause. Sie ließ das Band wieder ablaufen, und dabei fiel ihr auf, dass sie sagte: »O Stolz der Spiegel«, während es im Lied aber hieß: »O Stolz der Unschuldigen«, was im Arabischen ähnlich klang. Sie dachte, die Jungfrau hätte ihr Gebet deshalb nicht erhört, und weinte sich in den Schlaf.

Im zweiten Halbjahr beschloss Hilda, auf einen Ratschlag von Laurice hin, ihrer Freundin einen Brief zu schreiben. Sie malte ihr viele Herzchen und schrieb, sie liebe sie und bete jeden Abend darum, dass sie ihr vergab. Und ganz schnell kam zwischen den beiden Freundinnen alles wieder ins Lot. Hilda erhielt ihren Platz in der Klasse zurück, schloss sich sogar enger den ungezogeneren Mitschülerinnen an und entwickelte eine Neigung, sich Regeln zu widersetzen und die Nonnen gegen sich aufzubringen.

Nach diesem Ereignis träumte Hilda noch länger als einen Monat lang immer wieder, Sœur Jaqueline hätte sie im Schulkeller eingesperrt und käme am Morgen zu ihr, um ihr einen Brotfladen und Marmelade oder Halwa hinzustellen, von denen ihr Patricia erzählt hatte.

In diesem Traum sah die hochgewachsene Nonne in ihrem dunkelblauen Habit Hilda vorwurfsvoll an, als hätte sie eine unverzeihliche Sünde begangen, eine Sünde, von der sie sich, wenn es nach ihr ging, ihr Leben lang nicht würde befreien können.

Erst in späteren Jahren, als sie Unterscheidungsvermögen gewonnen hatte und bereits unter den Folgen dieser psychischen Misshandlung litt, begann Hilda zu erkennen, dass sie an einer Schuld getragen hatte, die genauso wenig existent war wie die, um deren Vergebung sie früher Gott gebeten hatte.

Sie fühlte sich auch schuldig am Krieg und hielt die vielen Gewehre bei ihnen zu Hause für eine göttliche Strafe. Immer wieder kamen hochgewachsene Männer zu ihnen und setzten sich mit ihrem Vater und ihrem Onkel George zusammen. Ihr Vater verlangte dann von ihr, dass sie in ihrem Zimmer blieb und rief ihre Mutter, damit sie dafür sorgte, dass sie nicht herauskam. Aber sie beobachtete alles heimlich durchs Schlüsselloch, sah die Männer nervös den Rauch in die Luft blasen und hörte ihre Gewehre klirren.

Eines Tages brachte ihr Vater einen Verwundeten mit nach Hause, seinen Freund Antoine. »Sie haben ihm seine Waffe geraubt. Wir konnten ihn gerade noch retten«, sagte er zur Mutter, die sich, wie Hilda beobachtete, innerhalb weniger Sekunden in eine Krankenschwester verwandelte. »Bleib du bei ihm, ich muss fliehen!« Die Mutter behandelte die blutende Wunde an Antoines Brust. An diesem Tag waren keine Diener im Haus, deshalb war die Mutter gezwungen, Hilda zu bitten, ihr Stoff und ein paar Dinge aus dem Schrank zu reichen, wo die Familie Medikamente und die Erste-Hilfe-Ausrüstung aufbewahrte.

Hilda sah den Verletzten ängstlich an und war den Tränen nahe, aber ihre Mutter beruhigte sie. Während sie die Wunde reinigte, sprach sie mit ihm und beschimpfte alle, die ihm dies angetan hatten: »Verflucht sei der, der die Palästinenser in dieses Land gebracht hat und der, der ihnen erlaubt hat, in unserem Land so etwas zu tun!«

Außerdem sagte sie in weniger als fünf Minuten mehr als zwanzigmal: »O Jungfrau, o Jesus!« Hilda wollte weinen, weil sie nicht wusste, was hier vor sich ging. Sie hatte auch Angst um ihre Mutter, als sei das Bluten eine ansteckende Krankheit. Doch ihre Mutter versorgte den Mann, blieb bei ihm und schlief seinetwegen sogar auf dem Sofa. So stark hatte Hilda sie noch nie erlebt. Bis zu dieser Nacht hätte sie nicht gedacht, dass ihre Mutter etwas allein regeln könnte.

Als Hilda mir von diesem Vorfall erzählte, versuchte ich, mir das Gesicht des verletzten Antoine vorzustellen, fragte mich, ob er damals Uniform getragen und wer auf ihn geschossen hatte. Während ich mir die Geschichte anhörte, sah ich in ihm nicht den Feind, sondern nur den Menschen. Nein, als normalen Menschen konnte ich ihn nicht betrachten, nur als Kämpfer. Ich fühlte mich ihm nicht verbunden, denn ich wusste, wäre ich vor ungefähr zwei Jahrzehnten im selben Raum mit ihm gewesen, hätte ich mir seinen Tod wünschen müssen.

Aber all dies hielt mich nicht davon ab zuzuhören, und zwar gespannt. Manchmal machte es mich glücklich, dass auch sie Schmerzen hatten. Um mit Hilda zu scherzen, sagte ich, ich versuchte mir die Reaktion ihrer Mutter vorzustellen, wenn sie von unserer Beziehung erführe.

»Kannst du dir vorstellen, ich wäre bei euch zu Hause und spräche deine Mutter in palästinensischem Dialekt an? Sie fiele bestimmt in Ohnmacht.«

»Und was macht dich an dieser Idee so froh?«

»Gar nichts.«

»Das wäre bestimmt nicht amüsant. Hasst du sie?«

»Wen?«

»Meine Familie ... uns.«

»Nein, natürlich nicht.«

»Liebst du sie?«

»Ich kenne sie ja nicht ...«

»Könntest du sie lieben?«

»Das weiß ich nicht. Ich versuche halt, sie über dich kennenzulernen. Sollte ich sie denn lieben?

Könnte ich sie lieben? Vielleicht. Israelis sind sie ja immerhin nicht. Ich weiß aber, dass ich dich liebe und dich für mich allein will, weit weg von allem anderen. Das ist das Einzige, was ich weiß.«

— 7 —

Libanongebirge, 2000

An der Einfahrt zu dem nördlich von Ost-Beirut gelegenen Dorf ließ Hilda den Chauffeur anhalten, den ihr Vater geschickt hatte, um sie abzuholen. Sie stieg aus und ging im Schrein der Jungfrau Maria eine Kerze anzünden. Von einem gelb knospenden Ginsterstrauch pflückte sie eine Blüte und legte sie in ein Buch in ihrer Handtasche, die so geräumig war, wie sie es gern hatte.

Sie wusste, dass diese Art Blüten nicht duftete, aber in ihrer Vorstellung waren sie ein Abbild der Sonne in der Natur. Nachdem der Fahrer sie anschließend die wenigen noch verbliebenen Meilen bis zu ihrem Zuhause gefahren hatte, rannte sie los, um sich ihrer Mutter in die Arme zu werfen und sie fest zu drücken.

Noch in den Armen ihrer Mutter, hörte sie schon von weitem ihren Vater lachen. Sie rannte zu ihm, während er rief: »Als wärst du überhaupt nicht älter geworden, Bella!«

»Bist du die Fremde nicht leid, nach über sieben Jahren?«

»Aber es war notwendig, Vater.«

»Wirst du jetzt hierbleiben?«

»Das zu entscheiden, ist es noch zu früh.«

Während Hildas Vater mit ihr sprach, tätschelte

er ihr mal den Kopf, ein andermal umfing er ihre Taille. Dann nahm er ihren Arm und führte sie in ihr Zimmer im Obergeschoss des Hauses. Ihre Sachen sahen aus wie immer, als wäre sie nicht einen Augenblick weggewesen. Die Spieldose, die himmelblaue, leicht ins Grüne spielende Tapete, die Teddys und über dem Bett die runde Deckenlampe. Eine weiche Matratze und jede Menge Kissen, wie man es bei reichen Leuten so hält.

Sie warf sich auf ihr Bett und schloss für eine Weile die Augen. Auch Madschid lag in seinem Bett und versuchte mit geschlossenen Augen die Entfernung zu überwinden, um mit ihr eins zu werden. Zwei getrennte Betten, ein Mann, eine Frau und ein Traum. Doch er konnte ihr nicht sagen, wie sehr er sie liebte, und sie sagte ihm nicht, dass sie sich ohne ihn an diesem Ort unwohl fühlen, dass sie ihre Hände nach ihm ausstrecken würde, und wenn sie sie zurückzog, würde sie ihn nicht finden.

Maschid blieb zerrissen zwischen dem, was die Entfernung voneinander einem Paar an Möglichkeiten bieten und was sie ihm rauben konnte. Es kam ihm vor, als lerne er nun eine neue Hilda kennen, und wenn er an sie dachte, malte er sich andere Dinge aus als das, was sie miteinander geteilt hatten.

Er stellte sich ihr Dorf vor, ihre Träume, ihre ersten Schritte, sah sie als Krabbelkind und als Heranwachsende, die verstohlene Blicke auf einen Schulkameraden am Nachbartisch warf. An diesen Einzelheiten hielt er sich fest, als wolle er alles, was sie betraf, sammeln. Er öffnete den Kleiderschrank und blickte auf ihre Tanzkostüme, die sie sorgfältig in einen eigenen Schrankteil gehängt hatte. Ihm fiel ein, wie enttäuscht sie gewesen war, als er zu ihrer Abschlussfeier an der Universität nicht erschienen war.

Als sie von dem Fest zurückkam, beschrieb sie ihm, wie hoch sie über den Boden geflogen war, und erklärte ihm, wie sie ihre Glieder, ihre Schenkel, ihre Hände und sogar ihre Finger gelenkig machte, damit sie sich der Musik fügten. An jenem Tag hatte sie sich eine Zigarette aus seiner Zigarettenschachtel angezündet und war überrascht, dass sie ihm verändert erschien, als sie den Rauch in die Luft blies. Sie lächelte nicht. Sie sprach voller Enthusiasmus, mehr noch, mit Inbrunst, um ihm ein schlechtes Gewissen zu machen, weil er nicht da gewesen war.

»Ich kann immer noch nicht verstehen, wie du nicht kommen konntest«, sagte sie schließlich, im Begriff, sich die nächste Zigarette anzuzünden.

»Ich wollte ja, aber mir ist ein dringendes Arbeitstreffen dazwischengekommen. Ich wusste gar nicht, dass du rauchst.«

»Nicht so wichtig. Ich tue es nur so zum Spaß.«

Bevor sie in jener Nacht schlafen ging, sagte sie noch, so oft sei sie schon bereit gewesen, alles Mögliche für ihn zu tun, selbst wenn sie dafür einen Kompromiss eingehen oder auf vieles verzichten musste. Mittlerweile habe sie schon den Verdacht, dass sie ihn zu sehr liebte oder sich von ihren Illusionen über die große Liebe hinreißen ließ. Dann brach sie in Tränen aus. Ziemlich hysterisch weinte sie immer weiter und schimpfte dabei auf das Leben in der Fremde, bis sie schließlich einschlief.

Ein Teil von ihm verstand, was sie da sagte, und wusste, dass er hätte im Saal sein sollen, um ihren Augen zu folgen, während sie tanzte. Ein anderer Teil jedoch konnte sich diese Erregungszustände, die sie manchmal überfielen, nicht erklären.

Hin- und hergerissen zwischen der Angst, sie zu verlieren, und dem Wunsch, sie zu trösten, war ihm damals nichts Besseres eingefallen, als sich für seine Abwesenheit bei der Feier irgendeine Entschuldigung auszudenken. Bevor sie sich dem Schlaf überließ, setzte er sich zu ihr auf die Bettkante, beugte sich über sie, um ihr die letzten Tränen abzuküssen und sagte, sein Fuß habe ihn zu sehr geschmerzt, deshalb habe er nicht kommen können.

Auf dem Weg zur Tür wäre er beinahe gestürzt, behauptete er, habe sich an die Wand gelehnt und ein paar Minuten gewartet, bevor er es bis zum Sofa geschafft habe. So sehr habe er sich gewünscht, dort zu sein, sich vorgestellt, wie sie vom Boden abhob und flog, und habe sich selbst mitfliegen sehen, ihre Hand in der seinen und voller Hingabe, als hätte er nie Schwierigkeiten gehabt, seinen Fuß unter Kontrolle zu halten.

Hilda brach erneut in Tränen aus, aber diesmal nicht vor Wut, sondern vor Trauer und Betroffenheit, und dass linderte Madschids Anspannung. Als sie dann eingeschlafen war, flüsterte er ihr den anderen, wahren, Teil dieser Lüge ins Ohr, dass er nämlich in Wirklichkeit gar nicht fast gestürzt war, sondern einfach nicht den Mut gehabt hatte, sie fliegen zu sehen, während er an dieser verdammten Erde festklebte. Aus lauter Enttäuschung habe er sich tatsächlich aufs Sofa gesetzt, die ganze Vorstellung über dort von ihr geträumt und sich genau die Musik angehört, zu der sie gerade tanzte. Aber das sagte er ihr erst, als er wusste, dass sie ihn nicht mehr hörte. »In letzter Minute« hieß ihr Stück. »In der letzten Minute steht das Leben plötzlich auf dem Kopf. Der letzte Moment enthält in gedrängter Form alles, er bestimmt und kreiert die Erinnerungen. Entweder löscht er alles Vorhergehende aus, oder er verleiht ihm Dauer«, hatte sie gesagt, während sie erst um ihre Oberlider und dann entlang der Unterlider hellblauen Lidschatten auftrug, um anschließend zur Generalprobe aufzubrechen. Bevor sie ging, hatte sie ihn leidenschaftlich geküsst und ihm kokett in die Unterlippe gebissen.

Er hatte allein dagesessen und sich ihren Körper auf der Bühne vorgestellt. Wie, um nach ihm zu rufen, schwang er sich auf und ab. Jede ihrer Bewegungen erregte ihn. Es war, als risse es ihm die Narbe aus dem Gesicht und schleudere die Krücke fort, auf die er sich beim Laufen stützte. Als wäre er dort bei ihr, und sie schnelle stellvertretend für ihn in die Höhe. Die gelben und roten Lichter auf der Bühne umspielten ihren Körper, den sie voll Leidenschaft marterte. Dann richteten sich die Scheinwerfer auf ihr Gesicht. Sie hob den Kopf, sodass ihr Hals vor allen offenlag, frisch und hungrig nach Küssen, und schließlich warf sie in einer mit den Schultern harmonisierten Bewegung den Kopf nach vorn. Jetzt sah sie aus wie eine Frau, die ihre Liebhaber hinauswirft und den Kopf unters Fallbeil legt. Da war sie. Leicht. Eins mit sich selbst. Formvollendet wie ein Kunstwerk. Ob dieses Kunstwerk ihm gehörte, war in solchen Momenten unwichtig. Es reichte, dass es so schön war, als würde für einen Moment selbst ihre Abreise zu Verführung. In dem Augenblick allerdings, in dem er die Hand nach ihr ausstreckte, um nach ihr zu greifen, erwachte er aus dem heiteren Traum. Vor Wut hätte er am liebsten die Musikanlage demoliert, doch dann begnügte er sich damit, die Hände zu Fäusten zu ballen und auf die Wand einzuschlagen.

Angenehmer als die Realität war es für ihn zu träumen. Dazusitzen, zu sehen, wie ihr Phantasiebild über die Bühnenbretter flog, und sich selbst in die Aufführung zu drängen – als ihr Tanzpartner, der er so gerne gewesen wäre, statt nur ein namenloser Zuschauer.

— 8 —

Flüchtlingslager Sabra und Schatila, 1980

»Was möchtest du mal werden, wenn du groß bist, Madschid?«

»Ich möchte Pilot werden.«

»Warum?«

»Um fliegen zu können und alles von oben zu sehen.«

»Hast du denn keine Angst, irgendwann mal abzustürzen?«

»Nein. Ich möchte solche weißen Zeichen an den Himmel malen, wie die Flugzeuge es machen.«

»Aber dann bist du die meiste Zeit weit weg von uns, immer unterwegs und bleibst nie an einem Ort.«

»Ich will dort Gottes Haus besuchen. Kann ich das?«

»Das weiß ich nicht, mein Sohn.«

»Du sagst ja, er ist da oben und beobachtet uns. Ich möchte ihn besuchen.«

»Aber ich meinte noch viel weiter oben.«

»Ich möchte hochfliegen und ihn sehen.«

»Möchtest du nicht zum Beispiel Arzt werden? Oder Ingenieur oder Lehrer wie dein Vater?«

»Nein, Mama, ich möchte fliegen.«

»Mal sehen, ob du es schaffst, jetzt in meine Arme zu fliegen. Los, Kletter hoch! Zack, zack!«

Sie lachte und lachte, kitzelte mich und küsste mich auf den Bauch, während ich mein Gesicht zum Boden drehte. Dann drohte sie, mich fallenzulassen. Lachend rief ich: »Nein, nein!« Sie drehte mich wieder auf den Rücken, fuhr mir mit dem Mund über Schultern, Brust und Bauch und sagte: »Ich fress dich auf! Sieh zu, wie du mir entkommst! Du bist heute mein Abendessen.«

Ich schrie und lachte, dann warfen wir uns beide auf die Matratze und schüttelten uns vor Lachen. Schließlich jedoch zeigte sie auf die Uhr, um mir zu signalisieren, dass für mich Zeit war schlafenzugehen. Als ich liegenblieb und verdrossen vor mich hin grummelte, warf sie mir einen strengen Blick zu, und ich wusste, dass ich mich fügen musste.

Trotz unserer bescheidenen Lebensumstände war ich, bevor der libanesische Bürgerkrieg begann, ein glückliches Kind, in einer besseren Situation als die meisten Menschen im Lager, bei denen die grundlegendsten Lebensvoraussetzungen nicht erfüllt waren. Mein Vater war Arabischlehrer in einer Schule des UNRWA nahe beim Lager Schatila. Ordentlich gekleidet, von freundlichem Wesen und ruhigem Charakter, wickelte er sich, seit die palästinensische Revolution als gerngesehener Gast bei uns in den Lagern eingekehrt war, immer eine schwarzweiße Kuffiya um den Kopf, obwohl er meist offiziellen Anzug und Krawatte trug.

Selbst in seiner äußeren Erscheinung vereinte er Tradition und Moderne. Und dass man ihn »Lehrer« nannte, machte meine Mutter und mich stolz. Sie war die »Frau des Lehrers«, die von den übrigen Frauen des Lagers gebeten wurde, ein gutes Wort bei ihm einzulegen, damit er ihren Söhnen Privatunterricht erteilte oder versuchte, einigen von ihnen beim Studentenbüro der PLO ein Stipendium zur Fortsetzung ihres Studiums in der Sowjetunion zu vermitteln. Und stets sagte meine Mutter es ihren Freundinnen zu: »Ist gut, mit Gottes Segen werden wir tun, was wir können.«

In den Abendstunden, wenn mein Vater wieder zu Hause war und sich ein wenig ausgeruht hatte, ging sie mit einem Blatt Papier, auf dem sie die Bitten der Frauen oder die Namen ihrer Kinder notiert hatte, zu ihm und erzählte ihm die Leidensgeschichte einer jeden Familie: Zum vierten Mal war Abu Abdu nun schon in seinem engen Haus auf dem Weg zum Bad gestürzt. Er war mit dem Kopf an die Leiter gestoßen, die zum oberen Stockwerk führte, das heißt, zu dem kleinen Boden, wo jetzt das Zimmer seiner Enkel war. Dann war er über die Schwelle zur Toilette gestolpert. Der Mann war über sechzig und nun schon zum vierten Mal gefallen. Sein einziger Sohn hatte sich den Freiheitskämpfern angeschlossen und war ihm, seiner Frau und den kleinen Enkeln keine Stütze mehr. Umm Ismail wollte auf ihrem Haus statt dem Blechdach eines aus Beton. Bei meiner Mutter schimpfte sie über das UNRWA und erklärte ihr, schon zweimal seien Vertreter der Organisation da gewesen, um das Haus zu fotografieren, dann aber nicht wiedergekommen, um es instandzusetzen. »Sie haben sich nicht mehr blicken lassen, und wenn sie es jetzt noch tun, jage ich sie weg!«, sagte sie.

»Ich werde dich zum Bürgermeister des Lagers machen, Frau, jemand wie du steht in keinem Geschichtsbuch!«, sagte mein Vater zu meiner Mutter, während er seine Jacke auszog.

»Weder Bürgermeister noch sonst was, wir haben alle dieselben Sorgen und dasselbe zu leiden. Und wir haben ja niemanden außer uns selbst«, antwortete sie ihm. Das war die Quintessenz dessen, was sie aus der Vertreibung gelernt hatte: dass Leid verbindet und dass die Armen die Einzigen waren, die einander im Unglück unterstützten, als verschmölze die Haut des Einen mit der des Anderen und man teile sich Kleidung, Essen und, falls nötig, sogar das Bett.

Sie sagte immer, dieses Füreinandereinstehen der Menschen gemeinsamer Herkunft in der Diaspora sei das, was das Exil für sie alle erträglich mache. Dagegen kritisierte sie die reichen Palästinenser, die ihre Landsleute im Stich ließen und nie den Versuch machten, ihnen die Hand zur Hilfe zu reichen. »Weswegen bloß? Was fehlt ihnen denn, dass sie nicht helfen? Als hätten sie nie zu uns gehört!«, sagte sie und zählte die Namen von Verwandten und reichen Palästinensern auf, die mir inzwischen alle entfallen sind.

Auch meine Mutter war noch jung gewesen, als sie aus ihrem Dorf Abu Sinan in den Libanon gekommen war. Sie sagte, als Kind habe sie immer gedacht, früher oder später werde sie wieder nach

Hause zurückkehren, ihr sei gar nicht klar gewesen, was Besatzung bedeute. Sie habe geglaubt, was geschehen sei, sei nur vorübergehend, und wie in den Kindergeschichten werde die Dorfbevölkerung über die Bösen siegen und in ihr Land zurückkehren. Und sie selbst, wer konnte es wissen, würde vielleicht einen Prinzen heiraten.

Als sie groß und vernünftig geworden war, machte meine Mutter sich immer über den Namen ihres Dorfes lustig, als machte sie dem Land Vorwürfe, dass es sich nicht traute, die Zähne zu zeigen und den Besatzer zu verschlingen. »Warum hat man es bloß Abu Sinan, Vater der Zähne, genannt? Wir haben doch nie seine Zähne gesehen, man hätte es anders nennen sollen!«, sagte sie, und mein Vater lachte und versprach ihr, nach dem Ursprung dieses Namens zu forschen, um zu sehen, welche Bedeutung dahintersteckte.

Aber meine Mutter schied dahin, ohne je zu erfahren, warum ihr Dorf Abu Sinan hieß. Ihr Leben lang sah sie keine anderen Zähne als die der Tyrannei, der Unterdrückung, des Todes und der Diaspora. Als wolle das Leben, dass sie vor dieser Logik der Gewalt kapitulierte und mir, ihrem Sohn, ein beklemmendes Gefühl von Hoffnungslosigkeit und Ausgeliefertsein an das Gesetz des Dschungels vererbte, wo nur die Starken überleben, die sich echte Waffen zu schmieden wissen, nicht nur solche, von denen wir unser eingebildetes Heldentum ableiteten. Als wolle das Leben mir sagen, ich würde zum König, wenn ich in einer gewissen Höhe, im neunundneunzigsten Stock, hinter dem Fenster stand; dies sei mein einziger Ersatz für alles, was ich verloren hatte, meine uneinnehmbare Festung, die niemand zerstören könne. Als Kind kam ich nicht höher als bis aufs Dach des Lagers. Meine Mutter rief mich von unten, schrie, schimpfte, und als sie die Hoffnung aufgab, dass ich herunterkommen würde, drohte sie mir mit ihren Latschen.

»Komm runter, du Flegel!«

»Lass mich, Mama, ich will die Sonne sehen!«

»Ich sag es deinem Vater, wenn er nach Hause kommt!«

Das Dach bot mir die Möglichkeit zum Atemholen, einen anderen Duft wahrzunehmen. Ich konnte sehen, wie sich vor mir die Wohnhäuser dahinzogen, und mich vom Licht verbrennen lassen, das kaum seinen Weg in das eng von Häusern umgebene Lager fand, wo die Gassen voller Abfälle waren und feucht von der Wäsche, die die Frauen dort auf kreuz und quer gespannte Leinen hängten. Ich hörte die Stimme meiner Mutter nicht, wie sehr sie auch schrie und nach unserer Nachbarin Widad oder dem Gemüsehändler Abu Mahmud rief, damit sie kamen und sich das Ganze ansahen. »Der Junge wird keine Ruhe geben, bis er vom Dach gefallen ist!«

»Ich sag dir doch, komm runter, Schatz! Du sollst runterkommen, du Flegel!«

»Lass mich, Mama, ich will die Sonne sehen!«

— 9 —

Ungefähr zwei Jahre nach dem Massaker kam ich nach Amerika. Wegen seiner Verwandten hier war es meinem Vater gelungen, Reisetickets für sich und mich zu bekommen. Nach dem Tod meiner Mutter, an den zu glauben er sich noch immer weigerte, hatte mein Vater den Kampf aufgegeben, der ihn, nachdem er vom Lehrer zum Freiheitskämpfer geworden war, ganz absorbiert hatte. Damals war er sich nicht sicher gewesen, ob er den Beinamen »Lehrer« ablegen musste, um zur Waffe greifen und sich der Fatah-Bewegung anschließen zu können.

Meine Mutter fragte ihn wütend, wie er, der sein Leben lang keiner Fliege etwas zuleide hatte tun können, zum Kämpfer werden wollte. Kämpfen sei eine Tätigkeit, für die man ganz bestimmte Fähigkeiten brauche und außerdem intensiv trainieren müsse, was er nicht tat. »Denkst du, jeder, der ein Gewehr trägt, wird dadurch zum Kämpfer? Das ist doch nichts für dich, Mann.« Aber er blieb stur.

Er hatte einen ganz anderen Glanz in den Augen als sonst. Es war nicht triumphal oder hoffnungsvoll, sondern eher ein trauriges Schimmern, wie es Menschen, die am Leben leiden, haben, wenn sie von ihm einer Prüfung unterzogen werden. Trotz seines freundlichen Gesichts war mein Vater doch stark gebaut, und als er sich zum ersten Mal die olivgrüne Uniform anzog und die Kuffiya umlegte, erschien er uns allen wie ein anderer Mann. Es kam einem vor, als hätte der Kämpfer in ihm den offiziellen Anzug gesprengt, als seien seine Muskeln plötzlich dicker und seine Stimme rauer geworden.

Meine Mutter fragte ihn, was die Schüler wohl von ihm sagen würden, wenn sie ihn so sähen, ob sie jetzt nicht mehr »Herr Lehrer« zu ihm sagen würden. Er aber sah sie scharf an und erklärte, die Menschen würden ihn von nun an noch mehr lieben und ihn auch in Zukunft noch »Lehrer« nennen, schließlich seien sie es so gewohnt. »Die Leute lieben den Starken, nicht den Schwachen, sagst nicht gerade du das immer?« Als Zeichen ihrer Zustimmung nickte sie ergeben, fragte aber weiter.

Sie versuchte, ihm damit ein schlechtes Gewissen zu machen, dass die Schüler sich nicht so schnell an einen neuen Lehrer gewöhnen würden, aber das ignorierte er. Wenn sie ihm gegenüber so hitzig wurde, sah er ihr in die Augen und sagte, die Besatzung treibe ein widerwärtiges Spiel, sie töte im Menschen beinahe die letzte Hoffnung auf Gerechtigkeit im Leben. Wer aus seinem Land vertrieben sei, dessen Schicksal sei es wohl oder übel, zum erbitterten Kämpfer zu werden, nicht weil er vernichten wollte, sondern weil die Zerstörung schon stattgefunden habe und sich in seinem tiefsten Inneren ausweite.

»Trüge ich in diesen Tagen kein Gewehr, wäre ich kein Palästinenser«, sagte er, als wäre der Kampf für ihn inzwischen zur Identitätsfrage geworden und nicht mehr nur eine Option. Es war keine Provokation und kein bloßer Ausdruck von Wut, sondern mehr, als sei der Tod selbst für einen Moment zu seinem Dasein geworden. Dies sagte er ihr, und sie hörte zu. Dieses heisere Röcheln in seinem Hals kannte sie genau, als drücke ein Stimmband gegen das andere, um der Kehle Festigkeit zu verleihen. Stimmbänder, die sich unter der Haut ängstlich umklammerten und bei irgendwelchen Lauten, beim Schreien und Stöhnen Zuflucht suchten.

Sie kannte diesen Tonfall gut, denn wenn sie sich an die Vertreibung und die Angst dabei erinnerte, rang sie beim Sprechen genauso nach Luft. Sie wusste, was es hieß, wenn die Seele durch die Kehle entfloh und erschrocken versuchte zurückzukehren. Als ihr seine Stimme so unter den Stimmbändern erstickt schien, ergab sie sich in die Tatsachen und drückte seine Hand, damit er wusste, dass sie genau verstand, was er sagte und fühlte.

Sie strich ihm mit der Hand übers Gesicht und hielt die Tränen zurück, als könne sie dadurch ebenfalls wieder Mut fassen. Dabei dachte sie daran, wie viele Emigranten und Vertriebene auf dieser Welt wohl die Tränen unterdrückten und wie viele Männer feststellten, dass sie zu Kämpfern wurden, zu Nationalisten und Patrioten, selbst wenn es bedeutete, schnellen Schritts ihrer letzten Ruhestätte zuzueilen.

Als die Frauen des Lagers begannen, vom Mut meines Vaters, des »Lehrers«, zu sprechen, von dem solches Heldentum nicht zu erwarten gewesen war, fügte sie sich Stück für Stück der Realität, und der Gedanke, dass sie die Frau des starken Kämpfers geworden war, begann ihr zu gefallen, als wäre er plötzlich zu dem geworden, was ihrem Dorf Abu Sinan fehlte, und hätte seine Zähne gezeigt, um sich in die Schlacht zu stürzen.

Mit der Zeit wurden seine Uniform und seine Kuffiya für uns zu einer Quelle der Sicherheit, als seien sie zwei hinreichende Gründe für sein plötzliches Verschwinden und Wiederkommen. Und obwohl seine Abwesenheit sie in dieser Zeit hart ankam und das Leben ohne ihn schwer war, beklagte sich meine Mutter nur selten über ihn und sah ihn immer demütig, furchtsam und liebevoll an. Sie war so stolz auf ihn wie fromme Leute auf ihre ererbten Bekenntnisse und heiligen Orte.

Auch er liebte sie, und wenn er sich nach ihrem Fortgang an sie erinnerte, beschrieb er sie als einen Inbegriff von Sittsamkeit, Keuschheit und Reinheit. Ein paar Monate vor seinem eigenen Fortgehen bekannte er mir, wann immer er sich ihr näherte, habe er das Gefühl gehabt, sie zum ersten Mal zu berühren.

»Sie zog sich für mich solche Sachen an, wie Frauen sie tragen, Spitzen und Satin, und besprühte das Bett mit Parfum, aber immer bewahrte sie diese Scheu, die einem das Gefühl gibt, auf Neuland zu stehen, das noch kein Wesen betreten hat. Jedes Mal war sie wieder Jungfrau, als hätte sie mit ihrer Frische und Süße jede frühere Spur von mir auf ihrem Körper getilgt und trüge eine neue Haut.«

Wenn mein Vater, als ich ein junger Mann geworden war, in dieser Weise von ihr sprach, wunderte ich mich, wie er so gewagte Dinge sagen konnte. Ich war ratlos, ob dies auch eine seiner Anpassungsmaßnahmen war, ob sie durch die Distanz für ihn zu einer Art Traum wurde, ob die fehlende Möglichkeit, sie noch in der Realität zu berühren, seine Vorstellung von ihr so intim und schön machte oder ob in Wirklichkeit dieses Bild von meiner Mutter als »jedes Mal wieder Jungfrau, als beträte man Neuland« das war, was ihn bewog, ihren Tod zu leugnen.

Mein Vater sagte, er habe sich nie als Held auf irgendeinem Schlachtfeld gesehen, wie ihre Blicke es ihm nahegelegt hätten, deshalb fühle er sich angesichts ihres Todes auch so schuldig. Es sei, als wäre er bei ihr zu spät gekommen oder hätte sie im Stich gelassen, als sie ihn am meisten brauchte. Und der Satz »Nimm den Jungen und geh!«, war genug, dass auch ich mich schuldig fühlte.

War ich der Grund dafür gewesen, dass sie diesem schrecklichen Schicksal ausgeliefert war? Wie konnte das sein, wo ich doch lieber gestorben wäre, als ohne sie zu leben? War meine Verletzung am Fuß meine ewige Strafe dafür, dass ich ihren Tod verursacht hatte? Hatte ich das wirklich getan? Warum behandelte mich mein Vater dann nie so, als wäre ich derjenige, der ihm seine Frau geraubt hatte? War er zu reif dafür, oder waren seine väterlichen Gefühle stärker als die Vorwürfe? Ich überlegte immer, was wohl geschehen wäre, wenn ich nicht getroffen worden wäre und mein Vater mich nicht fortgetragen hätte. Wären wir dann alle zusammen gestorben, wie eine Verwandte von ihm einmal sagte, oder hätte Hoffnung bestanden, meine Mutter zu retten? Vielleicht durfte ein Mann wie ich, der in gewissem Sinn Wunder vollbringen konnte, nicht an derlei Märchen glauben, dass Gott uns körperlich für unsere Sünden und Vergehen bestraft.

Ich musste immer an Hilda denken, stellte mir vor, wie sie das Schuldbekenntnis aufsagte, und fragte mich, muss auch ich zu Gott beten und ihm sagen: »Ich bereue – ich bereue, dass irgendein Feind mich am Fuß verletzt und mich und meinen Vater damit aus dem Lager getrieben hat, sodass meine Mutter allein gestorben ist, meinetwegen.«?

Würde er mir vergeben, wenn ich wie sie das Schuldbekenntnis sprach oder den Makel in meinem Gesicht mit Tränen wusch? Könnte all das verschwinden, wenn ich zu ihm sagte, ich sei ein Sünder? Und versuchte ich meinen schmerzenden Fuß, indem ich ihn ständig malträtierte, zu bestrafen, weil ich mir selbst nicht vergeben hatte, was an jenem unseligen Tag geschehen war?

Die beiden Jahre, die unserer Ankunft in Amerika vorausgingen, waren die schwersten überhaupt. In die Erinnerung des Todes zurückzukehren und auf Leichen zu treten, von denen eine meine Mutter sein konnte, war das Schlimmste, was ich je erlebt habe; gebrochen ins Lager zu gehen, als hätte man erkannt, dass man dort ein Fremder war, und könne sich selbst nicht mehr weismachen, dass es einem zumindest zeitweilig Zuflucht bieten würde. Die meisten Überlebenden des Massakers von Sabra und Schatila fühlten so: Jeden Augenblick könnten wir sterben, und niemand würde kommen, uns zu retten.

Auch mein Vater hatte damals seine Begeisterung für das Kämpfen verloren. Wohin er auch ging, er wirkte, als hätte er die Enttäuschung im Schlepptau, als sei er innerhalb eines Tages zum Greis geworden, als hätte sein Alter sich über Nacht vervielfacht.

Der Beiname »Lehrer« verlor seinen Glanz. Er zog die Uniform aus, und ich wurde zu seiner ganzen Sorge, als wäre ich seine einzige Beute in dieser Welt. Eine Beute, auf die man gut achtgeben musste.

Ich erinnere mich noch, wie er die Wunde in meinem Gesicht regelmäßig verband und desinfizierte, wie er mir half, wenigstens auf einem Bein zu laufen. Er stand am Ende der Diele und ermunterte mich, lächelnd und mit geöffneten Armen, zu ihm zu kommen.

Ich fühlte mich damals wie ein einjähriges Kind, verlangte wie ein Neugeborenes nach Leben und ging vorwärts. Die Diele glich eher einem unendlich langen Gewölbe, aber ich musste weiter, bis ich in seinen Armen ankam. Mein Vater war von einer solchen Güte, dass ich unfähig war, auch nur daran zu denken, seine Trauer noch größer zu machen. Um ihn zufriedenzustellen, war ich bereit, alles zu geben. Um ihn ein wenig lächeln zu sehen.

An manchen Abenden besuchten ihn ein paar Freunde, ließen sich im Kreis auf eine Matte am Wohnzimmerboden nieder, und ich machte ihnen Tee und setzte mich zu ihnen, um ihren Gesprächen zu lauschen. Manche von ihnen waren wild und zornig, andere frustriert und voller Schmerz.

Ihre Gespräche drehten sich um die jüngsten politischen und militärischen Entwicklungen, und ich hörte zu, ohne viel zu verstehen. Doch in Wirklichkeit war meinem Vater relativ egal, was passieren würde. Seine einzige Sorge war, mich in ein anderes Land zu bringen. Er erklärte seinen Freunden, er sei zu dem Schluss gekommen, dass das, was er hier, bei den christlichen Milizen und den arabischen Führungen erfahren habe, selbst den Hass der Zionisten auf die Palästinenser in den Schatten stelle.

Wie ein Echo der Worte meiner Mutter sagte er, weil sein Volk schwach sei, habe niemand ihm je eine helfende Hand gereicht, und die Geringschätzung, die er hier bei denen angetroffen habe, die eigentlich Araber sein sollten wie er, sei schlimmer als der Hass der Israelis. Jeden Kampf außerhalb seines Landes schien er nunmehr als Zeitverschwendung zu betrachten, und er sagte immer, wären seine Leute dort in Kafr Yasif geblieben und hätten es erst als leblose Leichen verlassen, so wäre dies besser gewesen als die Schmach, die sein Volk jetzt erlebte.

»Dadurch, dass wir außerhalb unseres Landes kämpfen wollten, waren wir wie Arbeiter, die den Boden eines anderen beackern«, so lauteten seine Worte, wenn er seinen Zuhörern ankündigte, dass das Kommende noch schlimmer sein und der Tod die Palästinenser verfolgen werde, so unverdient wie andere ein Fluch.

Wenn man Palästinenser ist, heißt das, entweder seine Wurzeln zu vergessen und sich von seinem Ursprung zu lösen, um im Leben vorwärtszukommen, oder aber wie eine Kugel im Gewehrlauf zu verharren und darauf zu warten, in irgendeine Richtung abgefeuert zu werden, in Feindschaft mit dem Leben, das einem seinen Geburtsort geraubt und einen gezwungen hat, sich eine neue Heimat zu schaffen.

Palästinenser zu sein heißt, vor allem in Kriegszeiten, sich selbst das Recht auf Leben abzusprechen und sich das Leid als zweite Haut überzustreifen, sonst hat man seinen Patriotismus verloren. Palästinenser zu sein heißt, das Lachen zu vergessen und am Gefühl des Benachteiligt- und Unterdrücktseins festzuhalten, sonst wird man zum Abtrünnigen.

Es heißt, im Exil oder in einem Lager geboren zu sein und zu sehen, wie alle einen mitleidig oder angewidert anstarren, wie die Mehrheit einen als Last betrachtet. Es heißt, auf internationale Hilfen und die Gaben des UNRWA zu warten und sich vor Kindersegen zu fürchten wie Muhammad, der Sohn meiner Tante Zahra im Lager, der weiß, wie schwierig das Palästinensersein für sein Kind wäre.

Aber irgendwann in meinem Leben, und weil ich Sohn meines Vaters bin, der für mich den Pfad des Lebens gewählt und mich vom Tod ferngehalten hat, musste ich mich dafür entscheiden, eine andere Art von Palästinenser zu sein, einer, der diese Determination mit aller Entschiedenheit überwinden will, der die Realität herausfordert und manchmal sogar vergisst, welches Heimatland er hat, das Heimatland, in dem er nie gewesen ist.

Nachdem ich, als Jugendlicher mit kaputtem Fuß, mit meinem Vater nach New York gekommen war, schien es mir, als bestünde hier für mich einige Hoffnung darauf, mich nach oben zu recken wie die Wolkenkratzer. Das Land hier wirkte wie eine Gelegenheit, auf einem Fuß zu hüpfen, wie ein Anspruch auf einen Neuanfang, der vielleicht besser sein würde.

Ich begriff gut die Chance, die mein Vater uns bot, und wollte sie bis zum Letzten ausschöpfen. All die Sonn- und Schattenseiten der Emigration kamen mir mehr und mehr zu Bewusstsein, als ich erneut Kontakt zu einigen Verwandten im Lager aufnahm und Nachrichten von meinem Cousin Muhammad erhielt.

Diese Beziehung, die sich kürzlich zwischen uns ergeben hatte, erinnerte mich wieder an die Angehörigen meiner Heimat und ihre Leiden. Muhammad schrieb mir lange Mails mit vielen Fehlern, die ich zum großen Teil als Zeichen seiner Erregung interpretierte, als offenbarte sich seine Bedrängnis in den Buchstaben vor meinen Augen. Buchstaben, die auf dem Bildschirm ins Stocken gerieten und von denen die einen den anderen hinterherjagten, als quöllen die Schmerzen um die Wette aus ihm heraus, um sich zum Ausdruck bringen zu können. Er schrieb aus einem Internetcafé, das ein libanesischer Freund am Rand des Lagers eröffnet hatte. Die meiste Zeit verbrachte er dort, und dafür, dass er ihm ein wenig half, bekam er kostenlose Stunden im Netz.

Muhammad beschrieb den Dreck am Rand des Lagers Sabra und Schatila, schickte mir manchmal ein paar Fotos, bat mich, ihm ebenfalls Fotos von Amerika zu schicken, und fragte, wie das Leben hier sei. Er beschrieb die Passanten im Lager, als wären sie Gespenster, manchmal nicht wirklich anwesend.

»Du müsstest mal das Gewirr der Elektrokabel sehen! Diese kleine Gemeinschaft, in der wir leben, geht uns von Tag zu Tag mehr auf die Nerven. Glaub mir, aus den kleinen Zelten, die hier mal waren und von denen unsere Vorfahren dachten, sie wären nur Provisorien, sind Häuser geworden, eins ans andere geklebt. Die engen Gassen des Lagers und die fehlenden Balkone an den Häusern sind ja gar nicht das Tragische für uns, mein Freund. Das Tragische ist, dass wir mit jedem Tag mehr die Hoffnung darauf verlieren, hier irgendwann mal rauszukommen«, schrieb er in einer seiner Mails.

Er berichtete ausführlich, wie das Wasser durch die Hausdächer sickerte und dass die Gassen im Winter dermaßen überflutet waren, dass die Bewohner des Lagers darin schwimmen könnten. Die Stromkabel dagegen, die sich kreuz und quer durch die Luft zogen, verglich er mit einer erzwungenen Umklammerung, die irgendwann in einer Explosion enden musste. Die Ironie zwischen seinen Zeilen war deutlich, zudem eine Frustration, die verzweifelt irgendwo nach Hoffnung suchte. Ich meinerseits munterte ihn in meinen Antworten beständig auf, versuchte, ihm die Dinge leichter zu machen und ihn davon zu überzeugen, dass das Leben überall gleich sei.

Doch jedes Mal, wenn ich auf dem Balkon meines Hochhausbüros stand, malte ich mir das Lager und seine Bewohner aus. Fast hörte ich das Wasser durch die Decke rieseln, und manchmal streckte ich die Hand aus, um den elektrischen Stacheldraht zu durchtrennen oder nach einem Kind zu greifen, es dort herauszureißen und weit fort zu bringen. Jedes Mal, wenn ich Muhammads Nachrichten las, in denen immer wieder von seinem Wunsch, zu heiraten und Kinder zu bekommen, die Rede war, denn er war bereits über fünfunddreißig, fragte ich mich, ob er sich tatsächlich wünschte, Vater zu werden, oder einfach nur, ein normales Leben zu führen. Viele Palästinenser heirateten und bekamen Kinder. Warum wagte er es nicht?

Auch ich hatte diesen Wunsch, und aufgrund meiner Behinderung fürchtete ich ihn. Ich hatte Angst, meinen Sohn nicht auf den Arm nehmen zu können, weil meine eine Hand die Krücke hielt. Ich hatte Angst, mit meinem Kind nicht in den Parks herumtollen zu können, und malte mir aus, dass ich, wenn ich heiratete und meine Frau Kinder bekam, meinem Sohn und meinem Vatersein gegenüber von einem Gefühl des Unvermögens aufgefressen werden würde wie Muhammad. Ich verdrängte diese Qual und sah mich nicht in der Lage, Muhammad zu ermutigen, das Mädchen, das er liebte und von dem er andauernd in seinen Mails schrieb, zu heiraten und Vater zu werden.

Er sagte, er fürchte sich vor dem Tag, an dem ein anderer, leistungsfähiger und wohlhabender Mann käme, um sie ihm vor der Nase wegzuschnappen, weil er keine Familie mit ihr gründen konnte. Auch ich befand mich in solch einem Zustand verstümmelter Liebe, selbst im Schwung meiner Leidenschaft zu Hilda, fürchtete, sie zu verlieren, zu sehen, wie sie mir zwischen den Fingern zerrann und wie die Liebe zur Illusion wurde. Muhammad erwartete, dass das Fenster seiner Geliebten sich irgendwann vor ihm schließen würde, ständig starrte er darauf, und war aus Furcht, sich von ihr zu entfernen, unfähig, das Lager zu verlassen.

Sie wohnte am Rande des Lagers, im libanesischen Teil, und war so arm wie er. Er liebte sie, aber ihre Familie hatte in seinen Heiratsantrag nicht eingewilligt. Daraufhin fragte er die Mütter seiner libanesischen Freunde, ob sie damit einverstanden wären, ihre Töchter mit jemandem wie ihm zu verheiraten. Manche von ihnen bejahten aus Höflichkeit, andere aber lehnten rundheraus ab. »Warum möchtest du eine Libanesin heiraten? Heirate doch eine Palästinenserin!«, sagte eine von ihnen, und er erklärte ihr, seine Geliebte sei nun einmal Libanesin. »Liebe kommt und geht, das verliert sich«, meinte sie.

Alle Türen schienen ihm verschlossen. Wie sollte er an Geld und eine passende Arbeitsstelle kommen? »Ich will sie, keine andere! Und wenn ich Palästinenser bin, was macht das denn?«, sagte er zu seiner Mutter, die ihn zu überreden versuchte, diese Liebe aufzugeben, weil sie sah, wie er litt und wie zornig er war. »Lass mich in Ruhe, Mama!«

Er konnte nicht abreisen und sich um eine Arbeit im Ausland bemühen, weil er wusste, wenn er zurückkam, würde er feststellen, dass sie geheiratet hatte. Dem Moment, in dem man das Fenster schloss, zuvorzukommen, war für ihn wie eine Obsession oder ein Fluch, von dem er verfolgt wurde, genau wie für mich die Angst vor Hildas Rückreise nach Beirut.

Dieser Zwang, einem unglücklichen Ausgang zuvorkommen zu müssen, machte uns alle bewegungsunfähig, als klebten unsere Körper – ganz ohne Leim oder sonst eine Substanz, die uns dort fixiert hätte – am Boden fest. Nie konnte ich zu meinem Cousin sagen, er solle doch gehen und versuchen, irgendeine Stelle zu finden, vielleicht wäre ja das Fenster, von dem er dachte, es würde vor ihm verschlossen sein, bei seiner Rückkehr noch offen.

Wie konnte ich das von ihm verlangen, ich, der ich Hilda nicht einmal beim Tanzen zuschauen konnte aus lauter Angst davor zu sehen, wie ihr Körper sich vom Boden löste und durch die Luft wirbelte? Nie habe ich ihm gesagt, dass Körper, die festkleben, aber zumindest versuchen, sich zu erheben, selbst wenn sie wieder abstürzen, besser sind als Leichenteile, die an Ort und Stelle liegen bleiben. Mit jeder Mail erwartete ich, dass er mir etwas Neues mitteilen würde. Genau wie für mich selbst hielt ich für ihn Ausschau nach ein bisschen Mut und Hoffnung.

Zweiter Teil

— 1 —

New York, 2000

Was ich an mir selbst nicht verstehe, ist dieser Widerspruch zwischen meinen zahlreichen Ängsten und den Triumphen, die ich erzielt habe. Da ist einerseits das Bild des erfolgreichen Mannes, mit dem ich meine Tragödie ausradiert habe, andererseits die Tatsache, dass ich mich weigerte, mich wegen der Narbe in meinem Gesicht einer kosmetischen Operation zu unterziehen. Ich war ja nicht hässlich. Braunhäutig, mit honigfarbenen Augen, mit etwas widerspenstigem, aber nicht zerzaustem Haar. Außerdem erhielt mein Körper durch meine Größe ein gewisses Ebenmaß, das meinen hinkenden Gang ausglich.

Zu Beginn meiner beruflichen Laufbahn hatte ich mein Äußeres vernachlässigt, aber als Hilda in mein Leben trat, änderte sich auch dieser Punkt. Sie übernahm nun den Kauf meiner Kleidung und achtete darauf, dass die Farben zusammenpassten. Bevor ich sie kennengelernt hatte, hätte ich mich nie getraut, bunte Turnschuhe anzuziehen, aber sie ermutigte mich dazu. Als ich zum ersten Mal himmelblaue Schuhe trug, stand ich lachend vor dem Spiegel. »Soll ich so wirklich aus dem Haus gehen?«, fragte ich mich. Dann musste ich noch mehr lachen, als mir die Geschichte von Salma einfiel, der Tochter unserer

Nachbarn im Lager. Nachdem ihre Mutter ihr zum Opferfest neue Schuhe gekauft hatte, hatte das Mädchen sie in den Kühlschrank gestellt, damit sie sich länger hielten und frisch blieben. Am nächsten Tag kam ihre Mutter laut prustend zu uns und erzählte meiner Mutter die Geschichte. Dabei wurde sie immer wieder von Lachanfällen unterbrochen und konnte vor Kichern kaum reden. Es waren weiße Sandalen mit elastischen, blumenbesetzten Riemchen. Wenn das Mädchen seine Mutter zu uns begleitete, nahm es sie mit, aus Angst, sie könnten gestohlen werden. Sie stellte sich die Schachtel auf den Schoß und warf alle paar Augenblicke einen verstohlenen Blick hinein, um sich zu vergewissern, dass sie noch da waren.

Mit wohlgefälligem Lächeln sah ich auf die neuen grauen Turnschuhe mit den breiten blauen Streifen. So merkwürdig es war, der Gedanke, meine Füße wären dadurch andere geworden, war doch verlockend. Gewöhnlich trug ich Anzug, Krawatte und fast immer eine Brille. In den bunten Turnschuhen dagegen sah ich aus wie ein lebensfroher Amerikaner. Der äußerliche Widerspruch zwischen meinem Gesicht, nämlich dem eines von Krieg und Diaspora gezeichneten Mannes, und meiner eleganten Kleidung wirkte, als sei ich – ich selbst – eine Münze, die auf der einen Seite hell glänzte, auf der anderen aber einen dicken Kratzer hatte. Diesen Eindruck erweckte ich auch immer, wenn ein Angestellter aus unserem Unternehmen zur Entwicklung von Videospielen in mein Büro kam und ich mit dem Rücken zur Tür vor dem Fenster stand. Kaum wandte ich mich meinem Besucher zu, malte sich Erstaunen auf seinem Gesicht ab, und er geriet für kurze Zeit aus dem Konzept, bevor er die Hand ausstreckte, um mich zu begrüßen.

In allen Gesichtern sah ich denselben Ausdruck, dasselbe Bemühen, den abstoßenden Anblick meiner Narbe auszuhalten. Wenn ich mich dann auf den wenigen Schritten zum Schreibtisch mit der Hand an der Wand abstützte, um für den kurzen Weg nicht die Krücke nehmen zu müssen, erwachte der Besucher aus seinem Schock über die Narbe, um sich mit meinem Hinken zu beschäftigen, und der unterdrückten Fragen wurden noch mehr.

Meist fragten sie nicht, was mit mir los war, aber es gab doch auch immer Neugierige. So erfand ich Geschichten, wie zum Beispiel, ich sei als Kind bei meinem Großvater vom Balkon gestürzt oder vom Motorrad geflogen und mit dem Gesicht in eine Flaschenscherbe gefallen. Ich war gut im Lügen, auch wenn ich es nur spaßeshalber tat. Zu anderen Gelegenheiten, wenn ich deprimiert war, ließ ich mich ausführlich über das Massaker aus, erzählte, dass die Täter nie zur Rechenschaft gezogen worden waren, und monologisierte lange über den Krieg und seine Tragik, bis der Besucher gelangweilt oder genervt war.

»That's terrible!«

»Did all this happen to you?«

Solche Sätze, die ich von Amerikanern hörte, kamen mir vor, als lebten sie auf einem anderen Stern und wüssten nicht, dass uns Arabern solche Dinge tatsächlich passieren.

»You are so brave!«

Daraufhin pflegte ich zu grinsen, und sie drückten mir die Hand, während ich versuchte, mich von ihrem Mitgefühl gerührt zu zeigen. Wäre ich nicht so fit in meinem Beruf und so vertraut mit der Welt der Technologie gewesen, hätten meine Kunden, nachdem sie ein wenig bei mir gesessen hatten, sich nicht wohlfühlen können. Es gelang mir jedoch immer, das Bild des erfolgreichen Geschäftsmanns über das des Körperbehinderten triumphieren zu lassen. Vielleicht wollte ich aber auch, dass beide Bilder sich überlagerten, um weiterhin etwas Besonderes zu bleiben oder um die Menschen nicht zu täuschen und ihnen die Möglichkeit zu geben, mich so kennenzulernen, wie ich war, mit meiner ursprünglichen Haut und keiner vom Arzt verpflanzten.

Das Problem war nie, wie ich Fremden oder gar Verwandten erschien, sondern wie ich mich selbst schulen konnte, um diese Distanz zwischen mir und den Menschen zu überbrücken. Das Problem bestand nicht in meinem Palästinensischsein oder dem Wunsch, gelegentlich davor zu fliehen, sondern in der Frage, wie ich mich mit dem Gefühl aussöhnen konnte, von einem Ort losgelöst zu sein, den ich nicht kannte und an den ich keine Erinnerungen hatte, von einem Land, das in mir wohnte, obwohl ich es nie betreten hatte.

Die Narbe zu behalten war vielleicht ein Mittel, um zu sagen, ich bin von dort, von einem undefinierbaren Ort. Von einem Ort mit knapp bemessener Fläche, der mit jedem Tag weiter schrumpfte und auf diese Weise möglicherweise eines Tages unverdientermaßen verschwand. Dieser Ort war die Utopie, der ich alle schönen Seiten des Schmerzes zuschrieb, als sei er die Erklärung für das Absurde und die einzig existente Wahrheit. Die leidvolle, nackte und in ihrer Aufrichtigkeit schöne Wahrheit. Es war ein Bekenntnis zum Leben und zu seiner Tragik.

Ebenso war die Spannung in meiner Beziehung zu Hilda ein Bekenntnis dazu, wie schwierig es für beide Geschlechter ist, sich zu begegnen und so weit miteinander zu verschmelzen, dass sie körperlich und seelisch eins werden. Unsere körperliche Beziehung war am ehesten mit solch einer Sehnsucht nach Begegnung zu vergleichen, einer Sehnsucht, die schwer zu stillen war.

Ich war nicht so gelenkig, dass ich die Bewegungen meines Körpers jederzeit unter Kontrolle gehabt hätte, und musste Hilda erst schulen, damit sie sich an meine Behinderung gewöhnte. Als ich sie kennenlernte, nahm ich sie in meine Arme und hielt sie fest, bis ich spürte, dass sie meinen Händen, die zwischen ihren Brüsten und ihrem Gesäß unterwegs waren, nachgab. Ich wartete, bis sie schwach und gefügig wurde, um ihr dann zu sagen, wie sie sich im Gleichklang mit meinem Körper bewegen musste.

Ich fühlte ihren Bauch auf dem meinen, während ich ausgestreckt unter ihr lag und sie bat, aufmerksam in den Spiegel zu schauen und zu beobachten, wie hell und transparent ihr Gesicht in dieser Position wurde. Ich beobachtete, wie ihre Schamhaftigkeit mit sich selbst kämpfte, bat sie dann, mir direkt in die Augen zu schauen, und sie küsste mich, als hätte sie sich gerade erst entdeckt und wollte nun ihren Mund mit mir teilen.

Aber als Hilda alles gelernt hatte, wie sie sich bewegen und wo sie mich berühren sollte, bekam ich trotz der Lust, die ich verspürte, Angst davor, dass sie mehr von mir wollte. Ich fürchtete, mein Fuß könne mir seinen Beistand versagen, und wünschte mir, sie wüsste noch nicht Bescheid, ich wäre noch immer der Lehrer und sie das kleine Mädchen, das durch mich die Welt entdeckte. Sie schien mit einem Mal gereift, so weit, dass es kein Zurück mehr gab, sondern nur noch mehr Reife. Sie war geworden wie Amerika, ein unlösbares Rätsel.

Jedes Mal wenn ich nach Hause kam und sie nicht vorfand, war ich mir ein Stück sicherer, dass sie nicht zurückkommen würde. Sie hatte den Absprung geschafft, und wer über eine solche Fähigkeit verfügt, blickt nicht zurück. Ich sah mir ihre Fotos an, als wären sie das Einzige, was von ihr geblieben war, und als würde der Duft ihrer Haut überall in der Wohnung hängenbleiben, sie jedoch nie mehr von Neuem erfüllen. In einer von jenen Nächten, in denen ich in Gedanken bei Hilda war, kam meine amerikanische Freundin Marianne und klopfte wie wahnsinnig an meine Tür.

Als sie hereingekommen war, setzte sie sich aufs Sofa, schwieg ein paar Minuten und brach dann in Tränen aus. Sie griff nach dem kleinen Kissen auf der Sofakante, stopfte es sich zwischen die Zähne, biss hinein und presste es mit den Händen zusammen. Mit allem, was ihr an Kraft und Zorn zur Verfügung stand, grub sie die Zähne hinein, aber das Kissen war ihr nicht genug.

Sie warf es auf den Boden, barg ihr Gesicht in den Handflächen, und sah dann ihre tränennassen Hände an, als wären sie ihr fremd. Ich wusste nicht, was ich tun sollte, ich ging nicht zu ihr hin, um sie zu trösten, ich, der ich so gut wusste, wie der Kummer einen dazu treiben konnte, so in die Kissen zu beißen, und wie schwer der Schmerz werden kann, sodass er kein anderes Ventil mehr findet als dieses primitive und instinktive Dreinschlagen.

Schließlich begann Marianne zu sprechen. Sie sagte, sie sei keine Frau mehr, fühle sich nicht mehr als Frau. Sie legte sich die Hand auf den Busen und forderte mich auf, sie anzusehen, ihre Haut, auf der sich die ersten Falten zeigten. »Es ist ein verlorenes Leben, zeit- und endlos. Die Leute sagen, eine Frau zu sein, heißt, einen attraktiven Körper, einen großen Busen oder volle Lippen zu haben. Verdammt sollen sie sein! Ich verfüge doch über all diese Merkmale und fühle mich trotzdem nicht als Frau. Manchmal sehe ich mir deinen Körper an, weißt du, und beneide dich, weil er unvollkommen ist. Mir scheint, dass du ihn stärker fühlen, ihn schätzen kannst. Meist werden wir uns einer Sache erst bewusst, wenn wir sie verlieren. Ich lege mich mit irgendeinem Mann ins Bett, und er soll mir in dem Moment den fehlenden Körperteil ersetzen, den ich brauche, um das Bild der Frau vollständig zu machen, aber ich stelle fest, dass ich ganz woanders bin. Ich bin nicht mehr normal, ich kann mich nicht mehr mit jemandem hinlegen und mich dabei ruhig und sicher fühlen. Ich gerate in Panik, sonst nichts, und tue so, als sei ich glücklich, bis ich einen Vorwand finde, zu gehen.«

Sie schwieg kurz und fragte dann: »Sieh mich an, und sag mir, was du siehst! Siehst du eine glückliche Frau?«

»Ich sehe eine schöne Frau«, antwortete ich.

»Was ist denn heute noch schön an mir?«

»Du versuchst nicht, schön zu erscheinen. Das ist ausgesprochen schön.«

Ich wartete, dass sie sich beruhigte, und holte uns beiden eine Flasche Bier. Als sie versuchte, ihre bebende Hand zum Gesicht zu führen, begann sie noch mehr zu zittern, und für einen Moment schienen ihre Finger unschlüssig, ob sie über die Wange streichen oder sie ungetröstet lassen sollten.

Die Hand kam zurück, um sich in einer Kombination aus Grausamkeit, Enttäuschung und Angst wieder zu entfernen. Marianne fiel es äußerst schwer zu sprechen, und sie fragte mich nach jedem Satz, ob ich verstand, was sie meinte, entschuldigte sich, dass sie so überraschend gekommen war, und erklärte immer wieder, sie habe unbedingt einen Freund gebraucht.

Ich versuchte, ihr die Situation zu erleichtern und ihr klarzumachen, dass sie mich eines Tages genauso vor ihrer Wohnungstür finden könnte, wo ich nur wartete, dass sie mir aufmachte, um mich auf den

Boden fallenzulassen und mit meinem Gejammer zu beginnen. Marianne hatte amerikanische und indische Wurzeln. Ihre Züge waren genau wie eine Begegnung der beiden Kulturen, es lag so viel Antagonismus, Widersprüchlichkeit und Vertraulichkeit darin, dass es einen ganz durcheinanderbrachte.

Sie war schön, von der Art Schönheit, die bei manchen Frauen umso strahlender wird, je älter sie werden. Hilda war auch so, eine Frucht, die beim Reifen immer süßer und schmackhafter wurde. Beide gehörten sie zu der Sorte Frauen, die man nicht vom Leben fernhalten, nicht allein auf häusliche und familiäre Pflichten beschränken darf.

Sie waren der Typ Frau, der dem Leben nicht widerstehen kann, selbst wenn er es wünschte. Der wichtigste Grund für meine Furcht, Hilda zu verlieren, war möglicherweise, dass ich mir bewusst war, mit meiner Behinderung eine Art Niederlage zu repräsentieren, einen Aspekt des Todes, so als sei ich die letzte noch verbliebene Figur im Schachspiel. Wenn die einen falschen Zug machte, war alles vorbei. Und weil ich nicht imstande war, die potenziellen Kosten dieses Zugs zu tragen, beendete ich das Spiel und geriet in einen Zustand der Erstarrung. Dabei ging die Partie inzwischen nicht mehr gegen einen Gegner, sondern nur noch gegen die Zeit, die nicht zu schlagen ist, weil sie alle sofort vernichtet oder mit ihrem Durchsetzungsvermögen bedroht und zur Konfrontation zwingt.

Die Zeit war auch Mariannes Feind, aber ihre Situation war eine andere. Nicht sie floh vor der Zeit, sondern die Zeit lastete auf ihr und blieb ihr entrückt. Ihr Mann war Anfang der Neunziger mit den amerikanischen Streitkräften an den Golf verlegt worden und ein paar Monate später, genauer gesagt in der Schlacht um Chafdschi, verschwunden, als die irakische Armee versuchte, Richtung Saudi-Arabien vorzurücken. Die amerikanischen Streitkräfte waren Teil der internationalen Truppen, die in der Region zusammengezogen worden waren, um Kuwait gegen Saddam Hussains Invasion beizustehen. Die internationalen Truppen hatten an der saudischen Grenze Stellung bezogen und sich dort für die Konfrontation bereitgehalten, und John war unter ihnen gewesen.

Marianne war damals nicht politisiert und wusste nicht, ob sie den Beschluss ihres Staates unterstützen musste. Sie wusste nur, dass sie ihren Mann nicht verlieren wollte. Die Zeit, die er fern von ihr und seinen beiden Söhnen verbrachte, war qualvoll für sie. Dass er ging, um in einem fremden Land zu kämpfen, kam ihr unrecht vor. Sie hasste die Araber nicht, dafür aber ihre eigene Regierung.

Marianne war Amerikanerin, die Amerika zwar nicht liebte, es aber gleichzeitig auch nicht verlassen konnte. Nachdem ihr Mann nach Kuwait gegangen war, erklärte sie ihm immer wieder in ihren Anrufen oder Briefen, dass sie mit dem, was geschah, nicht einverstanden war und wütend, weil das Leben ihre Familie einer so harten Prüfung unterzog, an der sie keine Schuld traf.

Ständig verfolgte sie die Nachrichten, hielt sich auf dem Laufenden, was vor sich ging, und schlug in Büchern über Politik und Geschichte nach, als könnte sie dort herausfinden, was von ihrem Leben noch geblieben war. Sie schickte sogar einen Brief an den Bürgermeister der Stadt New York und unterschrieb jede Petition gegen die amerikanische Intervention in die Kriege anderer. Seit John abgereist war, verhielt sie sich, als wüsste sie, dass er lange fortbleiben würde. In ihrem Brief an den Bürgermeister brachte sie ihre ganze Wut zum Ausdruck und erklärte, sie habe nun erkannt, dass es in dieser von Lichtern glitzernden Stadt keine Freiheit gebe.

»Während ich Ihnen diesen Brief schreibe, kann ich nicht umhin, mich als eine Frau zu fühlen, die keine Wahl hat, eine Frau, die sich angesichts der Begeisterung ihres Ehemannes von seiner übertriebenen Hast betrogen sieht. Die ganze Zeit reden wir von Freiheit und behaupten, sie der Welt beibringen zu wollen. Aber wir, zumindest diejenigen von uns, die dieses System im Auge behalten, bemerken, dass wir betrügen. All diese internationalen Beschlüsse, denen wir nicht zustimmen, werden nach einer lautstarken Rede über Demokratie dann doch in die Tat umgesetzt. Die Vereinigten Staaten lieben die Schwachen und Verlierer nicht, trotzdem sprechen sie stets in ihrem Namen. Heute stellte ich mir vor, mein Mann stünde in einem Trupp Soldaten, die alle schossen, ohne zu wissen, warum sie überhaupt dort waren, und es kam mir vor, als unterschieden wir uns in nichts vom Orient, wo alle ihren Herrschern gehorchen.

Ich will meinen Mann wiederhaben, und ich will, dass meine beiden Söhne nicht mehr nach ihrem Vater fragen. Das ist die einzige Demokratie, die mich, als amerikanische Bürgerin, zufriedenstellen kann.«

Nach Tagen bekam sie Antwort vom Bürgermeister. Er drückte ihr seine Anteilnahme für ihre Gefühle als Ehefrau aus, erklärte aber auch, ihr Mann sei vollkommen freiwillig und ohne den geringsten Druck vonseiten der Behörden oder der amerikanischen Regierung an den Golf gezogen.

Dies alles war geschehen, bevor John, Mariannes Ehemann, nach einigen Monaten im Krieg vermisst gemeldet wurde. Er war spurlos verschwunden, und bis jetzt, mehr als neun Jahre nach seinem Aufbruch, hatte sie keine Gewissheit, ob er sein Ende gefunden, sein Gedächtnis verloren, sich verirrt hatte oder unter dem Wüstensand begraben lag.

Ihre Tragödie fand kein Ende, und zur größten Heimsuchung wurde das Warten und ihr Gefühl, dass die lodernde Fackel in ihrem Leben, die zu einer trübe flackernden Kerze geworden war, kein Licht mehr spendete, sondern einfach nur noch abbrannte. Sie wusste nicht, ob sie Witwe oder Ehefrau war, und fand keine Antwort auf die vielen Fragen ihrer Kinder. Jedes Wochenende ging sie mit ihnen in den Central Park, wo sie manchmal eine gemeinsame Kutschfahrt machten oder mittags an einem Kiosk rasteten, um ein Hotdog zu essen. Danach gingen sie in den Zoo des Parks nahe der 64sten Straße, und die Kleinen streckten ihre Hände nach den Tieren aus.

Als habe sie das Bedürfnis, die Kinder für die Abwesenheit des Vaters zu entschädigen, unternahm sie nur selten etwas ohne sie. Kurz nach dessen Abreise war der Größere oft nachts weinend aufgewacht und hatte geschrien: »Ich will Papa, ich will Papa!« Manchmal war sie ganz verstört und verlor die Nerven, aber sie suchte Hilfe bei einer Spezialistin, um zu lernen, wie sie am besten mit solchen Situationen umging. Sie lernte auch, sich selbst zurückzunehmen, sich ganz auf die Kinder einzustellen, ihre eigene Wut nicht an sie weiterzugeben und vor ihnen stets zu lächeln, selbst in Momenten größter Schwäche.

Die Hoffnung auf die Rückkehr ihres Mannes verlor sich von Tag zu Tag mehr, verschwand jedoch nie ganz. Aus vager Hoffnung wurde Frustration, aber sie hörte nicht auf. Ein Teil ihres Verstandes verlangte nach einer Leiche oder einem Totenschein, damit sie sicher sein konnte, ihr Leben nach der Vorgabe ausrichten zu dürfen, dass er nicht zurückkehren würde. Ohne solch einen handgreiflichen Todesbeweis blieb man zwischen lauter Möglichkeiten gefangen, leugnete das Ende und mit ihm jeden Neuanfang.

»Wenn es doch bloß eine Leiche gäbe, nur eine Leiche! Ich habe das Recht auf eine Leiche«, sagte sie zu mir.

Alles was von ihm geblieben war, war eine Handvoll Papiere, in denen er ihr vom täglichen Warten berichtete: Wie sie als Vorsichtsmaßnahme gegen einen Angriff mit chemischen Waffen auch bei größter

Hitze Gasmasken trugen. Die Männer dort seien stark, berichtete er. Sie standen früh auf. Sie nahmen ein hartes Training auf sich. In Reihen aufgestellt lauschten sie dem Kommandanten ihrer Einheit, wenn er zu ihnen von der Treue zum Vaterland sprach und von der Rolle, die sie dabei spielten, diese Welt zu einem besseren Ort zu machen.

»Unter der Sonne«, schrieb John, »siehst du verschiedene Armeen, die einander entschlossen und kraftvoll anblicken, für Angst ist kein Platz. Der Sand glitzert gehorsam unter ihren Soldatenstiefeln. Beim Essen sehe ich ihnen in die Augen und höre zu, worüber sie sich unterhalten. Einer von ihnen redet die ganze Zeit von seiner Tochter, ein anderer von seiner Freundin. Einer bleibt die ganze Zeit so stumm, dass wir nicht mehr wissen, wie seine Stimme sich überhaupt anhört. Manchmal fühlen wir uns ohnmächtig angesichts unserer Bestimmung, spüren die Endgültigkeit unseres Hierseins, als gebe es von diesem Schicksal kein Zurück. Niemand spricht von der Vergeblichkeit, die er angesichts des nahenden Todes verspürt. Aber weißt du, wir fühlen zumindest, dass es ein Privileg ist, in den Reihen der Armee zu kämpfen. Der Kämpfer muss seinen Verstand abschalten und seine Gedanken von der kommenden Schlacht ablenken, damit das furchtbare Warten nicht zu lange dauert. Ich weiß, dass du wütend auf mich bist, aber du sollst wissen, dass ich mich nach dir, den Kindern und nach zu Hause sehne. Es scheint von hier aus so weit weg, aber ich werde wiederkommen, vertrau mir! Ich liebe dich.«

In letzter Zeit versuchte Marianne, die Frau in sich wiederaufleben zu lassen und sich so zu verhalten, als würde John nicht zurückkommen. Sie war erschöpft und ängstlich und musste sich neue Horizonte eröffnen, um ihren Todesgefühlen die Stirn zu bieten. Doch jedes Mal, wenn sie in die Wohnung eines neuen Freundes schlich, zog sie sich mitten in der Nacht erschrocken wieder zurück, um wieder zu ihren Söhnen zu gehen, sie mit Liebe zu überschütten und fest an sich zu drücken.

Für einen Menschen, der lange Nächte allein verbracht habe, sei es sehr schwierig, das Bett mit jemandem zu teilen, erklärte sie. Der Gedanke, mit einem Mann zusammen zu sein oder neben ihm aufzuwachen, schlug sie in die Flucht, um dieses Gefühl, bei jemandem Erfüllung zu finden, nicht zu stark werden zu lassen. Denn statt einen Mann neben sich zu sehen, sah sie nur ein plötzliches Verschwinden. Trotzdem war da der quälende Wunsch, einen Partner zu haben.

»Mit jemandem zusammen sein, mich als Frau fühlen, lachen und genießen, ich weiß, dass ich das alles brauche, aber ich empfinde Angst davor und fühle mich mir selbst entfremdet, als würde ich John damit betrügen oder ihn von mir aus zu einer bloßen Erinnerung machen«, sagte sie zu mir und äußerte ihre Furcht, zu hysterisch zu sein.

»Versuch, eine Beziehung aufzubauen, wenigstens um deinen Körper zu befriedigen«, meinte ich.

»Aber ich habe das Gefühl, Sex ist ein zweischneidiges Schwert, danach fühlen wir uns entweder erfüllt, oder uns befällt eine unendliche Leere. In meinem Zustand wird der Körper mich nicht satt machen. Er wird meinen Schmerz betäuben, mir aber nicht die Ruhe schenken, die ich brauche«, antwortete Marianne.

Sie sagte auch, sie mache sich inzwischen Sorgen, was für einen Eindruck sie bei ihrem Freund hinterlasse. Ganz plötzlich sei sie von einer Frau mit dem Recht zu lieben zu einer Last geworden, wie eine von denen, die jeden schönen Augenblick verderben müssten. Dabei habe sie sich ihr Leben lang dagegen gewehrt, so zu werden.

Es ist immer ein Kampf darum, entweder zu jemandem zu gehören oder uns damit zu begnügen, uns selbst zu gehören, die Vervollkommnung in uns selbst zu suchen oder ein Teil von etwas zu sein. Aber Mariannes Leben war verdorben, vollgestopft mit mütterlichen Pflichten, aber unbefriedigend. Ihre Tränen waren Ausdruck der Trauer über das, was sie nicht wusste, und darüber, mit niemandem ihr Schlafzimmer zu teilen.

Auch ich fühlte, wenn alle sich zum Schlaf niederlegten, die Dunkelheit auf mir lasten. Ich sah sie alle, Ehemänner, Ehefrauen und Kinder, blickte zu der Bettseite hinüber, wo Hilda geschlafen hatte, und fand sie dort nicht. Ich sah weder eine Kuhle im Bett noch hörte ich beim Essen einen zweiten Löffel klappern.

Zu Marianne sagte ich, nachdem sie sich beruhigt hatte, sie müsse sich von der Last freimachen, die das Schicksal ihres Mannes ihr auferlege, ihr Warten sei für sie wie ein schleichendes Gift. Sie müsse ihm seine Entscheidung verzeihen, sich damit begnügen, ihn und alles, was sie miteinander geteilt hatten, zu lieben.

Manchmal müssten wir uns eben der Tatsache fügen, dass manches nur noch Erinnerung ist, sonst richtet es uns zugrunde. Ich wusste genau, wie schwer es war, kein Ende zu haben. Die nie gerächte Schuld beim Massaker von Sabra und Schatila und die Leichen, die niemand zugedeckt hatte, erschienen mir, als lägen sie immer noch offen da, als stöhnten die nackten, geschändeten Körper noch heute. Ich erinnerte mich an den Boden des Lagers, der für mich nicht mehr aus Asphalt bestand, sondern aus Leichenbergen, und dachte daran, dass auch der Boden Amerikas, über den ich lief, sich aus den sterblichen Überresten der Indianer und Ureinwohner zusammensetzte.

Meiner Freundin zu sagen, auf die Freiheit zu setzen heiße, nicht auf den Tod, sondern auf die Liebe zu setzen, fiel mir schwer – mir, der ich so oft vom Hass überfallen und zerfressen wurde, wie von einem Wurm, der das Herz des Apfels frisst und von innen heraus verdirbt.

Aber sie musste vergessen, nicht um ihrer Regierung zu vergeben oder ihre Trauer um ihren Mann zu überwinden, sondern um mit einer gewissen Kraft weitermachen zu können. Das Leben gesteht es uns nicht zu, unsere Schwäche auszukosten und über Ruinen zu weinen. Sich an die Umstände anzupassen ist keine Option, sondern eine Bedingung, um zu überleben. Leid und Trauer sind in dieser harten Welt ein Luxus, über den die Unterlegenen nicht verfügen. Wir müssen vergessen, was uns nicht gefällt und was wir nicht wollen, Tragik in Ironie umformen, um am Morgen wieder aus unserem Bett aufstehen zu können. Und taten wir nicht genau dies: angesichts des Zorns, der in uns arbeitete, uns vieles einzureden versuchen, um weitermachen zu können? Überlisteten wir nicht den Schmerz und wurden ein Teil von ihm, während wir so taten, als hätten wir ihn überwunden? Den Schmerz, der irgendwoher kommt und im Menschen bohrt, sodass er sich diesem Leben gegenüber schwach und ohnmächtig fühlt? Genau das war Mariannes Los, denn sie war Mutter, und Mütter dürfen nicht sterben, bevor sie ihre Kinder auf einen sicheren Weg gebracht haben. Sie können nicht einfach vorzeitig von uns gehen, wie es meine Mutter getan hatte. Damals war ich nachts aufgewacht und hatte nach ihr gesucht, um dann zu begreifen, dass ihre Abwesenheit die Vorstellung des Kindes, einen gewissen Rückhalt zu haben, zerstört hatte. Die Sandwiches, die mein Vater mir in Zeitungspapier einschlug und die ich, ob trocken oder feucht, aufaß, waren nie so wie ihre sorgfältig in Folie gewickelten und in Plastikboxen gestapelten, die frisch geblieben wären, selbst wenn ich sie erst Stunden später gegessen hätte. Es war mir peinlich, sie aus der Tasche zu holen, während die übrigen Schüler Baguettescheiben, Salat oder Butterkekse auspackten, und ich verzog mich zum Essen in irgendeine Ecke. Nachdem wir nach New York gezogen waren, meldete mein Vater mich in der Hamilton Heights Middle School in Harlem an, obwohl ich vom Alter her in die Sekundarstufe gehörte. Das war die einzige Lösung, weil ich in der Sprache nicht mit meinen Altersgenossen mithalten konnte und nach meiner Verletzung so viel Unterricht verpasst hatte. Was mir half, war, dass mein Vater ein strenger und disziplinierter Lehrer war, der immer größten Wert darauf legte, dass ich im Studium Außerordentliches leistete, weil es »für jemanden, der seine Heimat verloren hatte, die einzige Lösung« sei.

Bei Marianne bemerkte ich, dass sie genauso darauf bestand, dass ihre Söhne fleißig lernten. In ihrem Dilemma erschien mir meine Freundin voll arabischer Leidenschaft. Dabei war ich mir wie alle Araber, selbst nachdem Verrat in unseren Gesellschaften die Regel geworden war, sicher gewesen, Aufrichtigkeit sei allein uns in die Wiege gelegt. Es fiel mir schwer, sie mir als Amerikanerin vorzustellen, denn eines meiner Vorurteile besagte, dass ausländische Frauen nicht über so starke, warme Gefühle verfügen.

Immer wenn ich sie reden hörte, dachte ich, wie sehr ich doch, obwohl ich mich bis zu einem gewissen Maße in diese westliche Gesellschaft hatte integrieren können, innerlich noch immer Klischees verhaftet war. Selbst wenn ich es versuchte, konnte ich mich nicht davon freimachen, die Menschen in Ausländer und Araber einzuteilen.

Sie blieben irgendwo immer »sie«, und ich blieb ein Teil des »wir«. In ihnen – das heißt, den nichtarabischen Frauen – sah ich stets, wenn auch unbewusst, Kriegsgefangene. Diese Charakterisierung war, bei all ihrer Barbarei, und obwohl ich sie leugnete, immer irgendwie präsent.

Vielleicht war auch Hilda für mich ein Versuch, mich für die Vertreibung zu rächen und dem alten christlichen Feind, ihrer Familie, zu beweisen, dass ich, der Palästinenser, an dessen Eliminierung sie gemeinsam gearbeitet hatten, jetzt aus dem Herzen ihrer Tochter, mitten aus ihrem Haus, zu ihnen zurückkehrte.

Vielleicht bestand eine der Facetten meiner Liebe zu Hilda darin, mich von der in meiner Vergangenheit erlebten Demütigung zu befreien und über die Paranoia des unter den Kriegstoten Umherirrenden zu triumphieren. Sie war das Opium, nach dem ich verlangte. Dass die Christin Hilda mich liebte, war ein Beweis dafür, dass wir Palästinenser Liebe verdienten und nicht Massaker.

Das war, was mich am meisten reizte. Die primitive, triebhafte Seite des Verlangens. Dazu kam, dass ich hinkte. Nicht mit einem vollkommenen, sondern mit einem mangelhaften Körper hatte ich sie verführt. Was wäre besser geeignet, einem Mann wie mir ein Gefühl der Vollkommenheit zu geben? Wenn das Defizit zum vervollkommnenden Teil wird, wäscht es die Schmach ab. Reichte das nicht, um aus unserer Liebe ein historisches Epos zu machen?

Aber im Gegensatz zu dem, was alle glauben, werden aus Liebe nicht Epen geschaffen, sondern nur Märchen. Die andere Facette meiner Liebe zu Hilda war das Märchenhafte an der Szenerie. Diese Seite stand im Widerspruch zu meiner Feindseligkeit ihr gegenüber.

In meinem Herzen, in das sie eingedrungen war, war Hilda nicht die junge Christin – wie dumm wäre es, sie, wie im Epos, darauf zu beschränken! Hilda war der Spiegel, in den zu schauen ich mich nicht fürchtete, der Brunnen, der alle Geständnisse barg, und das Lächeln, das mich aufs Leben hoffen ließ.

Sie war in ihrer Reinheit und Transparenz alle Bekenntnisse, die einzig wahre Religion, die kein falsches Spiel trieb und einem nicht das Gefühl vermittelte, einer Prüfung unterzogen zu werden. Die Religion, die nicht versuchte, einen vom Weg abzubringen, sondern wie ein Geheimnis war, das es einen zu lüften drängte. All dies war sie und noch viel mehr, und deshalb, wegen der vielen kleinen Dinge zwischen ihr und mir, konnte ich sie nicht als Illusion betrachten, oder als Epos, oder als Mittel zur Rache. In diesem Aspekt unserer Beziehung war sie nur Liebe.

Ein dauernder Konflikt schwelte zwischen meinem inneren Scharfrichter und seinem Opfer, und der einzige Zeitpunkt, an dem ich Ruhe verspürte, Ruhe und nicht Lust, war der, an dem ich mich von beiden Rollen löste und die Tatsache, dass wir einander liebten und begehrten, einfach nur genoss. Wenn sie auf meinem Schoß saß und ich mit ihren Locken spielte, liebte ich sie einfach, ohne an das zu denken, worin ich nicht mit ihr Schritt halten konnte.

Marianne und ich unterhielten uns bis zum Morgengrauen. Schließlich raffte sie sich auf, um wieder zu ihren Söhnen zu gehen und sie in den Arm zu nehmen. Sie waren sicheres Terrain für sie, sagte sie immer. In jener Nacht hatte sie mir erklärt, wie schwer es für sie war, eine Beziehung zu einem Mann aufzubauen.

Sie kam sich vor, als bestehe sie aus zwei Hälften. Die erste war von den Sorgen des Lebens vollständig aufgesogen und in Anspruch genommen, beschäftigt mit Schwierigkeiten und wie sie zu überwinden waren. Die zweite Hälfte sehnte sich nach Leben und stand mit der ersten in Konflikt. »Vielleicht ist das Leben eben so«, meinte sie zu mir, »ein Versuch, der Tragödie zu entrinnen, vielleicht ist die Tragödie das Leben, weil sie die Hoffnung auf Besseres hervorbringt.« Ich verstand sie vollkommen: Man versuchte, seinem Schneckenhaus zu entkommen, um zu leben, und stellte dabei fest, dass man gegen das kämpfte, was einem als Schicksal ausersehen war.

Marianne hatte nicht solch eine unglückliche Frau sein wollen, die über das Schicksal ihres Mannes nicht Bescheid wusste, aber sich als solche wiedergefunden, genau wie die meisten Menschen sich in einer anderen Situation wiederfinden, als sie es von der Welt erwartet hatten. Das war ein Aspekt auch meiner Geschichte: der Kampf mit dem Beginn und seinen Konsequenzen und der oft verspürte Wunsch, zu vergessen, woher ich gekommen war. Ein Land zu vergessen, das ich nur von den Erzählungen meines

Vaters und dem Heimweh meiner Mutter her kannte, die Erfahrung des Krieges, der seine Spuren auf meinem Körper hinterlassen hatte, aus meinem Gedächtnis zu verbannen, genau wie Mariannes Mann ihr zwei Kinder hinterlassen hatte, als Erweiterung einer Liebe, von der Marianne nicht wusste, ob sie ein Ende haben sollte.

In jener Nacht berichtete sie auch, dass sie ständig Kontakt zu Hilda hatte. Ich versuchte, mein brennendes Interesse zu verbergen und mich mit Fragen nach dem Wohlergehen meiner Liebsten und ob sie mich in ihren Gesprächen erwähnte, zurückzuhalten. Doch in den Augen meiner amerikanischen Freundin sah ich den Vorwurf dafür, dass ich Hilda unbedingt für ihre Reise nach Beirut bestrafen wollte.

Ein paar Male hätte sie mir fast gesagt, dass ich Hilda unfair behandelte, und obwohl sie es nicht über die Lippen brachte, sah ich den tadelnden Blick in ihren Augen. Wie, um dieses Unrecht noch weiter zu betonen, sagte sie, Hilda sei eine ganz außergewöhnliche und unverfälschte Frau. Marianne konnte ich meinen ganzen Trennungsschmerz gestehen, ihr sagen, dass ich Hildas Schatten überall im Haus sah, einräumen, dass ich fürchtete, diese Liebe, die ich fühlte und nicht angemessen zum Ausdruck brachte, beruhe vielleicht nicht auf Gegenseitigkeit.

Ich bestand darauf, dass es sich bei unserer Trennung um einen Test handele und dass Hilda die Wahl habe, zurückzukommen, wenn sie wollte. Eine Wahl, die sie ganz spontan treffen solle. Allerdings ließ ich dabei außer Acht, dass meine junge Geliebte vielleicht genau wie ich die Gewissheit brauchte, in meinem Innersten zu wohnen, an dem Ort in meinem Herzen, dem sie nicht entrissen werden konnte.

Ich träumte von einem Ende wie in schlechten Romanen: Rückkehr der Heldin von der Reise aus alles bezwingender Liebe, mein körperlicher Mangel und meine Unfähigkeit zu tanzen, meine Risse in der Identität, meine Todesgefühle. Ich wollte, dass die Liebe über all dies triumphierte, ohne mich jedoch um ihre Bewahrung zu bemühen, als nähme ich Rache an der Liebe, an meinem Recht darauf und an der Chance, glücklich zu sein, die ich schon in Händen gehalten hatte.

— 2 —

»Weißt du, mein Sohn, warum ich dich nach Amerika gebracht habe? Weil all dieses Kämpfen im Libanon nie im Leben was ändern wird. Denk niemals, ich wäre kein Patriot, mein Sohn, oder ein Feigling. Wenn wir Palästinenser im Libanon bleiben, werden wir aussterben. Vielleicht habe ich einen Fehler gemacht, als ich mein Land verlassen habe, aber Fremde sind wir dort und in Amerika«, so fasste mein Vater seine Gründe zusammen, aus denen er das Lager verlassen hatte.

Ausführlich erzählte er mir von seinem Land, beschrieb das Dorf, die Farbe der Erde und der Dachziegel dort. Und ständig wiederholte er, dass jeder Mensch außerhalb seiner Heimat verachtet wird. »Alle haben sie uns verkauft, mein Sohn, die Araber haben uns an die Juden verkauft, und wir haben geglaubt und es jeden Tag gesagt: Morgen kehren wir zurück, noch ein bisschen, dann kehren wir zurück. Nur haben wir es bis heute nicht getan. Aber deine Mutter ist dort, wie ich dir gesagt habe, deine Mutter ist dort.« Er berichtete, seine Leute hätten, als sie aus ihrer Heimat »dorthin« gezogen seien, Zelte aufgeschlagen, weil sie glaubten, dass sie sich nur vorübergehend, bis zu ihrer Rückkehr nach Palästina, dort aufhalten würden. Sie wussten, dass es eine Katastrophe war, aber was eine Katastrophe ist, wussten sie nicht. Sie hatten noch keine erlebt und nur eine unklare Vorstellung davon. Sie dachten, der Moment der Vertreibung sei der Höhepunkt der Tragödie, doch auf die harte Tour wurde ihnen dann beigebracht, dass das Kommende noch schlimmer war und dass die Vergangenheit, wenn die Gegenwart finster ist und die Zukunft unbekannt, manchmal besser erscheint. In den Zelten lebten sie ungefähr fünf Jahre. Bei heftigen Stürmen flogen sie manchmal weg, oder sie versanken im Morast, wenn es in Strömen regnete. Schließlich erlaubte man ihnen, ihre Lager zu bauen, von denen jedes höchstens eineinhalb Quadratkilometer groß sein durfte. Sie wurden immer mehr, aber die Fläche blieb dieselbe, deshalb begannen sie, in die Vertikale zu bauen. Die einzelnen Viertel innerhalb der Lager nannten sie nach ihren Dörfern in Palästina: Tabariya, Ain al-Zaitun, Lubiya und Ras al-Ahmar. Auf die Wände schrieben sie, wie weit ihre Heimat von den Orten, an denen sie sich gerade befanden, entfernt war. Ich erinnere mich noch genau an das Schild im Lager Schatila: »Gegründet im Jahre 1949, Entfernung zur palästinensischen Grenze: 92 Kilometer«. Wohin sie auch gingen, versuchten sie, ihre Heimat mitzunehmen, um ihre Identität nicht zu verlieren. »Sie wussten nicht, dass die Besatzung ihre Dörfer schlucken würde, wie hätten sie das auch wissen sollen? Man sagte ihnen, sie würden zurückkehren. Vielleicht noch ein bisschen, dann würden sie zurückkehren«, sagte mein Vater.

Bevor er starb, ungefähr fünf Jahre nach unserer Ankunft in Amerika, legte er mir meine Mutter ans

Herz: »Deine Sicherheit ist deine Mutter, vergiss nicht, zu ihr zurückzukehren, wenn sich die Lage beruhigt!« Mir schien, meine Mutter war für ihn Palästina, das Land, in das er in seinen Träumen eines Tages heimkehren würde.

Er trug mir auf, mich nach meiner Rückkehr um die Olivenbäume zu kümmern, weil meine Mutter, obwohl sie kräftig gebaut war, den Boden nicht allein bestellen könne. Für eine Weile glaubte ich wirklich, sie sei dort. Gern hätte ich mich wie er diesem Traum überlassen, die Last der Tragödie an die Hoffnung auf Rückkehr abgegeben und auch die Bilder all der Lieben, die wir verloren hatten, an diese Hoffnung gehängt. Als würden die Palästinenser, die außerhalb ihres Landes umgebracht worden waren, in dem Moment, in dem ihre Heimat befreit wurde, von den Toten wiederauferstehen. Als würde damit die Zeit um Jahrzehnte, bis vor die Vertreibung, zurückgedreht und die Geschichte dort wieder aufgenommen. Als hätte die Vernichtung uns nie berührt.

Aber waren solche Träume nicht unrealistisch? Schließlich breitete Israel sich in unserem Land immer weiter aus und machte dort, was es wollte. Woher sollten wir Palästinenser die Hoffnung auf Rückkehr nehmen, wo doch unsere Gebiete mit jedem Tag schrumpften? Welches Wunder sollte all das Böse vernichten, das uns, dieses in seinem Unglück selbst von Gott verlassene Volk, erwartete?

Wie waren wir in diese schwache Position gelangt, wo wir uns nun in unserem eigenen Land an Checkpoints erniedrigen lassen mussten? Was war das für eine Gewalt, die einen aus seinem Haus reißen und vertreiben und dann selbst den Thron der Welt besteigen konnte? War das die Wirkung des Bösen? War es die Rache der Juden für die Massaker, die sie erfahren hatten? Und würden wir Palästinenser, wenn sich das Blatt eines Tages wendete, genauso zu Unterdrückern werden? Würden wir uns an einem schwächeren Volk für Israel rächen, wenn das Kräftegleichgewicht im Leben sich umkehrte?

Wenn ich unter dem New Yorker Himmel, sei es auch auf meinen Stock gestützt, durch die Straßen streifte, überkam mich manchmal ein Gefühl von Freiheit. Bedächtig und mit langsamen Schritten ging ich vorwärts, und wenn ich solch ein Niemand war, ein Fremder, ein Vorübergehender auf unbekanntem Weg, von dem niemand etwas wusste, fühlte ich mich für kurze Zeit ganz leicht.

Selbst meine Identität war dann keine Last mehr. Ich sah die Menschen mit ihrem Alltag beschäftigt, dem Kleinkram des Lebens, fern von Sorgen und Problemen. Normale Menschen aller Nationalitäten. Einer zog einen kleinen Koffer hinter sich her, ein anderer suchte auf dem Faltplan in seiner Hand nach dem richtigen Weg.

Wieder ein anderer war mit einer Aktentasche zu seinem Arbeitsplatz unterwegs, und die Sonne schien auf alle gleich. Seltsamerweise war das Schöne an diesem Ort zugleich das Schmerzhafte: Ich war noch immer ein Fremder. Ich war ja nicht mehr im Lager, wo beinahe jeder jeden kannte. Aber leuchtete es nicht ein, dass die Palästinenser auf dem engen

Fleckchen Land dort, das fast nie die Sonne sah, alle miteinander bekannt waren?

Als mir dieser Gedanke durch den Kopf schoss, fühlte ich, wie ein Schmerz mir die Brust zusammenpresste, als rückten die Wände des Lagers näher zusammen, um seine Bewohner zu zerquetschen. Aber an sie wollte ich jetzt nicht denken, wollte nicht von diesem Fluch verfolgt werden, während ich im Begriff war, mich zu setzen und eine Tasse Kaffee zu trinken. Ich versuchte, sie aus dem Kopf zu bekommen, aber durch irgendein Bild setzte sich dieser Vergleich in mir fest.

Als ich in die Metro stieg, schien es mir plötzlich, als hätte es mich in die Unterwelt verschlagen. Die verschiedenen Nationalitäten mit all ihren Aktivitäten bildeten hier, unter der Erde, wo sich sonst Kriegsflüchtlinge im Exil verstecken, eine Parallelwelt. Wenn man beim Aussteigen an einer Station nicht schnell genug war, blieb man, wo man war, und fuhr weiter. So war Amerika, für die Langsamen war dort kein Platz.

Verbirg dich nicht hier unter der Erde, sondern sieh zu, wie hastig die Leute ein- und aussteigen, dann weißt du, dass oberhalb dieser Station noch andere Menschen umherlaufen! Seltsam, dass die Zivilisation die Tunnel zu einem Mittel gemacht hatte, dem Menschen das Leben zu erleichtern. Seltsam auch, in New York in einen Tunnel hinabzusteigen, um beim Herauskommen Hochhäuser vor sich zu sehen. Welche Beziehung bestand hier zwischen unten und oben, und wo lag der Schwerpunkt?

Ich verließ die Metro und setzte mich an der Straßenecke in ein kleines Café. Mir kam der Gedanke, dass ich sowohl unten als auch oben, in Hildas Land, in New York, oder wo sonst ich mich befand, der Fremde war. Ich war der Fremde, der von der Welt eines Tages eine Entschädigung für sein Fremdsein wollte, und nicht auf die Tragödie beschränkt zu sein wünschte. Genau dies hatte ich auch kurz nach meiner Ankunft in Amerika gefühlt. Wäre dieser Funke nicht gewesen, hätte ich nie beschlossen, mein Gesicht und meinen Fuß zu vergessen und stundenlang zu arbeiten, um mein Studium fortzusetzen zu können.

Manchmal gingen meine Träume so weit, dass ich meinte, ich selbst könne Palästina eines Tages befreien. Denn ich wollte trotz allem stark sein. Dabei muss ich sagen, dass meine Hartnäckigkeit zum größten Teil von meinem Vater rührte, dem »Lehrer«, dem als Kämpfer kein Erfolg beschieden war.

Mein Vater, der Mann, der sich, als er von der Befreiung seines Landes träumte, die Uniform angezogen hatte, und sie wieder ablegte, als er feststellte, dass er im Land anderer kämpfte, verblüffte mich immer wieder. Die Liebe meiner Mutter zu ihm und die Tatsache, dass er für sie Freund, Vater und ein unbezwingbarer Mann gewesen war, weckte in mir den Wunsch, selbst ein solcher Mann zu sein. Wäre nicht mein versehrter Fuß gewesen und die Furcht, Hilda zu verlieren, ich hätte geschworen, der ideale Liebhaber sein zu können. Doch etwas an dieser Furcht war reflexhaft. Ich wusste, dass sie mich beherrschte, sah, wie sie Besitz von mir ergriff, und weigerte mich, es zuzugeben. Warum hatte ich nach all diesen Jahren meine Träume verloren? Wohin waren sie verschwunden? Machte das Leben uns so gefügig, oder waren Triumph und Erfolg nur Illusion? Warum hatte ich mich als junger Mann oft herausgefordert, und jetzt stellte ich fest, dass ich resigniert hatte und nur noch vergessen wollte? Sogar meine Gesichtszüge! Was war das für eine Strafe?

»Du hast den Job«, hatte der Angestellte im Forschungszentrum gesagt. »Aber pass auf, du brauchst viel Geduld und Konzentration! Man wird dich hier nicht verwöhnen. Du wirst arbeiten wie die anderen auch.«

Ich nickte hastig, damit er wusste, dass ich mit allem, was er sagte, einverstanden war. Es war ein Job im Archivbüro, und was mir half, waren meine arabischen Sprachkenntnisse. Die englische Sprache beherrschte ich noch nicht sicher, aber bei der Arbeit ging es darum, arabische Dokumente und Informationen über die verschiedenen mir übertragenen Themen zusammenzustellen. Jeden Tag kam ich in den frühen Morgenstunden und arbeitete bis spät in die Nacht.

Was Philip, der Amerikaner, der mich eingestellt hatte, mir beibrachte, war, dass das, was andere in mir sahen, immer davon abhing, wie ich selbst mich sah. Manchmal rief er mich in sein Büro und unterhielt sich ganz ungezwungen mit mir.

»Setz dich, setz dich!«

Vorsichtig nahm ich auf dem Stuhl Platz, und er griff nach den Papieren, die ich vorbereitet hatte, überflog sie und zog dann an seiner Zigarette. Er hatte eine seltsame Art zu rauchen. Erst nahm er einen langen Zug, dann blies er den Rauch wieder aus. Anschließend wartete er eine Weile und wiederholte das Ganze, als müsse immer ein genau definierter Abstand zwischen zwei Zügen liegen und jede Zigarette auf dieselbe Art abbrennen.

Er konnte gut Arabisch und sprach es mit mir. Wie er berichtete, hatte er lange im Nahen Osten gearbeitet. Er redete mit mir ganz ungezwungen und ermutigte mich, was die Arbeit betraf. »Als du zu mir kamst, warst du eine Art Herausforderung, weißt du. Ich hab mal jemand Ungewöhnlichen eingestellt, um zu sehen, was dabei herauskommt. Und du hast mich wirklich überrascht. Du hast dich nicht benommen, als brauchtest du eine Sonderbehandlung. Im Gegenteil, du hast unermüdlich gearbeitet, viel mehr als irgendjemand sonst. Das ist ausgezeichnet.«

Ich bedankte mich, aber er meinte, ich brauchte mich nicht zu bedanken. »Mach weiter so!«, sagte er nur. Ich lächelte vor Stolz.

Ein andermal sprach er von seinem und von meinem Land. Ständig schockierte er mich mit seinen Ansichten. Unausgegoren, aber authentisch. »Wir sind ein Land, das auf den Trümmern der Indianer gebaut wurde, wir werden uns nicht weigern, einen verbündeten Staat auf den Trümmern eures Landes zu errichten. Dieses Amerika ist ein Land der Träume, es ist genauso trügerisch wie sie, denn es verspricht einem viel. Vielleicht ist es auch aufrichtig mit einem, aber alles hier beruht wie das Land selbst auf

Gier und hastigem Aufbau. Bei dieser Geschwindigkeit bleibt vieles auf der Strecke, als würde es von Bulldozern niedergewalzt. Dieses Land liebt das Scheitern nicht, es geht darum, oben zu bleiben, in der Spitze der Hochhäuser.«

»Aber es gibt auch noch die Metro.«

Er lachte.

»Die Metro ist fast das einzig Reale in diesem Land. Dort trifft man auf das wirkliche Leben.«

Ich fragte ihn, warum Amerika seinen Bürgern so gefalle, wo sie doch wüssten, wie unbarmherzig es sei. Macht mache blind, sagte er, und lasse einen vieles nicht zur Kenntnis nehmen.

»Es gibt hier mehr Freiheit als irgendwo sonst, das solltest du nicht übersehen!«

Ein andermal rief er mich in sein Büro und bot mir seine Hilfe bei der Zulassung zur Universität an. Er sagte das so sachlich, als nehme er diese Hoffnung auf die leichte Schulter, nicht aus Geringschätzung in schlechtem Sinne, sondern weil er kein Gewicht darauf legte. Er nahm einfach den Telefonhörer, rief einen Freund an und teilte mir mit, er werde mir helfen, mich an der Columbia University einzuschreiben.

»Du kannst dich freuen und mich umarmen, wenn du willst«, sagte er dann, weil er wusste, wie froh ich war. Tatsächlich umarmte ich ihn fest, und er klopfte mir auf den Rücken.

»Wirklich, Columbia?«, fragte ich ihn. »Die berühmte Universität in Manhattan?«

Er lachte und sagte: »Ja, Manhattan, das wir mit Peter Minuits Hilfe für nur 60 Gulden den Indianern abgekauft haben. Weißt du, dass das nur so viel ist wie heute tausend Dollar? Ganz Manhattan haben wir für tausend Dollar gekauft, und dann sagen sie noch, wir seien kein glückliches Volk!«

Als ich an jenem Abend nach Hause ging, wäre ich am liebsten geflogen, um meinem Vater die frohe Botschaft so schnell wie möglich mitzuteilen. Er freute sich so sehr, dass er zu weinen begann. Die Hand über das eine Auge gelegt, schloss er das andere, und ich ging zu ihm, um ihm die Hand zu küssen. Dabei sah ich auf seinen langen Hals, und mir kam der Gedanke, dass hinter der zarten Haut ein Haufen Leid verborgen lag. Irgendetwas am Hals eines Menschen fesselte mich immer, als liege in seiner Länge oder Kürze der Schlüssel dafür, wie viel Schmerz derjenige ertragen konnte und welche Strecke das heisere Röcheln zurücklegen musste, bevor es herauskam.

Es gab neue Hoffnung in unserem Haus, als hätte das Leben aufgehört, bloß ein Aufenthalt für den Schmerz zu sein. In jener Nacht verstand ich den schweren Entschluss meines Vaters zu emigrieren. Ich dachte, wir könnten nach unserer Auswanderung, obwohl wir uns von unseren Leuten dort im Lager entfernt hatten, vielleicht sogar mehr für Palästina tun.

Jetzt, wo ich eine große Etappe auf dem Weg zum Erfolg zurückgelegt hatte, begann ich zu fürchten, dass die Palästinenser ihr Land vergessen könnten, je weiter sie von ihm fort waren. Mich beschlich die Angst, dass mein Erfolg in keinem Zusammenhang mehr zu meinem Land stand, das ich nicht kannte, weil es mir nicht gelungen war, seine Fackel so in mir am Leuchten zu halten, wie es notwendig gewesen wäre.

Als mein Vater noch lebte, hatte ich mich dem Gedanken an die Heimat und das Land stärker verbunden gefühlt. Zwar hatte ich nie an seine Illusion geglaubt, dass meine Mutter dort auf uns wartete, doch jetzt wusste ich genau, dass er nicht einfach halluziniert hatte. Er hatte nur befürchtet, dass wir vergessen könnten. Die Mutter ist das Land. Das war die Mutter, von der mein Vater sprach. Langsam begann ich zu verstehen. Mein Vater war weder geistesgestört noch durch den Tod meiner Mutter aus dem Gleichgewicht gebracht. Dazu war er zu intelligent und zu mutig. Er war beharrlich und stur. Es war die gleiche Beharrlichkeit, wie sie in den Augen der Bauern aufleuchtete, wenn sie, wie er es mir beschrieb, vor der Besatzung den Boden von Kafr Yasif pflügten. Die Liebe zum Land werde er im Herzen behalten, als sei er der letzte dieser Bauern, sagte er. Wer seinen Patriotismus bewahren wolle, müsse sich auch diese Beziehung zum Land bewahren. Und als ich ihn einmal fragte, warum wir überhaupt Heimatländer haben müssten, warum nicht alle Menschen überall wohnten, sondern stattdessen den Boden in Länder aufteilten, erklärte er: »Um sich voreinander zu schützen.«

»Ich meine, kommen wir nicht alle von demselben Ort, Papa? Sind nicht alle Menschen auf die eine oder andere Weise miteinander verbunden?«

»Ja, das sind sie, aber es gibt unterschiedliche Interessen und den Überlebenstrieb.«

»Aber warum sind sie so dumm? Das Überleben ist durch Kriege, Tragödien und Ressentiments doch viel stärker bedroht.«

»Ich weiß nicht, mein Sohn. Ich weiß, dass wir ein wehrloses Volk waren, gegen das sich das Schicksal verschworen hatte. Man hat uns vertrieben. Frag mich nicht, wie es dazu kam, dass Palästina besetzt wurde. Sie vertrieben uns mit ihrer Übermacht. Sie verübten Exzesse an uns. Sie kannten keine Gnade. Du fragst mich, was Heimat ist? Warum nicht alle in Liebe und Frieden leben? Weil wir Dummköpfe sind oder weil der Boden uns zu knapp ist? Ich weiß es nicht, und es interessiert mich auch nicht. Ich weiß nur, Heimat ist die kleine Fläche, die man sein Zuhause nennt. Stell dir vor, du hättest kein Zuhause! Wir sind doch keine Hippies. Die Hippies sind Träumer und Dummköpfe. Heimat ist das, was dir deine Würde und Souveränität sichert. Außerhalb deines Landes bist du ein Sklave. So ist die menschliche Seele, sie kennt weder Zartgefühl noch Milde. Das Leben ist grausam, und man braucht dafür eine Heimat. Die Amerikaner sind aus Gier nach kostenlosem Land aus allen Ecken der Welt aufgebrochen. Das Land ist dein Areal und deine Freiheit. Sie sind gekommen und haben uns alles genommen.«

Mein Vater schwieg eine Minute und fuhr dann gequält fort: »Hundesöhne, nichts als Hundesöhne! Jeder, der dich überwältigt, ist ein Hundesohn, und es bringt nichts, ihm ins Gewissen zu reden.«

»Du fragst mich, was Heimat ist. Heimat bedeutet, dass du diesem Leben angehörst. Und um ihm anzugehören, darfst du dich mit dem Unrecht nicht einverstanden erklären, sonst gehörst du nur ihrer Welt an. Palästina ist vielleicht nicht das schönste Fleckchen Land auf der Erde, mein Sohn, aber dort liegt unsere Würde.«

Unsere Würde. Ja. Weißt du, warum es unsere Würde ist, Papa? Weil, wenn wir nicht zurückkehren, nicht die Entfernung uns umbringt, sondern dieses mörderische Unrechtsgefühl. Weißt du, warum ich dich achte und mich nach dir sehne, Papa? Weil deine Liebe zum Land so rein war wie es selbst. Und weißt du, warum ich nicht so sein kann wie du? Vielleicht, weil ich nicht dort gelebt habe.

Vielleicht besitze ich deshalb nur das Bild von dem vergewaltigten Land, weil ich das Land nie in seiner Schönheit kennengelernt habe. Ihr seid die Generation, die die Vertreibung erfahren hat und die Gewehre des Feindes zu spüren bekam, und wir sind die, die nichts erlebt haben, sondern nur das Ergebnis ertragen mussten. Ich sehe sie im Fernsehen und höre, was sie erzählen, Papa, aber ich weiß nicht, ob das reicht, um einer von ihnen zu sein.

Du sagst, unsere Würde liege dort, aber ich sage, der Schmerz ist hier. Ich sage, dass ich das Gefühl nicht loswerde, geschlagen zu sein, Papa. Ich weiß nicht, wie du es geschafft hast, deinen Sohn zu nehmen und mit ihm auszuwandern, der Verlockung des Kampfes zu widerstehen.

Du hättest dich weiter betrügen, auf fremdem Boden kämpfen und dir einreden können, die großen Parolen rechtfertigten es, aber du hast dich aus der Schlacht zurückgezogen, bevor sie dich zerstört hat. Wie können wir Palästinenser Gleichmut bewahren, Papa, und das Falsche vom Richtigen unterscheiden? Unser Abrechnungsbuch ist voller Unordnung und Zorn. Wie kann ein Mensch, der im Leid untergeht, unterscheiden zwischen dem, was er tun darf und was nicht? Wird ein Armer für einen Diebstahl zur Rechenschaft gezogen, wenn ihm nichts anderes übrig geblieben ist?

Bei unserem Kampf im Libanon hast du gesehen, dass es ein Fehler war, und bist gegangen, aber ich, Papa, kann in Augenblicken der Verzweiflung nicht anders, als der ganzen Welt unser Unglück vorwerfen. Es Gott vorwerfen und meinen Glauben an ihn verlieren. Und du bist nicht mehr hier, um meine Fragen zu beantworten. Was wird noch geschehen? Werden wir eines Tages zurückkehren? Als du von mir gegangen bist, hast du dich noch immer an den Glauben an die Rückkehr geklammert, aber du hast mir keine Straßenkarte hinterlassen. Wie kann ich so gläubig sein wie du, Papa? Wie soll ich glauben, dass eine Frau, die ihr Leben lang mit dem Gedanken gelebt hat, dass wir böse Menschen sind, die ihr Land besetzen wollen, mich liebt?

Ich sehnte mich danach zu wissen, wie Hilda in der Ferne, auf der anderen Seite der Welt, ihre Zeit verbrachte, ob sie jemandem von mir erzählt hatte, ob sie an mich dachte. Ich setzte mich nun häufiger in Kontakt mit meinem Verwandten im Lager, als versuchte ich damit, den Weg zu ihr zu verkürzen, als sei ich bereit zur Rückkehr, dazu, die Vergangenheit wieder aufleben zu lassen, mich in das Land zu stürzen, das mich und meine Familie beherbergt hatte, auch wenn die Gastfreundschaft nur widerwillig gewährt worden war. Ich stellte sie mir vor, zwischen all den Leuten, die uns Palästinenser hassten und uns als einen Teil des Krieges und der Zerstörung ihres Landes betrachteten. Wagte sie es, bei ihnen für mich einzutreten?

Alle zusammen hatte ich sie vor Augen und fragte mich, worüber sie wohl sprachen, welche Geschichten sie austauschten. Was mochte sie ihnen von dem, was sie in Amerika gelernt hatte, erzählen, vom Tanzen und von der Feier, zu der ich nicht erschienen war?

— 3 —

Libanongebirge 2000, Hilda

»Fürs Tanzen hast du die Heimat verlassen? Soll das auf irgendeine Art vernünftig sein?«, fragte mich ein Freund meines Vaters.

»Es gehört zu meinem Traum unbedingt dazu«, antwortete ich und hielt ihm einen langen Vortrag über Körperkunde und wie wichtig sie dafür ist, dass der von den Melodien getragene Körper das Sich-Lösen und Einswerden mit Luft und Musik zum Ausdruck bringen kann.

Mein Vater bekam es nicht mit. Er tat zwar, als höre er zu, war aber nicht überzeugt. Er freute sich einfach, mich, seine Tochter, als Symbol für seine Aufgeschlossenheit vorzeigen zu können. Es war, als hätte ich mit meinem Aufenthalt im Westen einen Traum verwirklicht: seinen Traum davon, einer höheren Welt anzugehören oder etwas in der Art. Genau das hatte ihn auch veranlasst, die Idee von meiner Reise zu akzeptieren: sich rühmen zu können, dass sein Mädchen sich in einem der einflussreichsten Staaten der Welt aufhielt. Denn offen wollte er sich ebenfalls geben und hoffte vielleicht sogar darauf, mir einmal zu folgen und die ganze Familie dort anzusiedeln.

Allem, was mit dem Westen zusammenhing, schien er freundlich gesonnen, als handele es sich dabei um eine ideale, fehlerlose Welt, und ständig wollte er von mir wissen, ob ich mich dort nicht in einen Bürger von Uncle Sams Land verliebt hätte. Einmal fragte ich ihn, was wäre, wenn ich mich in einen arabischen Mann verliebte, sagen wir einen Syrer, einen Mann vom Golf oder einen Palästinenser?

Er lachte hysterisch, als sei er überzeugt, dass dies vollkommen absurd sei. Er erwartete, dass ich einen George, Andrew oder Marc liebte, und ging nicht davon aus, dass ich sagte, ich hätte im Ausland beispielsweise einen Muhammad kennengelernt.

»So etwas würdest du nie tun, da bin ich mir sicher.«

»Und woher nimmst du diese Gewissheit?«

»Ich weiß ja genau,wie wir dich erzogen haben, du bist nicht so.«

»Was heißt das, so?«

»Hier bei uns hast du Aufgeschlossenheit erlebt, die ganze Freiheit, die ich dir gelassen habe. Da wirst du jetzt nicht hingehen und dich in einen strengen jungen Muslim verlieben, damit er sie dir wieder nimmt.«

»Aber bin ich denn nicht frei, Papa?«

»Es geht hier um mehr als Freiheit, du bist die Frucht all dessen, was ich in dich gesät habe. Du würdest es leid, jemanden zu lieben, der nicht so ist wie du. Du würdest herausfinden, dass du dazu nicht in der Lage bist.«

Zum Kuckuck mit dir und der Freiheit, die du in mich gesät hast, – hätte ich am liebsten zu ihm gesagt. Das war eine einseitige Freiheit, Papa, die Freiheit der Starken, die der Schwachen ist ganz anders. Unsere Freiheit rührte vom Sieg her, von einer eingebildeten Überlegenheit oder vom Dünkel, vom Feudalismus, von unserer Zugehörigkeit zu einer großen und alteingesessenen Familie. Einer Familie, die keinerlei Scham kannte für das, was sie anrichtete, und der sich niemand je zu nahen wagte, um sie zu versklaven und zu unterjochen. Wohin ich mich in diesem Haus auch wende, überall hängen Orden, Siegesbanner und Bilder von meinem Urgroßvater, Ururgroßvater und Urururgroßvater. Nie hast du mir erklärt, warum wir so angesehen sind. Du hast mir nur mitgeteilt, mein Onkel habe sich umgebracht, weil er ein Held sei.

»In den Tagen des Krieges näherten sich ihm drei Palästinenser. Er war in militärischer Mission nach West-Beirut unterwegs. Er war einer der prominentesten Offiziere in der Militärakademie. Sieh dir mal all die Orden an, die man ihm verliehen hat«, hast du mir mal erzählt, als ich noch ein Kind war, und dann fingst du an, die Ehrenzeichen zu zählen.

»Ich hab ihn davor gewarnt zu gehen, aber er war stur. Unsere ganze Familie ist stur. Sieh nur mal, auch du hältst ja an deiner Meinung fest und lässt dich nicht davon abbringen. Er ging dorthin, und sie stellten sich ihm in den Weg. Drei Palästinenser.«

Ich wiederholte die Zahl und die Nationalität, sodass sich das Bild in meinem Kopf festsetzte: Ich sah drei Palästinenser mit Kuffiyas meinen Onkel töten, und es kam mir vor, als wären sie, diese Sippe, wie du sie nanntest, lauter Verbrecher und Straßenräuber.

Ich weiß inzwischen, dass sie ihn gar nicht umgebracht haben, aber du hast die Geschichte so erzählt, als hätten sie es getan.

»An der Béchara-el-Khoury-Kreuzung zerrten sie ihn in ihr Auto und versuchten, ihm seine Dienstwaffe abzunehmen. Weißt du, was es heißt, wenn einem Offizier seine Dienstwaffe genommen wird? Es ist die allergrößte Demütigung. Er schämte sich. Er hielt es nicht aus und wehrte sich. Er richtete seine Waffe auf sie, tötete sie und kehrte dann nach Hause zurück. Dort ging er in sein Zimmer, schloss die Tür ab und erschoss sich mit derselben Pistole. Er ertrug es einfach nicht, ein Mörder zu sein. Er war im vollen Sinne des Wortes ein Mann.«

Damit war deine Erzählung von meinem Onkel zu Ende, abgesehen von folgender Szene: »Ein paar Monate nach seinem Tod brachte man in einem schwarzen Sack seine Tochter. Sie hatte einen Granatsplitter abbekommen und war gestorben. Neun Jahre war sie alt und schön, nein, wunderschön. Sie war dir ein wenig ähnlich. Wenn sie noch lebte, wäre sie etwa in deinem Alter, ein bisschen älter. Gut, dass er vor ihr gestorben ist. Jetzt sind sie zusammen im Himmel.«

»Aber warum haben sie sie in einen schwarzen Sack gesteckt?«

»So ist das im Krieg, es gibt nicht genug weiße Tücher, um die Toten einzuhüllen.«

»Und warum ist seine Frau uns nie besuchen gekommen?«

»Sie ist nach Beirut gegangen, um dort zu leben.

Sie hat danach einen Mann von den Al-Kaadis geheiratet, Amal Kaadi heißt sie heute.« Mehrmals wiederholtest du ihren Namen mit dem Nachnamen ihres neuen Ehemanns, voller Groll, als sei sie eine ehrlose Frau, die das Andenken meines Onkels nicht respektierte.

»Aber sie ist doch zu Großvaters Begräbnis gekommen, sie hat uns nicht vergessen.«

»Die Schamlose! Wäre der Tod nicht heilig, hätte ich sie fortgejagt!«

»Warum?«

Er gab keine Antwort.

Mein Onkel war also gestorben, weil er es nicht ertrug, ein Mörder zu sein. Doch er hatte getötet, um sich nicht erniedrigt zu fühlen, und sich danach selbst umgebracht, weil er das Töten nicht ertrug. Wer aber waren die Palästinenser, die er umbrachte? Und wie konnte ein einzelner Mann drei Männer überwältigen, obwohl sie doch die Angreifer waren und er sich in ihrem Auto befand? Und seine Frau respektierte weder unsere Familie noch sein Andenken. Was war das fehlende Glied in der Kette?

Sein Bild hing mitten im Haus, und wenn ich allein im Zimmer war, hatte ich Angst davor, als stünde ich dem Tod selbst gegenüber und er könnte plötzlich aus dem Bild heraustreten. Hin und wieder hast du zugegeben, dass Onkel reizbar und launisch war und alle ihn fürchteten, selbst du als sein jüngerer Bruder. Als du noch klein warst, hast du dich nicht getraut, dich zu lange bei ihm aufzuhalten, hast du mir erzählt. Aber du hast ihn sehr geliebt, mehr als deinen Vater und deine anderen Brüder. Er war der beste von meinen Onkeln, hast du immer betont. War er deshalb der beste, weil er tot war und die Toten alle schlechten Erinnerungen an sie mitnehmen? Und weil wir sie aus lauter Pietät nicht kritisieren dürfen?

Diese Geschichte war eine von den wenigen Kriegserzählungen, die ich von dir gehört habe, aber als ich dich fragte, ob du jemanden im Kampf getötet hättest, gabst du keine Antwort. Manchmal hast du es mit deinen Blicken verneint, zu anderen Zeiten wieder sahst du aus, als hättest du unheimlich viele getötet und seist stolz auf das, was du getan hattest. Nie aber hast du mir geantwortet. Ob du getötet hättest oder nicht, sei nicht wichtig, sagtest du. »Man nennt es Krieg«, war die einzige Antwort, die ich von dir bekam, als sei die nicht verifizierbare Möglichkeit, dass du getötet hattest, durch dieses Wort legitimiert.

Nur mein Onkel George war so mutig zuzugeben, dass er getötet hatte. Er sagte, er habe bei einem Checkpoint gestanden und »sie nach Ausweis« abgeschlachtet. »Was heißt das, nach Ausweis abschlachten?«, fragte ich einmal. »Das heißt, wer nicht wie wir war, den haben wir eliminiert, bevor er uns eliminieren konnte.«

Das also war das Abschlachten nach Ausweis. Und wer waren »sie«? Die Palästinenser? Die Libanesen? Oder die Muslime?

»Sie haben uns ja auch getötet. Man nennt es Krieg. Wir waren stark. Richtig stark waren wir!«

»Aber hatten sie keine Namen?«

»Nein, sie hatten gar nichts. Sie waren alle gleich. Du willst, dass ich dich anlüge und dir den Reumütigen vorspiele. Tatsache ist, dass ich nicht weiß, ob ich es bereue. Sie haben uns gesagt, wir sollen töten, und das haben wir getan.«

»Und wer hat euch gesagt, ihr sollt töten?«

»Die Partei.«

»Welche Partei?«

»Du kennst die Partei.«

»Einfach so.«

»Was willst du? Willst du, dass ich das Schuldbekenntnis aufsage? Ich habe dir schon gesagt, ich kann das alles heute nicht mehr beurteilen. Wir haben zu den Waffen gegriffen, weil alle es getan haben, man darf im Dschungel nicht wehrlos sein, sonst fressen einen die wilden Tiere. Außerdem haben wir von unserem Großlibanon geträumt. Wir wollten ihn als Heimat für uns, und die Fremden kamen hereingeströmt, als hätten sie ein Recht dazu. Was würdest du denn tun, wenn du Fremde bei dir im Garten stehen sähst? Würdest du ihnen die Tür öffnen?«

»Aber sie suchten hier Zuflucht.«

»Wer Zuflucht sucht, trägt keine Waffe. Und dann, warum willst du unbedingt diese alten Sachen wieder ausgraben, wo doch nicht einmal der Staat Rechenschaft von uns verlangt?«

»Welcher Staat?«

»Die Regierung – die Behörden.«

»Ihr seid Teil dieser Behörden.«

»Nein, nein. Das war es nicht. Wir hatten Prestige.«

»Aber Papa hat sich verändert, er ist nicht mehr ...«

»Ist nicht mehr was? Niemand hat sich verändert. Die Zeiten sind andere geworden. Dies ist nicht mehr unsere Zeit, mein Kind.«

Mein Onkel war frustriert, er glaubte, die Christen seien als einzige vom Krieg bestraft worden, und die anderen hätten die Oberhand über sie gewonnen. Nicht einmal der Westen reichte ihnen eine helfende Hand. Er hatte sie maßlos enttäuscht und weitete nun seine Macht im Libanon aus. Doch mein Vater war sich sicher, sein früheres Ansehen wiederzugewinnen. Für ihn war es nur noch eine Frage der Zeit. Mit allen Kräften bemühte er sich um ein politisches Amt, das ihm seine alte Macht zurückgeben würde. Er besucht die Sonntagsmesse, festigte seine Beziehung zu den Patriarchen, beauftragte seinen erstgeborenen Sohn, die Kämpfe seines Vaters zu erwähnen, sein standhaftes Eintreten für den »Großlibanon«, ein Land von Institutionen, die Schweiz des Orients. Er tourte mit uns durch die Dörfer und zeigte auf die grüne Weite vor sich und das nicht sichtbare Meer in seinem Rücken. »Diese Schönheit weckt Begehrlichkeiten. Wir haben sie verteidigt, damit niemand sie uns raubt. Am Ende wird Gott uns dafür belohnen.«

— 4 —

Mein Freund Muhsin, oder Mike, wie er sich gerne nannte, entstammte ebenfalls der Kriegsgeneration. Allerdings hatte er nicht gekämpft, sondern sich für die Auswanderung entschieden. Er hatte seiner Mutter gedroht, sich den Kämpfen und der Kommunistischen Partei anzuschließen, wenn sie ihm nicht Geld für das Ticket besorgte. Mit ein paar Bewaffneten hatte er sich damals unter den Balkon ihres Hauses in der Qasqasstraße in Beirut gestellt. Er trug das Gewehr eines Freundes und rief seine Mutter, sich ihn anzusehen.

Sie schrie, er solle sofort nach Hause kommen. Sie werde eines ihrer Schmuckstücke verkaufen und ihm das Reiseticket bezahlen. »Wenn du willst, kannst du noch heute abreisen«, sagte sie, ihren mütterlichen Kummer hintanstellend, denn sie liebte ihn mehr als seine übrigen Geschwister. Aber sie konnte es einfach nicht ertragen, die Waffe in der Hand ihres Sohnes zu sehen. Wenn er hierbliebe, fürchtete sie, würde ihn das vernichten, deshalb gab sie seinem Wunsch lieber nach. Der Krieg hatte ihnen schon viele Angehörige geraubt, und sie schwor, sich umzubringen, falls sie ihren Sohn unter den Toten wiederfinden sollte.

Was Muhsin und ich gemeinsam hatten, war das Gefühl, besser zu sein als die anderen, tun zu können, was wir wollten, weil wir so schmerzhafte Erfahrungen hinter uns hatten. Doch anders als ich schien er wie ein Flüchtling, für den seine Flucht ein Triumph war. Er sah gut aus und zog aller Blicke auf sich, weil er sich ständig aufspielte. Ich erinnere mich noch, dass ich ihn einmal fragte, ob er nicht fürchte, von der Gesellschaft, in der er lebte, abgelehnt zu werden.

Er verneinte und zeigte auf ein Kreuz, das er, obwohl Muslim, um den Hals trug. Er glaube nicht an die Vaterlandsmärchen unserer Großväter. Seit seiner Ankunft in Amerika habe er das Gefühl, hierher zu gehören, mehr als an irgendeinen anderen Ort auf der Welt. Aber hat Amerika dich nicht rausgeschmissen, Mike? Wohin bist du denn nach deinem Bankrott gegangen, wenn nicht in dein Heimatland? Auf diese Frage in Abwesenheit hatte er eine ganze entschiedene Antwort: eines Tages werde er aber zurückkommen, zurück nach Amerika.

Er packte, verkaufte die letzten Wertgegenstände aus seinem Haus und liquidierte sämtliche Geschäfte. Dann zog er sich elfenbeinfarbene Cowboystiefel sowie ein weißes Hemd an und strich sich das Haar zurück. Er sah nicht aus wie ein Verlierer, er sah überhaupt wie niemand anders aus, nur wie er selbst.

Frauen in seinem Bett, manchmal zwei, drei oder vier, Frivolitäten und Alkohol im Überfluss. Danach wieder Heimwehattacken, die Geschichte von seinem Freund, der im Krieg umgekommen war, und von seiner Mutter, die er wegen des Lebens in der Fremde nicht mehr sehen konnte.

Aber sein Jammern war nie so, dass man das Gefühl gehabt hätte, es käme vom Kummer, eher von übertriebenem Alkoholgenuss und dem Wunsch, sich dem Abgrund zu nähern. Einem willentlichen Wunsch. Nicht aus Heimweh, sondern aus allein selbstbezogenen Emotionen. Auch sein Gerede von der Familie war an seine eigenen Erfahrungen oder Leistungen geknüpft, nicht an die anderer Menschen.

Ein einziges Mal nur war Muhsin in seinem Zusammenbruch aufrichtig, wenn auch nur für eine Weile. Doch selbst diesen Kollaps nahm er als einen Teil des Lebens, mit befremdlicher Ungerührtheit hin. Damals kam Eva, die Frau, die er wirklich liebte, nachts in seine Wohnung. Mike war gerade mit einer anderen Frau im Bett versunken. Er betrog Eva, als sei das sein legitimes Recht oder ein normaler Teil seines im Ganzen extravaganten Lebens.

Es war keine große Sache, er war es einfach gewohnt, sich mit vielen Frauen zu umgeben. Er fürchtete sich vor dem Alleinsein und suchte Zuflucht bei den Körpern anderer. Eva also trat ein, die schöne, schlanke Mexikanerin mit dem dunkelbraunen Haar und den blauen Augen. Die Frau, deren ganzer Körper auf unglaubliche Weise mit ihrem Gesicht harmonierte. Immer elegant und athletisch.

»Störe ich?«, fragte sie, während er gerade in die Frau eindrang, die mit ihm im Bett lag. Er fuhr in die Höhe und legte die Hand auf sein Glied, wie um es zu verstecken und mit ihm die Spuren seines Betrugs.

»Macht ruhig weiter, ich packe nur eben ein paar Sachen zusammen. Kein Grund zur Aufregung, Mike.«

Mikes Freundin raffte sich auf, zog sich das weiße Laken über und wollte hinaus.

»Das ist nicht nötig, bleib ruhig hier, du kleine Hure! Dein Platz ist ja noch warm.«

Doch er signalisierte ihr mit einer Handbewegung, dass sie hinausgehen sollte, und sie tat es. Sie war nicht eifersüchtig, sie wusste, dass er eine Geliebte hatte und sie nur eine zeitweilige Gespielin war. Er bat Eva, sich zu setzen, und sagte, er werde ihr alles erklären, es sei nicht so, wie es aussehe.

Dabei nahm er die Hand an den Mund – wie um die Worte herauszulocken, nicht um sie zurückzuhalten – aber sie rannte wie wild zu ihm, riss seine Hand dort weg und legte sie auf sein Glied.

»Du solltest sie lieber hier lassen. Mach den Mund zu, und hör, was ich dir jetzt sage, du Idiot! Siehst du diesen Hintern, von dem du, jedes Mal wenn du mit mir geschlafen hast, gesagt hast, dass er dir gehört, siehst du meine Brüste?«

Bei diesen Worten zeigte sie auf die entsprechenden Körperteile.

»Siehst du das alles, du Jammerlappen? Woher willst du denn wissen, dass ich dich nicht genauso betrogen habe wie du mich? Ich kann jetzt hier rausgehen und dich mit sämtlichen Eventualitäten alleinlassen. Dich stehenlassen mit der Erinnerung daran, dass jedes Mal, wenn du während unserer Beziehung einer anderen Frau die Lippen zerbissen hast, auch ich welche zerbissen habe.

»Um Himmels willen, was sagst du denn da? Betrügst du mich etwa, Eva?«

»Nein, es ist nicht so, wie es aussieht.«

»Ich will es wissen.«

Sie schwieg. Er drehte ihr den Arm um und schrie sie an: »Ich will es wissen!«

Noch wütender stieß sie seine Hand weg.

»Du willst es also wissen. Fass mich nicht an, du Idiot! Was denkst du denn? Ich hätte von all den Frauen gehört und dir im stillen Kämmerlein nachgeweint? Meinst du das?«

Sie zeigte auf ihr Herz und sagte auf Spanisch: »Di mi corazón, di mi corazón.

In meinem Land, du Idiot, ist hier das Herz. Wenn meine Oma sonntags mit mir in die Kirche ging, hat sie mir gesagt, dass ich darauf aufpassen soll, sie meinte: ›Solange es dem Herzen gut geht, geht es dir auch gut. Pass gut darauf auf!‹ Sie sagte viele Dinge, unter anderem auch, dass man Gleiches mit Gleichem vergelten soll. ›Wenn dir einer ein Auge ausschlägt, mach ihn blind!‹

In unserem Armenviertel waren lauter so ordinäre Typen wie du unterwegs und wollten einem ständig an den Hintern grapschen. Ich gab ihnen immer einen Tritt, wenn sie versuchten, sich mir zu nähern. Ich bin nicht so wie deine kleinen Huren. Mich animieren weder deine Geschmacklosigkeiten noch deine Erfolge. Du selbst interessierst mich, und auf dich passt du nicht auf. Ich war mit dir zusammen, weil du stark bist und dumm genug, mir meine Bedürfnisse zu erfüllen.

Denkst du etwa, ich hätte es nicht gewusst? Ihr Geruch, der oft noch in deinen Kleidern hing, deine

Hand, die sich nach mir ausstreckte, haben dich verraten. Immer fehlte etwas, und wenn ich laut gestöhnt habe, dann war das vielleicht nur das Wehklagen meiner von den Gerüchen deiner Huren erstickten Seele. Sie stöhnte unter dir und im Bett anderer, weil du mich belogen hast. Am Anfang habe ich dich geliebt und war treu, ich schwöre bei meiner Großmutter, dass ich treu war, aber du hast mich enttäuscht, und ich konnte dich nicht verlassen, weil ich mich an deinen luxuriösen Lebensstil gewöhnt hatte.«

»Sei still!«

»Nichts da, wir sind ja noch ganz am Anfang.«

»Sei still!«

»Ich trank doppelt soviel wie sonst, und manchmal kam ich, wenn ich mit meinen Liebhabern fertig war, direkt zu dir. Weißt du was? Einmal habe ich die Samenspuren von einem Mann an meiner Hand gelassen und sie an deinem Gesicht und deinem Körper abgewischt.«

»Sei still, du Hure!«

»Was soll das heißen, Hure? Du bist eine Hure. Weißt du, manchmal habe ich hier mit welchen geschlafen, wenn du auf Reisen warst. Dieser Sündenpfuhl ist ein guter Beweis dafür, wie dreckig wir beide sind. Was hätte ich denn tun sollen? Wie sollte ich es denn aushalten, dass du mir andere vorgezogen hast? Was sagst du dazu, du Casanova? Willst du noch mehr wissen, oder reicht es dir?«

»Sei still!«

»Ich bin von dir schwanger geworden und habe

abgetrieben, ohne dir was davon zu sagen. Ich wollte dich nicht als Vater für mein Kind. Du verdienst es nicht. Ich habe es abgetrieben, die Hand ins Blut getaucht und es an meiner Brust abgewischt, wie um mein Recht auf Mutterschaft zu widerrufen.«

»Sei still!«

»Ich habe oft darüber nachgedacht, wie ich meinen Sohn hätte nennen können, wenn ich ihn nicht umgebracht hätte, und wie, wenn es ein Mädchen gewesen wäre. Ich dachte, dass ein Sohn wahrscheinlich so wäre wie du, deshalb tötete ich ihn. Und wenn es ein Mädchen wäre, würde Gott ihm aus Rache an seinem Vater bestimmt ganz miese Männer schicken. Ich habe sie alle umgebracht, die Möglichkeit, Mutter zu werden, die Mädchen und Jungen. Auch Eva habe ich getötet. Ich habe sie von allem befreit, was sie in den Armenvierteln in Mexiko kennengelernt hat, außer ihrer Fähigkeit, Fußtritte zu verteilen.«

»Warum? Warum?«, fragte er sie unter Weinkrämpfen.

»Wein ruhig wie eine Witwe, wie ein Weichling!«

»Raus hier!«

»Du hältst dich für sehr schlau, denkst, du hättest dich nach ganz oben gekämpft und wärst reich geworden. Und meinst, du hättest mich die ganze Zeit hinters Licht geführt. Sieh dir meinen Bauch an! Du weißt, dass das nicht der erste Sohn war, den ich abgetrieben habe. Du weißt, dass ich von dem Mann meiner Mutter schwanger war. Du weißt, wie verletzlich ich war. Oder etwa nicht, du Idiot?«

Nach den letzten Worten setzte sie sich auf den Boden und heulte laut los. Er saß währenddessen nackt auf dem Bett, weinte ebenfalls und schrie sie an: »Raus, raus!«

Sie zeigte noch immer auf ihr Herz, sagte: »Di mi corazón«, und biss sich auf die Unterlippe. Er versuchte aufzustehen, um sie zu schlagen, versank aber nur in Tränen, als hätte ihn das Unglück zu Boden geworfen.

Nachdem sie sich wieder aufgerafft hatte, auf ihn losgegangen war, ihn geschlagen und das gesamte Zimmer zertrümmert hatte, ging sie. Unter Schimpfen, Spucken und Fluchen. Dabei sah sie aus, als hätte die Zeit ihr die Schönheit geraubt, wie es bei Frauen der Fall ist, die das Leben hart rangenommen hat. Sie ging und wischte sich die mit einem Gemisch aus Tränen und schwarzem Kajal verschmierten Augen. Sie putzte sich die Nase und fuhr sich mit der Hand durchs Haar. Sie ging und kam nie mehr wieder.

Als Mike sie noch einmal anrief, um sie zu fragen, ob die Geschichte von ihrer Abtreibung wahr war, beschimpfte sie ihn und sagte: »Du wirst es bis zu deinem Tod nicht erfahren, du Jammerlappen.« Er war die ganze Zeit wie wahnsinnig. Der Verlust seines Vermögens und seiner Geschäfte nahm ihn nicht so sehr mit wie das mit Eva.

»Sie hat mir das Gefühl gegeben, ich wäre weniger als ein Tier. Ich will wissen, ob diese Hure wirklich meinen Sohn getötet hat«, sagte er zu mir.

Vor diesen Ereignissen hatte sie ihm von ihrem Leben in Mexiko erzählt, wie sie von zu Hause geflohen war, nachdem der Mann ihrer Mutter sie vergewaltigt hatte. »Sie hatte ihren Vater nie wirklich kennengelernt. Er hatte sie alle verlassen, als sie noch klein war, und dieser Saukerl von einem Stiefvater vergewaltigte sie. Sie hat mir erzählt, dass er ihr seinen Penis in den Mund gesteckt hat. Da war sie erst zwölf Jahre alt. Sie hat es ihrer Mutter gesagt, aber die hat ihr nicht geglaubt und sie geschlagen. Alle haben sie geschlagen, außer ihrer Großmutter. Immer wenn sie mir von sich erzählte, ging es um Schläge, sei es von der Mutter, ihrem Arbeitgeber oder den Lehrern in der Schule. Ich habe sie ehrlich geliebt. Ich habe sie nicht betrogen. Es war was anderes, ich weiß nicht, wie ich es erklären soll.«

Der Gedanke, den er nicht ertrage, sagte er, sei, dass er in ihrem Leben nur einer von vielen Dreckskerlen war, genau wie die anderen, von denen sie ihm berichtet hatte. »Was wird sie jetzt wohl von mir erzählen?«

»Sie hat mich im Innersten getroffen. Die einzige Frau, die mir das Gefühl gegeben hat, dass ich den Kopf nicht mehr heben kann. Knockout.«

Dies hielt Mike jedoch nicht davon ab, ziellos mit immer neuen Frauen zu verkehren. Allerdings ließ er sich danach gefühlsmäßig auf nichts mehr ein. Er behielt eine Frau höchstens für einen Monat, dann ging er wieder. Nachdem er seinen Bankrott erklärt hatte, zogen seine Freunde sich größtenteils von ihm zurück. Aber auch das war für ihn kein Hindernis, sich neue Freunde zu nehmen, die keinen Deut besser waren als die alten. Es war, als sei er süchtig danach, sich in den Abgrund zu stürzen, wie ein Mann, den das Schicksal in den Tod zu locken versucht.

Seine Liebe zu Eva war bis zu einem gewissen Grad aufrichtig gewesen, allerdings nicht groß genug, um ihn davon abzuhalten, andere zu begehren. Auch wenn er sagte, er genieße den Sex mit den vielen Frauen gar nicht. Er tat es nur, um sich begehrt zu fühlen, um diese Aura zu festigen, die ihm zur Identität geworden war. Mit besonderer Hingabe sprach er dabei stets von New York. Es sei der einzige Ort, an dem es sich für ihn zu leben lohne.

»Die Lichter hier haben Ähnlichkeit mit mir, das Gedränge, die Metro, das Kleben am Boden, die Wolkenkratzer, die Verbindung zum Himmel. Das alles bin ich. Es ist ein Ort, nach dem das Verlangen, wenn es gestillt ist, jedes Mal noch größer wird. Nein, es vervielfacht und potenziert sich sogar, bis ein Leben woanders einem nicht mehr reicht. Und jetzt werfen sie mich raus! Was für Idioten! An der Zerstörung der Weltwirtschaft mitgewirkt zu haben, werfen sie mir vor, und Bilanzfälschung! Ich könnte hingehen und sagen, dass sie mich nur beschuldigen, weil ich Araber bin, aber ich fürchte, wenn ich das täte, könnte ich nicht wiederkommen. Und zurückkommen werde ich. Ich werde hier sterben.«

Man warf Mike Steuerhinterziehung vor, aber es gab nicht genügend Beweise, um ihn zu überführen. Auch seine Geschäfte und seine Einsätze an der Börse gingen verloren. Sämtliche Investitionen waren nur noch eine einzige Enttäuschung. Er allerdings glaubte, wenn er sich für eine Weile zurückzog, würden sich die Dinge rasch wieder bessern, sodass er zurückkehren und neu anfangen könnte.

New York war für ihn der einzige Boden, der ihm genug Platz bieten würde, genau wie er früher geglaubt hatte, die Christen besäßen einen höheren Rang als seine Leute. Sein Vater hatte den Kopf gesenkt, wenn er den Checkpoint der Milizen passierte und Hauptmann Hassan »Abu Wa'il«, dem Verantwortlichen für die Region, die monatliche »Provision« zahlte, damit er seiner Familie im Viertel Schutz garantierte, wo am Eingang in weißer Schrift auf einem schwarzen Schild stand: »Vorsicht Scharfschützen!«

Beim ersten Mal waren sie in die Stoffhandlung seines Vaters gekommen, hatten alles Mögliche zerrissen und ihn dabei angeschrien: »Warum zahlst du nicht endlich! Willst du, dass sie kommen und den Laden kurz- und kleinschlagen?« Hauptmann Hassan stellte seinen linken Fuß auf den Stuhl vor der Kasse und warf seine Zigarette auf den Boden. »Mach auf, lass sehen!« Zitternd holte der Vater den Schlüssel aus seiner Gesäßtasche. Der Hauptmann lachte, und warf ihm Geiz und fehlenden Patriotismus vor, weil er dieses Geld zurückhalte, statt es dem Schutz des Viertels zukommen zu lassen. Er gehe davon aus, dass es sich bei diesem kurzsichtigen Verhalten um ein Versehen handele, folglich dürfe es sich nicht wiederholen. Er wisse nunmehr genau, wer sie seien und sei ganz sicher, dass ein einfacher Stoffhändler sich für ihre Anwesenheit hier zu Dank verpflichtet fühlen werde. »Sucht euch was aus, Männer! Der Bruder liebt gute Männer wie euch. Scheut euch nicht, und lasst euch nichts entgehen, nehmt euch alle euren Anteil, kommt!« Die Männer begannen, die Stoffe aus dem Laden zu tragen, und der Vater wagte nicht zu protestieren. Er biss sich auf die Lippen als Zeichen für Muhsin, der gerade in den Laden kam, den Mund zu halten und sich nicht auf eine Konfrontation mit ihnen einzulassen. Er sah den Zorn in den Blicken seines Sohnes auflodern, als Muhsin schrie, was denn hier vor sich gehe. »Abu Wa'il ist mein großer Bruder, dein Onkel sozusagen, kein Fremder«, sagte sein Vater mit flehendem Blick zu ihm, damit sein Sohn nichts Unbedachtes tat.

»Sie waren Muslime wie wir, aber sie haben uns gnadenlos beleidigt. Das war kein konfessioneller Krieg, glaub mir, alle Kriege sind gleich. Christen, Muslime oder Drusen braucht man gar nicht. Auch keine Japaner, Inder, Amerikaner oder Palästinenser. Diese Benennungen sind alle nur Fassade. Man braucht nur einen Starken und einen Schwachen«, sagte Muhsin.

— 5 —

Mein Vater hat mir mal erzählt, einer seiner libanesischen Freunde habe nach dem Krieg seinen Verstand verloren. »Er hieß Schauki Rahma. Er war Christ. Wir nannten ihn Abu Iliya. Nach dem Krieg wurde er Imam einer Moschee. Stell dir vor, ein Schauki Imam einer Moschee! Im Krieg stand er auf den Dächern und richtete sein Gewehr auf die Vorübergehenden. Ein Scharfschütze, dessen Kugel nie ihr Ziel verfehlte.«

»Dreh die Leiche um!«, hatte Schauki meinem Vater zugerufen.

»Es ist eine Frau.«

»Dreh sie um und geh!«

»Sie atmet noch.«

»Was willst du tun? Lass sie, ehe sie kommen! Renn weg!«

Und mein Vater war mit seinem Freund weit fortgelaufen. Er wusste weder, wer die tote Frau war, noch ob sie Libanesin oder Palästinenserin, Muslimin oder Christin war, aber er sagte, ihr Gesicht habe er nie vergessen. Oft habe er sich gefragt, ob auch meine Mutter jemanden gefunden hatte, der ihren Leichnam umdrehte.

»Stell dir vor, Schauki Imam einer Moschee! Er hat mit niemandem mehr gesprochen, außer mit zwei Kameraden aus vergangenen Tagen. Er steht in der

Moschee und predigt, und ich weiß nicht einmal, warum er beschlossen hat, Muslim zu werden.«

Ich hörte den Kriegsgeschichten meines Vaters mit großem Befremden zu und hatte Schauki in seinem weißen arabischen Gewand vor Augen. In meiner Vorstellung war er immer geistesgestört, obwohl der andere Freund meines Vaters, der nach dem Krieg durchdrehte, anders war: Adil. Nur Adil. Seinen Beinamen erwähnte mein Vater nie. Man steckte ihn in eine Heilanstalt, nach einer Weile kam er wieder heraus und wurde zum Depp des Viertels. Den Worten meines Vaters zufolge wurde Adil nur zu einem ausgeglichenen Menschen, wenn er Schauki traf, bei anderen war er einfach nur verrückt.

Wenn jemand sich ihm näherte, um ihn zu grüßen, schrie er ihn an. Manchmal rannten die Kinder des Viertels hinter ihm her und warfen Steine nach ihm, und er lief mit ihnen, als wäre es ein Spiel. Dann blieb er plötzlich stehen und beschimpfte sie. Er verwandelte sich in einen Löwen, und die Rollen wurden getauscht. Sie rannten, und er verfolgte sie.

Nach unserer Ankunft in Amerika blieb mein Vater in Kontakt mit seinen libanesischen Freunden, besonders mit Adils Tochter. Sie wandte sich an ihn, und sei es übers Telefon, wenn der Zustand ihres Vaters zu schlimm wurde, und bat ihn dann, mit ihm zu sprechen. Schauki war ein professioneller Scharfschütze gewesen, Adil dagegen war der Kommunistischen Partei beigetreten und hatte mit siebzehn Jahren den Kampf aufgenommen. Er stand hinter den Geschützen und Panzern und tötete grausam und ohne jede Gnade. Er war versessen auf den Kampf, furchtlos ging er völlig darin auf.

Aber während des israelischen Einmarschs in Beirut 1982 musste er ansehen, wie man seinen Bruder, der ein Jahr jünger war als er, als leblosen Leichnam forttrug, und erfuhr, dass er von zu Hause fortgelaufen war, um ebenfalls zu kämpfen. Er ging zu seiner Mutter und tobte durchs ganze Haus. »Ich war der, der kämpft, und euch hab ich gesagt, haltet ihn im Haus.« Die erschrockene Mutter warf ihren Sohn hinaus und beschuldigte ihn, den Tod seines Bruders verursacht zu haben. »Er ist dir nachgelaufen, dir gefolgt, und ich habe ihn verloren. Und wenn du nicht aufhörst, verliere ich morgen auch noch dich. Entweder bleibst du bei mir zu Hause, oder ich will dich nicht mehr sehen.«

Daraufhin lief er hinaus und suchte wie besessen nach dem Mörder seines Bruders, einem Mörder, der jeder sein konnte, einem Mörder, den er nie kennenlernen würde. Ist es nicht das, was im Krieg passiert? Niemand weiß, wer der Mörder ist und wer der Ermordete, als brauchte man keine Namen mehr. Es sind nur Körper, die fallen. Manche Angehörige suchen jahrelang nach den Leichen ihrer getöteten Lieben und finden sie nicht. Andere wollen wissen, wie der Mörder aussieht, die Form seiner Augen, seine Größe, sein Körperbau, aber auch das erfährt niemand.

Mein Vater und seine Freunde hatten eine Wohnung in Ain al-Mraiseh besetzt und trafen sich dort, um sich miteinander abzustimmen. Um das gesamte verlassene Gebäude herum standen ständig Wachen. Eine andere Wohnung, die sie ebenfalls in Besitz genommen hatten, wurde für einen Chirurgen verwendet, und auch die Frauen benutzten sie, um den Kämpfern Essen zu machen.

In der anderen Wohnung fanden, wie mein Vater berichtete, Geburten statt, die meisten Geburten des Viertels. Während des Krieges kam es zu einem Rollentausch, sagte er. Ganz gewöhnliche Frauen wurden plötzlich Krankenschwestern oder Hebammen und gewöhnliche Männer Kämpfer. Die Zerstörung wurde zu einem Teil des täglichen Lebens, und wenn man das Glück hatte, sich ein wenig ausruhen zu können, war man unvergleichlich froh. »Manchmal haben wir auf Kälte und Stürme gewartet, um uns von der Gewalt bei den Patrouillen auszuruhen. Selbst in den Verstecken herrschte eine solche Vertrautheit zwischen den Menschen, wie sie nur das Unglück hervorbringt«, sagte er zu mir.

Ihm zufolge quälte die Libanesen die Reue am stärksten. Die Palästinenser litten weniger an ihrer Psyche als unter ihren Verlusten. »Wenn man auf fremdem Boden kämpft, kann man nicht glauben, dass es die eigene Schlacht ist. Nach den Gräueln und Massakern waren die meisten natürlich beschämt, aber das Leid der Besatzung blieb stärker als alle Kriege. Vielleicht waren wir der Ansicht, dass wir, wenn wir uns auf unserem Land befunden hätten, nicht so dumm gewesen wären, uns gegenseitig umzubringen, wie die Libanesen es taten. Wenn ich allerdings sehe, mein Sohn, wie gespalten

Palästina ist, kann ich unser Volk wirklich nicht mehr einzuschätzen.

Der Theorie meines Vaters zufolge beruhte unsere Stärke allein auf unserer Einheit. Das Leben jedoch habe uns die Realität aus den Augen verlieren lassen und die Kompassnadel abgelenkt. »Vielleicht ist die menschliche Natur ja so. Letzten Endes sind wir nur Menschen und können nicht die ganze Zeit kämpfen und Widerstand leisten. Der Mensch ist Geist, und der Geist wird müde. Der Mensch ist Körper, und der Körper besitzt nur in begrenztem Maße die Fähigkeit auszuhalten, zu kämpfen und sich in Geduld zu üben. Die Israelis haben uns nicht nur mit ihren Gewehren oder politisch bekämpft. Sie haben auch unsere Würde und unseren Mut angegriffen. Sie haben uns eingeschüchtert, die Hundesöhne.«

Auch Hilda hatte mir von einem verrückten Mann in ihrem Dorf berichtet: »Ich hatte ihn gern. Und ich glaube, er mochte mich auch. Er war verrückt, aber gutmütig, er streifte über die Felder und pflückte Blumen. In der Hand hatte er eine Zigarettenschachtel und fast immer eine Zigarette im Mund. Er griff auf eine ganz seltsame Weise danach und bewegte den Kopf beim Rauchen hin und her. Er sprach nur ein paar Worte, und manchmal schimpfte er vor sich hin, als zanke er sich mit jemandem.

Diesen Streit beendete er jedes Mal mit dem Wort ›Schluss!‹, dann hielt er sich die Ohren zu, als könne er die Stimmen, die er hörte, nicht mehr ertragen. Die Leute im Dorf sagten, seine Mutter sei, als er noch klein war, mit dem Dorfpfarrer durchgebrannt, und sein Vater sei sehr hart mit ihm umgegangen, um sich so an ihr zu rächen.

In der Pubertät wurde er dann von einem einzelgängerischen Jungen zum Verrückten. Sein Vater verlor fast den Verstand, bereute sehr, was er seinem Sohn angetan hatte, und starb schließlich. Seine Mutter kam nie wieder. Dauernd lief der Junge zum Kloster und warf Steine darauf, aber die Mönche hatten Mitleid mit ihm. Auch den Leuten aus dem Dorf tat er leid, und sie versorgten ihn mit Essen, einer der angesehenen Männer gab ihm sogar eine kleine Hütte in einem abgelegenen Garten, damit er dort schlafen konnte. Laurice, unsere Hausbedienstete, besuchte den verrückten Giorgio regelmäßig und machte bei ihm sauber. Diese Hütte sei von Dämonen heimgesucht, meinte sie immer. Sie sammelte die Essenskrümel von der Erde und legte die Bettlaken in die Sonne. Sie putzte Staub und öffnete die Fenster, um die Sonne hereinzulassen, denn, sagte sie, ›ein Haus, in das keine Sonne kommt, betreten keine Engel.‹«

Hilda beschrieb auch, wie Laurice zu dem Verrückten ging, wenn er krank war. Sie wiegte ihn dann wie ein kleines Kind und sagte: »Mach den Mund auf, da kommt ein Flugzeug angeflogen!« Und er lachte aus vollem Herzen. Hätten nicht alle im Dorf seine wirkliche Mutter gekannt und wäre nicht die Hebamme gewesen, die die Geburt des Kindes überwacht hatte, alle hätten ihn für Laurice' Sohn gehalten.

Das Einzige, was Giorgio wütend machte und ihn beinahe auf Laurice losgehen ließ, war ihre Bitte: »Sag doch mal das Vaterunser und das Ave Maria auf!«

Dann schimpfte er, auch wenn sie mit Tränen in den Augen daran festhielt. »Beim heiligen Kreuz, sprich doch einfach nur das Vaterunser und das Ave Maria!« Daraufhin drehte er sich zu ihr, breitete die Arme aus und rief: »Ah.« Und wenn sie weiter auf ihn eindrang, schrie er noch lauter: »Ah, ah, ah!«

»Er wird es nie aufsagen, hör auf, ihn zu drängen«, sagte Hilda zu ihr. »Du brichst mir das Herz, du brichst mir das Herz!«, weinte Laurice, während er immer weiter »Ah, ah, ah!« brüllte.

Laurice war so naiv, einfach nicht zu glauben, dass der Junge Hass auf die Mönche entwickelt hatte, weil einer von ihnen mit seiner Mutter fortgelaufen war. Sie glaubte, dass absolut niemand es wagen würde, seinen Glauben an die Prediger Gottes infrage zu stellen. Die Mutter sei vor der Gewalttätigkeit des Vaters geflohen, meinte sie, und ihre Arglosigkeit ging so weit, dass sie sagte: »Unser Herr Pfarrer wollte sie von ihrer Qual befreien«, nur deshalb sei er mit ihr weggegangen.

»Was denkst du, warum er mit ihr geflohen ist?«, fragte Hilda mich.

»Er muss verliebt in sie gewesen sein.«

»Die Leute aus dem Dorf sagen, sie ging in die Kirche, um zu beichten, und er war ihr Beichtvater.«

»Er muss sie sehr geliebt haben.«

»Aber wie konnte sie ihren Sohn verlassen?«

»Sie hat den Mann eben auch geliebt.«

»Aber lieben wir so sehr? Welche Liebe erlaubt es einer Mutter, das Leben ihres Sohnes zu zerstören?«

»Vielleicht war das sein Schicksal.«

»Aber wenn sie geblieben wäre, hätte es vielleicht anders ausgesehen.«

»Vielleicht hätte der Vater sie dann beide verprügelt.«

»Meinst du, dass nur dem Vater Vorwürfe zu machen sind?«

»Er hätte es seinem Sohn ersparen können, die Konsequenzen für die Schuld seiner Mutter zu tragen.«

»Aber sagst nicht gerade du immer, dass wir manchmal die Beherrschung verlieren?«

»Doch, das tue ich.«

»Und jetzt versuchst du, ihn zu entschuldigen?«

»Es gibt keine Entschuldigung dafür, ein Kind zu zerstören.«

»Liebst du mich?«

»Mehr, als du dir vorstellen kannst.«

»Aber du fändest Entschuldigungen dafür, dass es mit uns aus wäre?«

»Warum sagst du das jetzt?«

»Ich denke nur laut nach, ob die Dinge am Ende an ihren Ergebnissen gemessen werden. Ob die schönen Dinge von Dauer sind oder ob sie hässlich werden, nur weil sie vorbei sind.«

»Ich liebe dich.«

»Würdest du mit mir durchbrennen, wenn du an Stelle dieses Mönches wärst?«

»Das weiß ich nicht.«

»Glaubst du, dass er mutig war?«

»Ja.«

»Und sie egoistisch?«

»Ich weiß nicht. Was meinst du?«

»Vielleicht war sie ja eine schreckliche und harte Frau. Glaub mir, ich weiß gar nicht, was ich denken soll. Ich weiß nur, dass er mir leidtut. Und sie tut mir auch leid, alle beide.«

»Vielleicht ist er glücklich in seiner Verrücktheit.«

»Niemand sucht es sich aus, verrückt zu sein.«

»Doch, meine Liebe. Das tun viele.«

»Die Gesellschaft treibt sie dazu. Deshalb ist es keine freie Wahl. Es ist ein Geisteszustand, der von vielen Faktoren abhängt.«

»Wie sind wir eigentlich darauf gekommen, über Verrückte zu reden?«

»Weil ich verrückt nach dir bin.«

Sie lachte laut auf, rückte an mich heran und bat mich, sie in den Arm zu nehmen und enger an mich zu ziehen. Dann schlief sie ein und ließ mich allein mit ihrem Duft und den Verrücktengeschichten. Ich konnte nicht einschlafen, und immer, wenn ich dachte, dass ich nie den Mut des entflohenen Priesters aufbringen könnte, sondern zulassen würde, dass sie mir irgendwann entglitt, wurde ich traurig, und mir brach der Schweiß aus. Ich rutschte näher an sie heran und küsste sie so sanft, als würde ich einen Setzling in die Erde pflanzen und hoffen, dass er anwuchs.

Je enger ich mich an sie schmiegte, desto stärker zitterten mir die Lippen, bis sie in einem festeren

Kuss an ihrem Körper zur Ruhe kamen. Ich hätte sie weiter küssen mögen, während sie so schlafend und fügsam dalag. Ich hätte auch gern meinen Mund über ihre Haut wandern lassen, ohne sie zu wecken, und wäre danach still in sie eingedrungen, ohne dass sie mich sah.

— 6 —

New York 2000

Marianne kauerte in der Ecke. Sie hielt ihre Zigarette in der Hand und weinte. Schluchzend strich sie sich das Haar zurück. Ich saß vor ihr und sah sie nur an. Sie fragte mich, ob ich sie schön fände, und ich bejahte.

»Du bist sehr schön.«

»Was meinst du, warum er mich dann verlassen hat?«

»Er hat dich nicht verlassen, meine Liebe.«

»Er hat sich dafür entschieden, in den Krieg zu ziehen. Warum hat er sich nicht geweigert?«

»Weil es seine Pflicht war. Vielleicht kannst du die Dinge nicht so sehen wie er, aber er war der Meinung, das Richtige zu tun.«

»Wenn er mich geliebt hätte, wäre er nicht gegangen.«

»Warum machst du so eine Gleichung auf?«

»Liebst du Hilda?«

»Was ist das für eine Frage?«

»Antworte mir, liebst du sie?«

»Ja, mehr als du dir vorstellen kannst.«

»Warum hast du sie dann gehen lassen?«

»Früher oder später wäre sie so oder so gegangen, und außerdem habe ich sie nicht gehen lassen. Es war ihre Entscheidung.«

»Warum antwortest du dann nicht auf ihre Mails?«

»Weil ich nicht diese Mails will, sondern sie.«

»Und warum sagst du ihr das nicht?«

»Ich will nicht.«

»Du liebst sie nicht.«

»Du kannst ja nicht bestimmen, was ich fühle.«

»Und John hat mich auch nicht genug geliebt, um hierzubleiben.«

»Warum bestehst du darauf, den Mann zu bestrafen, indem du sein Andenken schlechtmachst? Wir alle wissen doch gut, dass er dich und die Kinder sehr geliebt hat. Hat sein Freund dir nicht berichtet, wie sehr er gelitten hat? Hast nicht du selbst mir erzählt, dass er seine Notdurft draußen verrichten musste, weil es da, wo er kämpfte, keine Toilette gab und nichts? Und dass er dir geschrieben hat, er habe seine Gründe dafür, an diesem Krieg teilzunehmen? Warum hätte er all das tun sollen, wenn er dich nicht geliebt hätte?«

»Ich weiß nicht. Ich weiß nur, dass ich seit Jahren nicht aus diesem Strudel herauskomme und dass ich für meine Kinder, was das Schicksal ihres Vaters betrifft, keine Antwort habe. Es sind so viele Dinge, ich weiß gar nicht mehr, ob ich Männchen oder Weibchen bin, ob ich vielleicht meine Weiblichkeit verloren habe. Weißt du, aus wie vielen Betten ich fortgerannt bin? In mir ist kein Bild von einem anderen Mann. Ich habe ihn geliebt, seine Kinder in mir getragen, wir haben zusammen auf meinen Bauch geschaut und auf die Tritte des Babys gewartet. Und als ich ihm gesagt habe, ich hätte das Gefühl, dass mein Bauch sich hob und senkte wie die Wellen im Meer, hat er gelacht.

Sie schwieg, zündete sich eine neue Zigarette an und strich sich wieder das Haar zurück. Sie schluchzte nicht mehr und fragte, ob ich meinte, dass er noch lebte.

Ich wusste nicht, was ich antworten sollte. Einen Moment dachte ich darüber nach, dass der Mann unmöglich noch am Leben sein konnte, sonst hätte man irgendeine Spur, zumindest eine klitzekleine, von ihm gefunden. Aber ich hatte das Gefühl, ihr das nicht sagen zu können. Man konnte einem Menschen, der vor Kummer und Sorge umkam, nicht die Wahrheit sagen, das wäre ein Schlag ins Gesicht, den man ihm ersparen musste. Er würde ihn aus seinen Illusionen reißen. Man würde ihm im Gegenteil das Gefühl geben, dass man auf seine Illusionen einging, und ihn dadurch möglicherweise noch tiefer darin versinken lassen. Ich jedenfalls konnte ihr diese Ohrfeige nicht versetzen, zumindest nicht jetzt, wo sie in diesem Zustand war.

Ich blieb also still, und sie sah mich flehentlich an, als verlange sie von mir, ihre Illusionen zu bestätigen. Sie erinnerte mich an meinen Vater, wenn er den Tod meiner Mutter nicht akzeptieren wollte, als bedeute er den Tod Palästinas. Mir kam der Gedanke, was wohl wäre, wenn eines Tages irgendein Idiot ankäme und mir solch eine Ohrfeige versetzte, indem er beispielsweise sagte, es bestehe keinerlei Hoffnung auf Rückkehr.

Möglicherweise wäre ich imstande, ihn zu hassen, auch wenn ich im Stillen seine Meinung teilte, dass es schwierig war, unser Land zurückzuerhalten. Wer tapfer ist, kann die Wahrheit vertragen, sagt man, aber ich weiß genau, dass dies eine falsche Schlussfolgerung ist. Wer eine Todesnachricht oder die Mitteilung vom Scheitern seiner Hoffnung mit Fassung aufnimmt, ist deshalb nicht tapfer und kühn, sondern innerlich verzweifelt und beherrscht bloß die Kunst, seinen Schmerz zu verbergen.

Schweigen und Blicke, wie in einer Prüfung. Sollte ich Marianne packen, ihr sagen, dass er tot war, sie schütteln und ermahnen, aus ihrer Selbsttäuschung aufzuwachen? Sollte ich sie auffordern, ihre Illusion hier mit mir zu begraben, zu weinen, bis es vorbei war, ins Ausland zu gehen, um ein neues Leben anzufangen? Oder sollte ich ihr sagen, was sie hören wollte?

Schließlich brach ich mein Schweigen, um ihr zu erklären, dass ich es nicht wüsste. Von ihrer Seite hatte dies bloß wieder neue Tränen zur Folge. Ich wollte nur noch, dass sie verschwand, dass sie ging. Warum fragte sie mich, ob er noch lebte? Ich war doch kein Gott! Ich wollte nur, wie sie, dass diese Tragödie ein Ende nahm.

Nachdem Marianne sich beruhigt hatte, stand sie vom Boden auf und lief ins Bad. Ich folgte ihr und sah zu, wie sie sich das Gesicht mit Wasser und Seife wusch und sich mit geschlossenen Augen die Wangen rieb. Ich bot ihr an, im Gästezimmer zu übernachten, aber sie meinte, sie müsse zu ihren Kindern.

Sie umarmte mich, küsste mich auf die Wangen und sagte, ich sei ein wunderbarer Freund, und sie werde das schon hinkriegen.

Als ich draußen ihren Wagen anspringen hörte, war ich erleichtert, dass sie weg war. Nicht, weil sie mir nicht leidgetan hätte, sondern weil ich Ruhe brauchte und vielleicht auch allein sein musste. Mir kam die Erinnerung, wie sicher ich mich manchmal gefühlt hatte, wenn ich dasaß, auf Hildas Rückkehr vom Training wartete und plötzlich ihren Wagen hörte. Und während ich jetzt auf dieses Geräusch lauschte, fühlte ich, wie viel Ähnlichkeit manche Frauen mit dem Tod haben, weil sie das Leben sind. Wenn man sie verlässt, verlässt einen das Leben. Vielleicht tat mir Hildas Abreise deshalb so weh, weil sie mich wieder zu einem geschlagenen Mann machte.

Ich wusste nicht, warum sie so darauf beharrt hatte, in ihr Dorf zurückzukehren, warum sie diese ganze Welt, vor der sie geflohen war, unbedingt vor mir ausbreiten und mir vor Augen stellen musste. War das ihr Weg, mich zu bestrafen? Hatte der Wunsch nach Rache sie dazu getrieben?

Was für eine Furcht empfand ich, wenn ich daran dachte, dass ich sie nicht wiedersehen würde! Hatte ich deshalb so viel Angst vor ihrer Abreise? War es mehr als die Furcht, sie zu verlieren, war es in Wirklichkeit die Furcht vor der Konfrontation? Wollte ich mich deshalb mit aller Macht von ihr distanzieren, nicht antworten, wenn sie anrief und nicht mit ihr sprechen? Was tat sie denn nur? Durch mich mit ihrer Vergangenheit abrechnen? Wo war die sanftmütige junge Frau geblieben, die sich nicht traute, in den Spiegel zu schauen, wenn ich sie liebte? Wo war sie geblieben, der ich den Kopf angehoben und die ich gebeten hatte, sich anzusehen, wie das Licht aus ihren Augen ihren ganzen Körper aufleuchten ließ, wenn sie nackt war?

»Das leuchtende Fleisch«, hatte sie einmal zu mir gesagt und sich an die Brüste gefasst. »Wenn du in ihre Nähe kommst, strahlen sie.« Dann hatte sie gelächelt und scheu ihr Gesicht versteckt. Sie griff nach meiner Hand und sagte: »Leg sie darauf! Leg sie hierhin, bewege sie, leg sie auf mein Gesicht, leg mir die Finger über die Augen. Siehst du, wie wir manchmal die Welt in Händen halten können? So fühle ich mich, wenn ich mit dir zusammen bin, wie ein Körper, der so winzig wird, dass er in eine Hand passt. Ich fühle mich vollkommen sicher, wie beim Tanzen. Dabei wird der feste Körper auch zu etwas Beweglichem, Schwerelosem, nur in entgegengesetzter Weise.«

Dann küsste sie mich und bat mich, sie an meine Brust zu drücken, bis sie eingeschlafen war. Das tat ich auch, beobachtete, wie sie die Augen schloss, und stellte mir vor, wir tanzten zusammen. Ich sah mich sehr gewandt und fähig, mit ihr durch den Raum zu schweben. Auf dem höchsten Punkt des Seins schlief ich ein, glücklich und geborgen.

— 7 —

Nach ihrer Trennung von Mike traf sich Eva mit einem Regisseur, der ihr eine Rolle in einer amerikanischen Soap Opera anbot. Bereits vor der ersten Ausstrahlung erschien sie in dem entsprechenden Trailer auf dem Bildschirm. Es kam zu zahlreichen Gerüchten über ihren Verkehr mit einer sehr reichen Frau, der Produzentin der Serie, und bald, als die zuvor unbekannte Schauspielerin in die Fifth Avenue zog, eine der reichsten Straßen New Yorks, war man sich der Sache nahezu sicher.

Die Mexikanerin verschlug es in eine Umgebung, die besser war als alles, was Muhsin sich, trotz seines Reichtums, hatte leisten können, und sie begann in der Welt der Stars aufzusteigen, als könne sie damit das ihr angetane Unrecht wieder ausgleichen. »Ich beanspruche einen enormen Ersatz für mein früheres Leben, mit weniger als allem werde ich mich nie zufriedengeben«, sagte sie immer. Sie lachte, trank zu viel und kaufte sich Unmengen an Klamotten, ob sie sie brauchte oder nicht, alle von Weltmarken wie Chanel, Gucci, Bulgari, Yves Saint Laurent. Außerdem die neuesten Autos und exquisitesten Speisen. »Schau mal, meine neue Uhr! Schätze doch mal, wie viel sie gekostet hat!«, sagte sie zu Hilda. »Siehst du die Schuhe? Ich bin richtig high! Ich bin high, wenn ich mir das Cartier-Armband nur ums Handgelenk lege.«

Doch nie kaufte Eva etwas von ihrem eigenen Geld, das heißt dem Ertrag ihrer Arbeit. Für ihre Annehmlichkeiten sollten immer andere aufkommen, ihr eigenes Geld brachte sie zur Bank. Die wichtigste Eigenschaft der Männer, von denen sie sprach, war immer ihr Bankkonto. Diesen Materialismus hielt sie auch vor Hilda nicht geheim. Sie erzählte ihr fast alles. In Rekordzeit wurden sie enge Freundinnen, und in Anbetracht dessen, dass sie, zumindest äußerlich, auf keinen gemeinsamen Nenner kamen, war dies verwunderlich.

Ich erfuhr nie, was sie zusammengeführt hatte, und auch nicht, warum Hilda Eva so mochte und sie nicht verurteilen wollte. Sie beschrieb sie als kluge Frau in dieser grausamen Welt, sprach von ihr sogar mit großer Mütterlichkeit und Wärme. »Du weißt ja nicht, was diese Frau durchgemacht hat. Alles was sie jetzt tut, ist eine Art Rache«, sagte sie.

Und Muhsin? Er legte den Hörer so heftig auf, als befände sich Eva in dem Gerät, und strich sich das Haar zurück. Danach schlug er sich dreimal hintereinander mit der Handfläche auf die Stirn, als suche er nach einer Lösung.

»Lass sie doch, Mann, was willst du denn von ihr?«

»Ich kann nicht, Madschid. Ich sage mir jeden Tag, dass ich es vergessen werde, aber die Wut frisst mich auf.«

»Du hast jeden Tag andere Frauen in deinem Bett. Ist es, weil sie dir weggelaufen ist?«

»Sie hat meinen Sohn getötet – oder meine Tochter. Wie kann ich sie da in Ruhe lassen?«

»Bist du sicher?«

»Ich weiß es eben nicht. Gerade das bringt mich ja um. Ich weiß es nicht.«

Muhsin schaltete den Fernseher aus, sobald er Eva sah, und kurz darauf rastete er aus und rief sie an, um wie üblich nur Beschimpfungen als Antwort zu erhalten.

»Hallo ... Eva ... hör mir zu! ... Du Hure! ... Du wohnst jetzt also in der Fifth Avenue. Wer zahlt dir das denn? Schläfst du jetzt mit Frauen? ... Leg nicht auf! ... Hure!«

Ich wusste nicht, ob er sich aus großer Liebe so verhielt oder wegen seines Verlustgefühls. Wenn sie nicht ans Handy ging, rief er sie oft über Festnetz an, und einmal blieb er sogar die Nacht über unter ihrem Balkon stehen und drohte, nicht eher zu gehen, als bis sie mit ihm gesprochen hätte.

Sie rief damals nicht die Polizei. Ich weiß nicht, ob er ihr leidtat, aber sie zog sich einen Morgenmantel über ihren aufreizenden mexikanischen Körper und ging hinunter. Er hatte den Kopf aufs Lenkrad gestützt, als sie plötzlich vor dem Autofenster stand und sich eine Zigarette anzündete. Was er wolle, fragte sie, und er flehte: »Ich will wissen, ob du wirklich schwanger warst und das Kind abgetrieben hast.«

Sie gab keine Antwort.

»Warum hast du das getan?«

»Warum hast du mich betrogen?«

»Das war kein Betrug. Es war Flucht vor der Einsamkeit.«

»Spar dir bitte solche dummen Ausreden!«

»Wir können alles wieder in Ordnung bringen, aber ich will es wissen.«

»Du wirst es nicht wissen, und ich will nichts in Ordnung bringen.«

»Warum nicht? Schläfst du jetzt nur noch mit Frauen?«

»Weil ich weiß, dass du, wenn ich zu dir zurückgekehrt wäre, nicht darauf verzichten würdest, mit anderen Frauen ins Bett zu gehen. Du würdest das bestenfalls ein paar Monate durchhalten und dann wieder anfangen, mich zu betrügen. Du bist süchtig danach zu betrügen, Mann.«

»Nein, das würde ich nicht tun.«

»Glaubst du eigentlich an deine eigenen Worte, wenn du das sagst? Wie soll ich dir denn glauben?«

»Ich liebe dich, Eva, ich liebe dich aufrichtig. Ich gehe ein in der Nacht, seit du fort bist, und jede andere Frau ... jede Frau ... wenn ich mit ihr fertig bin, vermisse ich dich noch mehr, als wollte ich mir nur beweisen, dass du nicht zu ersetzen bist.«

»Hörst du eigentlich, was du da sagst? Hörst du deine eigenen Worte?«

»Ich liebe dich, Eva, und ich will, dass du zu mir zurückkommst. Sie wollen mich hier jetzt fertigmachen. Ich brauche dich sehr.«

»Wer will dich fertigmachen?«

»Die Amerikaner, das System, alles ist gegen mich.

Bitte, Eva. Erst der Krieg und jetzt das! Lass mich nicht allein!«

»Bist du betrunken? Denkst du, ich glaube noch an dieses Gerede? ›Sie haben meinen Vater verraten, sie haben unseren Laden gestohlen, ich habe im Krieg Blut gesehen.‹ Bei den Göttern, hast du vergessen, wie oft du das schon wiederholt hast? Hör auf, hier immer den Verlierer zu spielen, Mann! Wenn du wirklich leidest, lass dich behandeln! Bürde mir nicht dein Unglück auf!«

»Ich werde sie alle fertigmachen, und du bist dann meine Königin, Eva, mein Liebling!«

»Hör zu, ich bin nicht hier runtergekommen, um mir dein Gesäusel anzuhören. Du hast mein Selbstbild zerstört. Bei dir zu bleiben, würde mich nur kaputtmachen. Du hast mich dazu gebracht, dass ich mich jeden Tag gefragt habe: Warum will er immer andere? Du hast mich dazu gebracht, dass ich mir mein Gesicht ansah und es hässlich fand. Ich wusste nicht einmal mehr, ob meine Hände und meine Finger, die du geliebt hast, für eine andere Frau gut genug wären. Ich kann und will das nicht noch einmal durchmachen. Ich will, dass du für immer verschwindest, dass du dich nicht mehr daran erinnerst, mich gekannt zu haben, und die Geschichte von dem Kind vergisst. Alles. Hau einfach ab!«

Sie wartete nicht auf seine Antwort, drehte ihm den Rücken zu und ging. Ihn, der Dutzende Frauen aus seinem Bett vertrieben hatte, ließ sie allein mit hundert Fragen. Er nannte sie seine »Gottesstrafe«, und das war sie tatsächlich, eine Frau, die einen Mann ungerührt aus den Illusionen riss, die er sich über sich selbst machte. Eine Frau, die es ablehnte, sich vollkommen der Gnade eines Mannes auszuliefern, weil sie ihn als Partner wollte und nicht als Peiniger, und die ihn nicht nur mit ihrem Fortgehen überraschte, sondern auch mit dem vollständigen und ernst gemeinten Abbruch ihrer Beziehung.

Mit festen und selbstbewussten Schritten marschierte sie wieder in ihre Wohnung und ließ ihn zurück, unschlüssig, was er tun sollte. Wohin sollte er jetzt gehen? Es kam ihm vor, als hätte ihn gerade jemand rausgeworfen, obwohl das gar nicht der Fall war. Er war wie ein Mensch, der gleichzeitig aus der Fahrbahn und seiner Lebensbahn geworfen wird, wie ein Mann, dem Straßenräuber seine Kleider geraubt haben und der sich nun bemüht, seine Blöße zu bedecken, wie eine Frau, die erfahren hat, dass ihr Mann sich eine Zweitfrau genommen hat.

Er hätte den Rest der Nacht unter Evas Balkon verbringen können, nicht um auf sie zu warten, sondern nur, weil er nicht wusste, was er sonst tun sollte, wie ein schwerer Körper, der gerade sein gesamtes Gewicht verloren hatte, aber nicht zu Boden gestürzt war. Als er wieder zu Hause war und bei mir anrief, damit ich zu ihm kam, war ich ganz offen mit ihm. Ich hatte keinerlei Mitleid mit seinem Zustand. »Mit der Mentalität eines Arabers, mit deinem ganzen Männlichkeitskomplex, willst du eine Ausländerin lieben, und sie soll das großherzig akzeptieren. Wie stellst du dir das vor, Mann? Dafür bist du hier in der falschen Zeit und am falschen Ort.«

Meine Worte gefielen ihm gar nicht. Selten wollte mein Freund der Wahrheit ins Auge sehen. Äußerlich war er Mike, doch innerlich noch immer Muhsin. Und obwohl er sich darüber ärgerte, hatte ich ihn stets nur mit seinem arabischen Namen angesprochen. Manchmal hasste er mich dafür, aber meine wichtigste Bedingung für unsere Freundschaft war, ihn nicht so zu behandeln, wie alle anderen es taten, und nicht zu versuchen, ihn zufriedenzustellen. Manchmal schnitt er mich eine Weile, dann meldete er sich von sich aus wieder, weil er wusste, dass er mitten in dem Rudel, das ihn umgab, manchmal auch auf echte Freundschaft angewiesen war.

Während er mir zuhörte, legte er sich die Hand an die Wange, als langweile ihn das, was ich sagte. Das provozierte mich nicht, ich sprach einfach weiter, doch er unterbrach mich immer wieder mit derselben Frage: »Meinst du, dass sie tatsächlich schwanger war und mich betrogen hat? Und wenn sie wirklich abgetrieben hat, woher wusste sie dann, dass das Kind von mir war?«

»Das weiß ich auch nicht«, sagte ich, »aber das ist auch nicht wirklich wichtig. Du musst das Ganze vergessen und das Mädchen seinen Weg gehen lassen.«

Er schenkte sich ein Glas Whisky ein und nickte. »Du hast recht, ich werde die Hure vergessen.«

Dann wechselte er das Thema und bestand darauf, mich in seiner Wohnung herumzuführen, um mir die Gemälde, die an der Wand hingen, und das Relief von einem Pferdekopf, für das er ein Vermögen bezahlt hatte, zu erklären. Er hielt das Glas in der einen Hand, die Zigarette in der anderen und bewegte sich so exaltiert, als wolle er mich davon überzeugen, dass es ihm in diesen wenigen Minuten wirklich gelungen sei, Eva und alles, was mit ihr zusammenhing, zu vergessen.

Ich versuchte öfter, mich innerlich auf Muhsins Seite zu stellen und Eva anzukreiden, was sie mit ihm gemacht hatte, vor allem, wenn ich ihn so gebrochen oder zornig sah. Aber unwillkürlich hatte ich immer Mitleid mit dem Mädchen. Wenn ich sie im Fernsehen sah, dachte ich an die Schikanen, denen sie ausgesetzt gewesen war, stellte mir den Mann ihrer Mutter vor, der sie vergewaltigt hatte, und sah sie nur noch als Schatten dieser Tragödien, die sie erlebt und von denen sie Hilda berichtet hatte. Ich wusste, dass Muhsin es bei ihr an nichts hatte fehlen lassen, dass er all ihre Bitten erfüllt und ihrem Verlangen nach Reichtum, den besten Autos und all den mehr oder weniger notwendigen Klamotten nachgegeben hatte.

Ich wusste, wie sehr er sie geliebt und verwöhnt und damit zu jener Frau gemacht hatte, die alles wollte. Er hatte sie an Luxus und Überfluss gewöhnt, und sie genoss ihre neue Rolle, als befände sie sich am Anfang eines Kinofilms. Die Frau, die vom Opfer zur Herrin geworden war, die Befehle und Verbote erteilte. Sie war auch seine Diva gewesen, die er für die Dramen ihres Lebens entschädigen wollte, aber dann hatte seine üble Gewohnheit die Oberhand gewonnen.

Die Liebe hatte es nicht vermocht, seinen Wunsch, mit vielen Frauen ins Bett zu gehen, abzutöten. Zu Beginn wäre Eva nicht in den Sinn gekommen, dass dieser Liebhaber, der sie mit Geschenken überhäufte, sie einmal betrügen könnte. Sie fühlte sich geliebt, zufrieden und sicher, aber peu à peu entdeckte sie sein anderes Gesicht. Auch sie als Frau überraschte dieser Widerspruch zwischen New Yorks Hochhaustürmen und der Unterwelt der Metro. Muhsin hatte sie in höchste Höhen gehoben und dann wieder ganz unten abgesetzt. Wie Hilda berichtete, hatte sie versucht, sich an seinen Charakter zu gewöhnen, war aber dazu nicht in der Lage gewesen.

Wenn sie sich mit Muhsin zurückziehe und mit ihm allein sei, sagte sie, käme sie sich vor wie die wichtigste Frau auf der Welt. »Ich knöpfte ihm das Hemd auf und küsste seinen ganzen Körper, damit er das Gefühl hatte, ganz mir zu gehören, als wolle ich ihn verschlingen und in mir bewahren. Dort, bei seinem Körper, egal ob oben oder unten oder in welcher Position auch immer, fühlte ich mich wie auf einer Wolke im Himmel. Als ich erfuhr, dass er auch mit anderen schlief, machte mich der Gedanke, dass eine andere Frau ihn sich nahm, einfach fertig. Es kam so weit, dass ich zu jedem Zeitpunkt wissen wollte, wo er sich aufhielt. Wenn er meine Anrufe nicht annahm, kam ich mir vor wie eine Hündin, die von ihrem Herrn in einen Zwinger gesperrt worden ist. Ich konnte so nicht weitermachen, und ich wusste nicht, ob ich die Höhen opfern konnte, weil sie mit den Tiefen synchron waren, aber ich musste mich von all dem frei machen. Ist es nicht so?«, hatte sie Hilda gefragt.

Hilda verglich Evas Empfindung mit einem Fall aus großer Höhe. »Du bist ganz oben in deinem Büro, im neunundneunzigsten Stock, und dann stürzt dich einer runter oder so. Wie bewahrst du danach dein Gleichgewicht? Dieser Muhsin hat mir nie gefallen. Ich mag ihn nicht.«

Hilda war der Ansicht, dass Muhsin sich nur so lässig verhielt und glaubte, es sei sein Recht, zu tun, was er wollte, weil er zur Kriegsgeneration gehörte. »Ich bin vielleicht ein bisschen jünger als er, aber wir alle sind Kinder dieser sinnlosen Schlachten. Wir dürfen uns ihretwegen nicht auf eingebildete Privilegien berufen, denn damit wiederholen wir nur die Fehler unserer Vorfahren. Er ist ein Hallodri, und ich weiß nicht, was du an ihm findest.

Weißt du, warum er Amerika so liebt? Weil es das Land der Ausreden ist … ›Ich bin ein Kind des Krieges, meine Freunde sind tot, ich habe meine Familie verloren, ich bin traumatisiert, ich habe das Recht zu betrügen.‹ Idiotisch.«

Ich lachte, wenn sie mit solchen Worten und in diesem spöttischen Ton von ihm sprach, aber ich wusste, dass sie ihn nicht wirklich hasste, sondern nur nicht besonders mochte. In einem Teil ihrer Persönlichkeit glaubte Hilda an die Liebe als an einen Wert, der zu erhaben war, um ihn mit Schlechtem in Berührung zu bringen, an die absolute Liebe, die wir mit nichts beflecken durften.

Es sei ähnlich wie beim Tanzen, sagte sie. Wenn der Mensch seinem Körper die Zügel schießen lasse, damit er mit der Musik eins werde, sei das mehr als bloße Bewegung. »Ich tanze, um der Schönheit Ausdruck zu verleihen, der absoluten Freiheit von allem, von Hass, Widerwillen und Erinnerungen. Wenn ich auf der Bühne bin, gibt es nur noch mich, die Musik und den Augenblick. Der Vergangenheit und dem Nachdenken über das, was kommen wird, entrückt gehe ich ganz in diesem nicht Greifbaren auf.«

Einmal sagte ich zu Hilda, sie sei wie ein Mädchen, das seinen Weg aus der Dunkelheit heraus tanzt, damit niemand ihre Augen sieht und alle durch ihren Körper abgelenkt sind. Als ich sie beim Training beobachtet hätte, hätte ich gesehen, wie sie oft die Augen schloss, als wolle sie die Verbindung zum Leben abreißen lassen.

»Ich sehe dich und denke, wie schön diese Frau ist! Was für eine Welt mag sie jetzt vor sich sehen? Hat sie in ihrer Phantasie einen Partner, der mit ihr tanzt? Manchmal, wenn ich sehe, wie du dich vom Boden löst, habe ich den heftigen Wunsch, diese Krücke fallenzulassen und dich zu halten. Du schließt die Augen, um zu tanzen, und ich schließe die Augen, um dich zu sehen.«

In jener Nacht schlief sie im Wohnzimmer in meinem Arm ein, während ich mit ihrem Haar spielte. Ich küsste sie auf die Stirn, dann legte ich ihren Kopf auf ein Kissen und ging ins Bett.

Jetzt, wo ich auf dieses Sofa blickte, auf dem mein kleiner Schatz damals eingeschlafen war, spürte ich, von wie vielen Hassgefühlen ihre Liebe mich gereinigt hatte. Sie änderte mich von Grund auf und gab mir das Gefühl, dass die Feinde, die wir jahrelang bekämpft hatten, nicht alle mehr Feinde waren.

Immer wenn ich daran dachte, dass einer ihrer Verwandten möglicherweise in den Mord an meinen palästinensischen Angehörigen verwickelt und ich jetzt mit einer der Töchter der Feinde zusammen war, fröstelte ich am ganzen Körper. Warum liebte sie mich, obwohl sie das doch nicht tun sollte? Sie hatte die in mir verwurzelte Feindseligkeit ausgerissen, sie hin- und hergewälzt und infrage gestellt. Ich war nicht mehr der verhasste palästinensische Mann, war überhaupt weder Palästinenser noch Mann noch Behinderter, gar nichts mehr. Sie liebte nur Madschid, und dieser Madschid brachte mich in Verlegenheit, wenn er so ganz allein und all seiner Identitäten beraubt dastand.

Es war wie eine Provokation oder eine Neugeburt, der ich mich widersetzte. Sie erschien mir als eine Frau, die im Licht stand und nach mir rief, damit ich mir die Sonne ansah, doch ich konnte nicht vorwärts. Für sie war es leicht, weiterzugehen und nach vorn zu blicken, denn die Verluste, die sie erlitten hatte, waren gering im Vergleich zu denen, die wir, das zerstreute Volk, erlitten hatten, Verluste, die kein Ende nahmen. Vielleicht lag die Lösung darin, ans Licht zu treten und dem Leben unser Recht auf Freude zu entreißen. Doch niemand auf der Welt konnte von uns, einem Volk, das tagtäglich vom Leben getötet wurde, verlangen, dass wir aufhörten zu sterben.

Selbst was Hildas Mitgefühl betraf, selbst was das Mitgefühl dieser ganzen Welt mit uns betraf, verstand niemand, wie unnütz es manchmal war. Vielleicht wäre es für mich bequem gewesen, sie weiterhin als Feind zu betrachten. Damit wären keine Gewissheiten infrage gestellt worden. Ihre Liebe, so sehr sie mich eigentlich hätte befreien müssen, vernichtete mich nur. Vielleicht war diese Vernichtung für den Neuaufbau notwendig, doch wollte ich wirklich wieder ins Leben hinaustreten?

Ich hatte doch schon alles getan. Ich hatte gelitten. Ich hatte meine Mutter verloren. Vieles war vorbei für mich. Das wollte ich nicht vergessen. Warum musste sie tanzen und sich von der Erde lösen? Warum blieb sie nicht hier, bei mir?

Manchmal schlug meine ganze Liebe in Hass auf sie um, und ich wünschte mir, sie wäre hier, damit ich sie an den Haaren zu mir zerren und sehen könnte, wie sie in Panik geriet. Dabei erschien sie mir wie eine kleine Maus, die vollständig unter meiner Kontrolle stand. Ich presste ihr Gesicht zwischen meine Schenkel und hörte sie stöhnen. Schon allein ihre Stimme war imstande, mich zum Orgasmus zu bringen. Sie erschien so schwach, wie sie da um meinetwillen, für meine Lust Schmerzen litt. Das war mein einziger Beweis dafür, dass sie mir gehörte, mit ihrem sich windenden Körper und mit allem. Mit Haut und Haar.

»Du wirst nie eine Frau finden, die dich so liebt, wie ich es tue«, sagte sie und küsste die Narbe in meinem Gesicht. »Ich liebe dich aus freien Stücken. Weißt du, was das heißt? Es heißt, dich zu lieben, ist meine freie Entscheidung geworden. Ich brauche dich nicht, ich liebe dich nur.«

Ich gebe zu, dass ich, als sie dies zu mir sagte, das meiste, was sie mir vermitteln wollte, nicht verstand, aber ich genoss es. Sie sagte mir auch, in dieser Art Liebe liege eine Gefahr, denn sie wolle alles. Sie wolle eins mit mir werden, um ich zu werden, und wenn ich es ablehne, bis ins kleinste Detail alles mit ihr zu teilen, mache sie das wahnsinnig. »Wenn sich die Liebe mit weniger als Wahnsinn nicht begnügt, ist das gefährlich. Es ist gefährlich, manchmal führt es zur Vernichtung.«

Warum sie aber darauf bestand, »dorthin« zurückzukehren, hatte ich nie verstanden, auch wenn sie mir erklärte, ihre Familie und ihre Vergangenheit seien ein Teil ihres Lebens, den sie nicht einfach ignorieren könne. Sie sagte, sie wolle alles erfahren über den Ort, an dem sie mehr als zwei Jahrzehnte gelebt hatte, der aber noch immer von Geheimnissen umwoben sei.

»Ich kenne mein Land, meine Stadt und meine Familie nur so, wie sie es mir vermittelt haben, ich will sie aus einer anderen Perspektive erforschen.«

»Warum?«

»Du beispielsweise sprichst von Palästina. Es ist für dich so etwas wie ein Traum, aber du kennst es nicht von nahem.«

»Ich weiß genug.«

»Du weißt, was du wissen willst, aber du hast nicht das ganze Bild vor Augen ... Du weißt, dass die Bewohner ferner Länder Opfer von Besatzung und Vertreibung geworden sind und identifizierst dich mit ihnen, aber wenn du dort wärst, sähe vieles vielleicht ganz anders aus.«

»Du hast gut reden, du gehörst ja auch nicht zu uns.«

»Merkst du eigentlich, was du da sagst?«

»Was sage ich denn?«

»Hörst du deine eigenen Worte? Vielleicht gehöre ich nicht zu euch, aber ich bin ein Teil von dir, zumindest sollte ich das sein. Du bestehst darauf, irgendeinen Feind in mir zu sehen, und dann fragst du noch, warum ich traurig bin. Du willst, dass ich im Herzen deiner Tragödie bin, aber als Feind. Als würdest du auf mich einschlagen.«

»Nein, absolut nicht!«

»Noch mehr als das, glaub mir!«

»Wenn ich dieses Gefühl bei dir erweckt haben sollte, entschuldige ich mich. Ich liebe dich. Ich schwöre, dass ich dich liebe.«

Ich legte es in solchen Momenten tatsächlich nicht darauf an, ihr wehzutun, aber es fiel mir schwer, meine Gefühle so zum Ausdruck zu bringen, wie sie waren, oder zu beachten, was man zu einer Frau sagen musste und was nicht. Ich wusste nicht, dass ein solcher Satz sich ihr tief eingraben konnte, und auch nicht, dass sie meinte, mich mehr zu lieben als ich sie, weil sie in allem Anteil an mir nahm.

Viele Male schien sie mir weit fort, als stünde eine Hürde zwischen uns, die ich nicht überwinden konnte. Ein Hindernis, das ich nicht kannte. Trotz ihrer Offenheit erschien sie mir, als halte sie die Geheimnisse des Lebens in ihrem Köcher verborgen. Als lebe sie in anderen Zeiten und sei mehrere Frauen in einer. Wie sie von Naivität zu Reife wechselte, von Lachen zu Weinen, von Ketzerei zu Glauben – sich sogar das Kreuzzeichen auf die Stirn zeichnete! Hielt sie mich zum Besten?

Diesen scharfen Widerspruch in ihrer Persönlichkeit verstand ich nicht, und als ich sie danach fragte, sagte sie nur: »So wird es dir wenigstens nicht langweilig, du lernst, in einer Frau alle Frauen zu lieben«, und lachte laut. Ich überlegte und versuchte, dieses Gelächter zu interpretieren. War sie tatsächlich ein Rätsel oder nur ein spielerisches Kind?

Sie stand in der anderen Ecke. Den Blick nach unten gerichtet wartete sie, bis die Musik anfing. Erst hob sie einen Arm, dann den anderen, verschränkte beide und begann, das Gesäß zu heben und zu senken. Ich beobachtete, wie harmonisch sie sich bewegte, wie ihr Haar sich um ihren Hals legte und sich dann wieder von ihm löste.

Sie erschien wie das Leben, das darüber meditierte zu explodieren, ob aus Freude oder Verzweiflung, wusste ich nicht. Es war nicht wichtig. Sie tanzte einfach und schien eins mit sich, von sich erfüllt, als sei für etwas anderes kein Platz. Als sie fertig war, applaudierte ich, und sie kam angerannt, um mich zu umarmen und mich zu fragen, wie ihre Performance war.

»Wunderbar. Einfach wunderbar!«

»Kommst du dann ins Theater, um mich zu sehen?«

»Ja, ich will es versuchen.«

»Du hast mich trainieren sehen, und es hat dir gefallen. Du musst einfach kommen.«

»Ja, natürlich.«

»Ich will, dass du es mir versprichst.«

»Ich werde kommen.«

Ich sagte ihr, dass ich kommen würde, denn es blieb mir ja keine Wahl. Aber ich dachte nach, warum ich dorthin gehen musste. Für sie hieß es, auf diese Weise mit ihr bis zum Ende der Linie zu gehen, das heißt, bis zu dem Punkt, an dem es kein Zurück mehr gab. »Es bedeutet mir viel, dich dort zu sehen«, sagte sie. Aber ich wollte kein ohnmächtiger Zuschauer sein. Vielleicht wollte ich aber auch nicht bis zum Ende der Linie gehen. Wie sollte ich, gefesselt an meine blutigen Erinnerungen, sicher sein, dass es Zeit war, zu vergessen? Genau das hielt mich zurück: dass ich die Erinnerung ignorierte und gleichzeitig darin lebte.

Als Hilda »dorthin« zurückgekehrt war, schrieb sie mir in einer ihrer Mails, ich sei ein »armseliger Feigling«, weil ich mein Versprechen gebrochen hatte. Sie meinte, sie habe nun genug. »Warum versuchst du nicht, dich operieren zu lassen?« Diese Frage war für mich wie ein Schlag in die Nieren. Sie sagte, die Narbe in meinem Gesicht habe sie nie gestört, und oft habe sie sich gebückt, um die andere an meinem Fuß zu küssen. Beide Beine habe sie mir liebevoll geküsst und mich nie gebeten, mich behandeln zu lassen, damit ich nicht auf die Idee kam, sie ekele sich vor mir.

»Aber weißt du was? Es interessiert mich gar nicht mehr, was du denkst! Warum versuchst du es nicht wenigstens? Es interessiert mich nicht, ob du sagst, ich ekelte mich oder ich könne nicht einschätzen, wie schlimm das Massaker war. Denn ich war nicht verantwortlich dafür! Es interessiert mich auch nicht mehr, ob du mir das Gefühl geben wolltest, ich sei erbarmungslos, weil ich nicht ständig über die Tragödie deines Landes jammere. Es besteht überhaupt kein Anlass für Mitleid und Anteilnahme! Anteilnahme hast du mir gegenüber ja auch nie gezeigt.«

Ich las ihre Mail und klappte den Computer mit einem Knall zu. Hatte ich ihr tatsächlich so weh getan? Die ganze Nacht lang überlegte ich, warum ich nie versucht hatte, meinen Fuß behandeln zu lassen. Geld war genug da, aber dieser Schmerz gehörte zu mir. Wo war Hilda denn gewesen, als ich den Fuß geschunden hatte, um stundenlang entschlossen und beharrlich am Aufbau meiner kleinen Firma zu arbeiten? Wie sollte ich mich von dem Schmerz lossagen, der mich überhaupt erst gemacht hatte? Musste ich meinen Kunden diese Verletzung nicht offen zeigen, damit sie erkannten, wie großartig ich war?

Hilda schrieb auch, wenn meine Eltern noch am Leben wären, hätten sie nicht gewollt, dass ich meine Behinderung behielt. »Nach dem, was du von deinem Vater erzählst, wollte er, dass du gesund würdest, aber du wolltest ihm den Gefallen nicht tun. Du willst die beiden Narben als Tätowierung auf deinem Körper tragen, eine Tätowierung aus Schmerz.«

Bei den Toten dächten wir meist an das, was wir verloren hatten, und unser Verlustgefühl, schrieb sie, niemand aber kümmere sich um ihren eigenen Verlust, um die Tatsache, dass sie ihr Leben und ihre Träume eingebüßt hatten und uns nie mehr glücklich sehen konnten. Vielleicht beschäftigte ich mich in meinen Gedanken an meine Mutter tatsächlich nur mit meinem eigenen Verlust. Erst als ich über ihren nachdachte, dass sie nämlich ihr Leben und das Vergnügen verloren hatte, ihren Mann vor Augen zu haben und ihre beiden Söhne aufwachsen zu sehen, kam mir zu Bewusstsein, dass ich egoistisch war.

»Du jammerst die ganze Zeit über sie, als wäre sie absichtlich gestorben. Sie suchen es sich nicht aus, zu gehen, weißt du? Es ist ihr Schicksal.«

Dass Hilda darauf bestand, mich mit allem zu konfrontieren, womit ich nicht konfrontiert werden wollte, war, was mich von ihr forttrieb. Ich hatte meinen Frieden mit meiner Trauer gemacht, und nun kam sie, um ihn zu stören. Sie war gekommen, um mir zu sagen, sie wolle nicht der Vergangenheit auf die Finger klopfen, sondern mich lieben, damit wir zusammen zur Ruhe kämen und irgendwohin gingen. Aber nein. Sie musste wissen, dass das Ganze noch nicht vorbei war, zumindest für uns, die wir unsere Rechte nicht wiedererlangt hatten und für das, was man uns angetan hatte, noch immer niemanden zur Rechenschaft hatten ziehen können.

Dritter Teil

— 1 —

Libanongebirge 2000

Hilda saß neben Giorgio in seinem kleinen Zimmer, während Laurice putzte. Sie lachten unbeschwert wie zwei spielende Kinder. Später ließen sie die Frau allein im Zimmer und gingen hinaus, um ein bisschen spazieren zu gehen. Hilda hatte keine Angst vor Giorgio und behandelte ihn auch nicht wie einen Verrückten. Sie setzten sich unter einen Olivenbaum, und Hilda begann, ihm von Amerika zu erzählen, als könne er genau nachvollziehen, was sie sagte.

Er nickte und blickte mal nach links, mal nach rechts, als höre er sie und höre sie doch wieder nicht.

»Verstehst du mich, wenn ich spreche, Giorgio? Warum antwortest du nicht? Giorgio ... Wenn nun ich dich fragte, ob du das Vaterunser und das Ave Maria für mich aufsagen würdest, würdest du es tun?«

Er antwortete nicht und sah sich weiter um.

»Komm, wir sprechen es zusammen! Vater unser im Himmel ...«

»Ah, ah, ah.«

»Warum denn nicht, mein Lieber? Sprechen wir es für uns, nicht für sie! In New York habe ich es immer, wenn ich mich allein fühlte, ganz im Stillen vor mich hingesprochen, ohne dass mich jemand gehört hat. Manchmal habe ich auch aufgesagt: Unter deinem Schutz suchen wir Zuflucht, Maria ...«

Giorgio lächelte.

»Magst du das? Lass es uns gemeinsam sprechen!«

»Ah, ah.«

»Sturkopf!«

Sie wurden von Laurice unterbrochen, die sie wieder ins Zimmer rief. Sie hatte ihnen Essen gemacht, und sie setzten sich gemeinsam an den Tisch. Giorgio klopfte mit dem Löffel auf den Tisch und lachte. Laurice ging zu ihm, nahm seine Hand, schöpfte etwas Suppe auf den Löffel und führte ihn dann an seinen Mund. Kaum berührte die Suppe seine Lippen, streckte er die Zunge heraus, als wolle er probieren. Dann begann er alleine zu essen. Er hielt den Löffel von oben, schloss die Hand fest darum und rührte ein wenig in der Suppe, bevor er davon löffelte und aß.

Wie viel Schmerz er in sich trug und was ihn in den Wahnsinn getrieben hatte, war ihm nicht anzusehen. Er war schön, von einer naiven Schönheit, die sich für ein unschuldiges Dasein fern der lauten Masse entschieden hatte. Er hatte seinen Frieden gefunden in dieser primitiven Art zu leben, ohne sich zu verstellen oder sich zum Aufsagen von Gebeten oder des Schuldbekenntnisses zu zwingen. Ein Junge, der vor der Niedertracht der Menschen geflohen war, sich auf das Unbewusste verließ und alle Fesseln gesprengt hatte, die des Verstandes eingeschlossen.

Nach dem Essen setzte Hilda sich mit ihm in den Garten. Auch sie freute sich an den gelben Ginsterblüten, die gerade anfingen aufzubrechen, und wünschte sich, mit ihnen eins zu werden. Sie dachte an Madschid und erzählte ihrem Freund von ihm, der allerdings nicht verstand, wovon sie sprach.

Zu Giorgio sagte sie, er habe das Nichts gewählt, die Befreiung vom Gewicht der Vergangenheit, Gegenwart und Zukunft. Den malerischen Verfall, der ihr nicht offenstand, weil sie sich auf alle Dinge einlassen und ihre Lehren aus ihnen ziehen wollte. Als sie jedoch so in der Natur saß, erinnerte sie sich an all die unvernünftigen Schuldgefühle und Schmerzen, denen ihr Geliebter sie ausgeliefert hatte, und dachte, dass die Blütenblätter sich niemals wieder schlossen, sondern abfielen, welkten und vergingen. Die Zeit ließ sich nicht zurückdrehen. Sie war nicht mehr das Mädchen, das sie gewesen war, als sie diesen Ort vor Jahren verlassen hatte. Und wenn sie nach New York zurückkehrte, wäre sie vielleicht auch nicht mehr die Frau, die Madschid kannte. »Ich verstehe weder, warum du beschlossen hast, mich für meine Liebe zu dir zu bestrafen, noch, warum du meine Anrufe nicht annimmst«, hatte sie ihm geschrieben. »Viele Tage habe ich darunter gelitten, und ich habe lange darüber nachgedacht, was ich getan haben könnte, um diese Behandlung von dir zu verdienen. Ich fand aber keine Antwort, und heute will ich es auch nicht mehr wissen. Vielleicht ist es einigen Dingen bestimmt, ohne Erklärung zu bleiben. Vielleicht unterscheidest du dich gar nicht so sehr von denen, die du deine Scharfrichter im Krieg genannt hast, genau wie sie hast du nur auf die Peitsche gewartet, um damit über unsere Liebe herzufallen. Zum Teufel mit dir, ihnen und allem anderen!«

Oft erfüllten Hildas Mails Madschid nur mit Groll. Wie ohnmächtig starrte er auf ihre zornigen Worte. Es war stärker als er, und er konnte es sich nicht erklären. Dieses Glück, mit den Händen könnte er es greifen, und trotz seiner Liebe zu Hilda wies er es zurück. Früher war es hier gewesen, und er hatte seine Anwesenheit genossen, als hätte er eine kleine Katze im Haus.

Ihr lautes Lachen. Dieses Lachen, das hier überall erklungen war, er hörte es immer noch. Es war nicht so, dass er sie für etwas bestrafte. Tatsache war, dass er gar nicht wusste, was er tat. Er fürchtete sich vor ihren Sachen, vor dem, was sie in der Wohnung zurückgelassen hatte, und mehrmals dachte er daran, alles zu verbrennen, genau wie er sich zu anderen Zeiten danach sehnte, sie zu umarmen.

— 2 —

New York 2000

Ich ging zum Abendessen in ein kleines volkstümliches Restaurant in der Harlem Avenue, der Straße, in der wir nach unserer Ankunft in New York gelebt hatten und die mich auch noch beherbergt hatte, als ich an der Columbia University studierte. Während ich darauf wartete, dass die Kellnerin das Essen brachte, fiel mir wieder der Satz ein: »Du kannst hier tausend Jahre leben, trotzdem bleibst du ein zorniger Araber.« Als ich mein Bier trank, kam mir der Gedanke, dass ich hier, in diesem Lande, mit Hunderttausenden von Menschen zusammenlebte, die nicht an meine Sache glaubten und ihr keine Bedeutung beimaßen.

Natürlich würde ich ein zorniger Araber bleiben, schließlich war ich ihnen in Rechten nicht gleichgestellt. Dieser Zorn war die einzige Flamme, die mich am Leben hielt. Ich hatte oft versucht, zu vergessen und mich anzupassen, ein Teil dieser faszinierenden Stadt zu werden, aber wie eine Frau, die jedes Mal, wenn sie ihren Geliebten verlassen will, von ihrem Kleid zurückgezogen wird, unterjochte auch mich mein eigentliches Wesen, und ich schämte mich nicht dafür.

Die Kellnerin kam mit der dick mit Peperonischeiben belegten Pizza, die ich bestellt hatte. Ich aß so schnell, wie man hier die meisten Dinge tut. Vor mir saß ein am ganzen Körper tätowierter junger Mann mit einer sonderbaren Frisur: Die eine Hälfte seines Kopfes war glattrasiert, auf der anderen war das Haar zur Seite gekämmt. Nur selten fiel an öffentlichen Plätzen jemandem die Narbe in meinem Gesicht auf. Ich weiß nicht, ob mir das gefiel oder ob es mich irritierte.

Man sieht hier Menschen von so befremdender Art und Couleur, dass manche die Narbe für eine Mode halten mochten. Zwischen all diesen Menschen schien ich mit meinem Selbstbild manchmal ziemlich naiv. Sie waren ein Beweis dafür, dass das Leid, das ich verspürte, hier niemanden interessieren würde, aber ich beharrte darauf, an meinem Schmerz festzuhalten, ihnen fremd zu bleiben und nur wenige Freundschaften zu schließen, und wenn, dann mit den Ausländern, die den Arabern am nächsten standen. Irgendetwas an seiner Umwelt versieht den Menschen zu Beginn seiner Entwicklung mit einer Art Stigma, das er nicht mehr loswird, als fände er sein letztes Refugium nur in seinem Heimatland.

Die Harlem Avenue war für mich vollkommen anders als das übrige New York, und tatsächlich hatte in dieser Stadt jede Straße ihr eigenes Gepräge. Als wir etwa Mitte der Achtzigerjahre in die Stadt der Lichter gekommen waren, war dies der einzige Ort, den mein Vater sich leisten konnte. Verglichen mit den übrigen Teilen der Stadt war mir Harlem vorgekommen wie die Flüchtlingslager dort, wo wir gerade herkamen, eine amerikanische Ausgabe von

Sabra und Schatila, wenn auch zivilisierter. Es war die Straße der Schwarzen, und ich musste lachen, wenn ich an sie dachte, als wären sie die Palästinenser New Yorks. Diese Menschen hätten vielleicht in den Süden Amerikas gepasst, aber sie hatten ein Fleckchen Erde im Norden gefunden und sich mit ihrem lautstarken Leben dort angesiedelt, einem Leben, das sich meist auf niedrigstem Niveau abspielte.

Wir lebten hier, weil uns für einen anderen Ort das Geld fehlte, und vielleicht auch, weil die Leute hier eher damit zurechtkamen, dass wir Araber waren. Allerdings wollte mein Vater mich immer von den Drogen fernhalten, die es hier überall zu kaufen gab, und sagte, wir blieben hier nur für kurze Zeit, bis er etwas anderes für uns gefunden hätte.

Er wollte mich nicht aus dem einem Krieg herausholen, um mich nun einem Straßenkrieg auszuliefern. Deshalb legte er großen Wert darauf, dass ich meine Ausbildung fortsetzte, und besorgte sich einen Job in einem Blumengeschäft. Es gehörte einem alten Mann, der zwar nicht mehr arbeiten, aber das Geschäft auch nicht einem jungen Kerl überlassen wollte, damit der ihn vielleicht bestahl. Deshalb war mein Vater die beste Wahl für ihn. Mein Vater hatte in seinem Leben zwischen verschiedenen Berufen gewechselt. Bei dem Gedanken daran musste ich jetzt noch lachen, denn keiner war wie der andere: erst Lehrer, dann Kämpfer, dann Blumenverkäufer.

Wenn er die Blumen zurechtschnitt und die Dornen entfernte, band er sich eine Schürze um. Er wirkte sanft und glücklich, als sei er befreit von der Last der Waffe, die er nicht hatte tragen können. Er begann, Bücher über Pflanzenarten, über das Arrangieren von Blumen und die Lebensdauer jeder Art zu lesen. Mein Vater war erfolgreich in diesem Beruf, man kannte ihn im Viertel als »Arabo«. Er war kein Lehrer mehr, kam aber mit seinem einfachen Englisch gut zurecht.

»Good morning, Arabo.«

»Good morning.«

Freundlich erwiderte er den Gruß seiner Nachbarn, hob die Hand und fügte manchmal hinzu: »The sun is shining today«, was so viel heißt wie: »Heute scheint die Sonne.« Meist war der neue Satz, den er benutzte, in einem ausländischen Film vorgekommen, den er am vergangenen Abend besucht hatte, er hatte ihn sich gemerkt und wollte ausprobieren, ob er ihn anwenden konnte.

Glatt und leicht integrierte er sich in das Viertel, zu Hause allerdings blieb er Palästinenser und nicht Arabo. Für mich jedoch war mein Vater immer der Lehrer. All seine anderen Beinamen und Kleidungen kamen mir falsch vor. Er war Lehrer in der UNRWA-Schule, dessen Frau stolz auf ihn war. Vielleicht wollte ich dieses Bild von ihm behalten, weil es mit der besten Zeit unseres Lebens verbunden war. Damals waren wir, trotz der Vertreibung, eine glückliche kleine Familie gewesen. Das Lager bot uns trotz seiner Enge allen zusammen Platz. Wenn eine Frau Muluchiya kochte, wehte der Geruch aus jedem Haus in Sabra und Schatila, denn jede Familie bekam ihren Anteil.

Ohne Scheu betrat ich alle Häuser, als wären wir eine große Familie. Als ich noch ein Kind war, nahm mich meine Mutter mit zu den Treffen der Frauen, oder sie fanden in unserem Haus statt. An den Runden der Männer, die sich die Polster auf dem Boden ausbreiteten, nahm ich mit meinem Vater teil, seit ich zehn Jahre alt war. Alle, Frauen wie Männer, schienen auf sonderbare Weise miteinander vertraut.

Sie waren durch ihren Dialekt, ihre Erzählungen und ein paar alte Dinge, die sie aus Palästina mitgebracht hatten, verbunden. Ich erinnere mich sogar noch an die Geschichte eines Mannes, der das Lager für zwei Monate verlassen hatte, um im Südlibanon zu arbeiten, und, als er zurückkehrte, entdeckte, dass seine Frau die Sachen, die sie bei der Vertreibung aus Palästina mitgebracht hatten, weggeworfen hatte. Er wollte sich schon von ihr scheiden lassen, wären die Notabeln des Viertels nicht eingeschritten. Was seiner Frau half, war möglicherweise nur, dass sie eine Lampe, die auch aus ihrem Haus im Heimatland stammte, behalten hatte.

»Diese Lampe ist noch da. Die habe ich nicht weggeworfen«, rief sie und lief hinaus zu ihm, während er mit einigen Männern und Frauen, die versuchten, ihn über den Schreck hinwegzutrösten, an der Schwelle des Hauses stand. »Wenn diese Lampe nicht wäre, hätte ich dich auch rausgeworfen. Geh in dein Zimmer!« Und sie ging wieder ins Haus, unter den Freudentrillern der Frauen, die froh waren, dass er von seinem Entschluss Abstand genommen hatte. Es war, als wäre sie frisch verheiratet.

— 3 —

Ich lernte Hilda ungefähr ein Jahr nach ihrer Ankunft in New York kennen. Sie machte ein Praktikum in einem Studio für Modedesign im selben Gebäude, in dem sich auch mein Büro befand. Ich sah sie nahezu täglich. Ihr Haar war lang, es reichte ihr fast den halben Rücken hinunter. Ihr Körper war gewandt und etwas mager, doch nicht in abstoßender, sondern verführerischer Weise. Sie sah europäisch aus, und anfangs kam mir gar nicht in den Sinn, dass sie Araberin sein könnte.

Einmal hörte ich sie dann im Eingang des Gebäudes auf Arabisch telefonieren. Das gab mir den Mut, auf sie zuzugehen, und ich fragte sie, woher sie komme.

»Ich bin Libanesin. Und woher kommst du?«

»Ich bin Palästinenser. Aber eine Zeitlang hab ich im Libanon gelebt.«

»Wie lange ungefähr?«

»Jahrelang, viele Jahre lang.«

»Ich bin Hilda. Freut mich«, sagte sie und streckte ihre Hand aus, um meine zu schütteln. Ich tat dasselbe. Sie lächelte.

»Und wie heißt du? Das hast du mir noch nicht gesagt.«

»Ah, natürlich. Entschuldigung. Madschid. Ich heiße Madschid.«

Ich war nicht gewöhnt an die freundliche Art, in

der sie mit mir sprach, und wusste auch nicht, warum sie es tat. Es ermutigte mich jedoch, sie zu einem Kaffee einzuladen. Sie sah auf ihre Uhr und sagte, in etwa zwei Stunden sei sie mit der Arbeit fertig, dann könne sie mich treffen, wenn ich Zeit hätte.

»Großartig. Dann treffen wir uns in zwei Stunden hier.«

Ich führte Hilda in ein Café in der Nähe meines Büros. Wir aßen zusammen. Ungefähr zwei Stunden lang unterhielten wir uns. Während sie aß, beobachtete ich, wie sich ihr Mund bewegte. Sie kaute nur auf einer Seite, und ihre Kiefer schienen sich weich übereinanderzuschieben. Wenn sie das Essen unterbrach, um etwas zu sagen, hielt sie die Hand vor den Mund.

»Weißt du, dass ich gerade zum ersten Mal mit einem Palästinenser zusammensitze?«

»Wirklich? Warum?«

»Wir sind Phalangisten ... nicht ich, sondern meine Familie ... also meine Angehörigen sind Phalangisten. So könnte man sagen.«

Ich wusste nicht, was ich antworten sollte und schwieg eine Weile.

»Auch für mich ist es das erste Mal, dass ich mit jemandem von der Phalangistenpartei zusammensitze.«

»Nicht ich. Meine Familie.«

»Und sie sind mit dir hier?«

»Nein, im Libanon.«

»Und was tust du so allein hier in New York?«

»Ich tanze.«

»Du tanzt?«

»Ja, ich studiere Tanz und Modedesign. Zwei Fächer. Das erste für mich und das zweite für den Lebensunterhalt. Ich tanze seit meiner Kindheit und will es zu meinem Beruf machen.«

»Zu deinem Beruf?«

»Ja, künstlerischer Bühnentanz. Nichts Unanständiges, keine Sorge!«

»Nein, ich denke nicht an Unanständiges.«

»Von wo in Palästina kommst du?«

»Kennst du Palästina?«

»Nein, aber wie heißt deine Stadt?«

»Das Dorf meines Vaters heißt Kafr Yasif, und meine Mutter kommt aus einem Dorf namens Abu Sinan. Wir sind aus Galiläa.«

Hilda lachte und entschuldigte sich anschließend.

»Tut mir leid, aber das ist so ein komischer Name. Abu Sinan. Warum hat man es so genannt?«

»Das weiß ich allerdings auch nicht.«

Ich versuchte, im Gespräch mit ihr vorsichtig zu sein, vor allem nachdem ich erfahren hatte, dass ihre Familie zur Phalangistenpartei gehörte. Hätte ich das vorher gewusst, hätte ich sie vielleicht nicht ins Café eingeladen. Aber was geschehen war, war nun einmal geschehen, und ich konnte nicht anders, als an ihrer Spontaneität und ihrer ganzen Art Gefallen zu finden. An ihrer Unbekümmertheit. Keiner störenden Unbekümmertheit, sondern einer, die einem dass Gefühl gab, dass sie jede vorstellbare Art von Affektiertheit oder Erwartung untergrub.

Ich ertappte mich dabei, wie ich sie beim Sprechen gewissermaßen auf die Probe stellte, als beobachte ich ihre Reaktion, wenn ich irgendetwas sagte. Doch ich stellte fest, dass dieses Mädchen immer die gleiche Distanz zu dem, was ich sagte, einhielt. Sie zeigte nur zwei Ausdrücke, entweder sie lachte, oder sie hörte in immergleicher Weise zu und unterbrach mich nur dann und wann, um mich nach ein paar Einzelheiten zu fragen: wo ich wohnte, was ich beruflich machte und wie lange ich schon hier war.

»Sag doch mal was auf Palästinensisch!«

»Warum?«

»Ich möchte wissen, wie du sprichst.«

»Was soll ich dir denn sagen?«

»Irgendwas.«

»Wir sprechen genau wie ihr, meine Gute. Ich habe schon lange nicht mehr Palästinensisch gesprochen. Du versuchst, mich an einen anderen Ort zurückzuversetzen. Ich könnte dir ja zum Beispiel auch sagen, sprich mal Phalangistisch. Wir sprechen Arabisch, so wie ihr.«

Hilda erschien anfangs wie eine Provokation, eine Frau, die von weit her kam und einen Teil meiner Erinnerungen mitbrachte, vor allem den Teil, den ich nicht kannte. Hätte ich sie vor Jahren getroffen, hätte ich das Tischtuch zwischen uns zerschnitten, wenn ich von ihrer Familie erfahren hätte. Aber die Zeit ist imstande, uns zu ändern. Aus dem engen Kokon ins Leben hinauszutreten und sich in verschiedenen Ländern unter andere Menschen zu mischen, von denen die meisten einem vielleicht feindlich gesonnen sind, lässt einen den anderen eher akzeptieren. Ich wollte sie erforschen: wer sie war, was sie hier tat. Warum war sie einverstanden gewesen, sich mit mir hier hinzusetzen? Was hatte ihr Interesse geweckt?«

»Darf ich fragen … warum ist dein Gesicht so?«

»Eine Verletzung aus Kriegszeiten.«

»Hast du keine kosmetische Operation versucht?«

»Nein …«

»Das mit deinem Fuß ist auch aus dem Krieg?«

»Ja.«

»Ist es dir unangenehm, wenn wir darüber sprechen?«

»Ich möchte nicht darüber sprechen.«

»Wie du willst.«

Wir trafen uns danach öfter, und immer versuchte ich, ihr zu gefallen, eine Antwort auf all ihre Fragen zu haben. Sie interessierte sich sehr für Palästina und meine Vergangenheit, für meine Mutter, meinen Vater, das Massaker.

»Mein Onkel hat im Krieg drei Palästinenser umgebracht. Und danach sich selbst. Sie hatten ihn beleidigt, was genau sie getan haben, weiß ich nicht.«

»Er hat sie umgebracht?«

»Ja, sie starben.«

»Warum erzählst du mir das?«

»Damit du es weißt. Es ist die Wahrheit.«

»Was hatten sie ihm getan, dass er sie umgebracht hat?«

»Ich weiß nicht, er war sehr stolz … Sie hatten ihn beleidigt. Er tötete erst sie und dann, als er wieder zu Hause war, sich selbst, weil er den Gedanken, ein Mörder zu sein, nicht ertragen konnte.«

Sie sagte, das habe in ihrer Erinnerung ein hässliches Bild von den Palästinensern hinterlassen, als seien sie nichts als Straßenräuber. Sie wusste weder von der Besetzung unseres Landes, noch von der Tragödie, die wir erlebten. Sie wusste nur, dass wir ihren Onkel angegriffen hatten und dass er Suizid begangen hatte.

Sie erklärte mir auch, sie habe beschlossen, ihr Land zu verlassen, weil das Bild, dem sie nach den Erwartungen ihrer Familie entsprechen sollte, zu schwer auf ihr gelastet habe. »Mein Vater ist ein guter Mann, aber er sieht in mir nicht mehr als seine kleine Tochter, die die Prinzessin spielen soll, wie die Tochter eines Königs. Er hat nie so mit mir gesprochen, wie Vater und Tochter sonst miteinander reden. Er hat mich mit Geld überhäuft. Mich verwöhnt. Alles Nötige und auch Unnötige hat er mir gekauft. Stell dir vor, er schickt mir noch immer mein Taschengeld! Alle meine Ausbildungskosten ... alles. Er akzeptiert nicht, dass ich selbst für mich aufkomme, das darf nur er.«

Ich verstand nicht, wie einen so etwas stören konnte. Viele Mädchen würden sich wünschen, einen solchen Vater zu haben wie Hilda. Aber für sie war dies das Mittel ihres Vaters, seine Tochter unter seinen Fittichen und im Schoß der Familie zu halten. Diese intensive Liebe vonseiten der Familie könne zu einer Last werden, die einen daran hindere, man selbst zu sein, sagte sie. Sie wollte sich selbst entdecken, fern von allem anderen.

»Glaub mir, es gibt Menschen, die sich ein ganzes Leben lang nicht bewusst werden, wer sie sind, was sie wollen und ob sie glücklich sind. Ich verfolge eine andere Linie. Mein Weg ist nicht leicht, das versichere ich dir, aber es ist mein Weg«, erklärte sie.

Was sie dabei am stärksten beunruhige, sei die Tatsache, dass sie immer im Zweifel sei, ob ihre Entschlüsse richtig seien, und dass sie oft härter erscheine, als sie tatsächlich sei.

»Wenn du dich von deinen Wurzeln entfernst, erschüttert das dein ganzes Wesen, genau wie bei einer Pflanze. Stell dir vor, irgendeine Pflanze wolle ein anderes Land aufsuchen, die Sonne von einer anderen Seite kennenlernen. Sie würde vielleicht sterben. Ich weiß nicht, was passieren würde. Ich bin eine Pflanze, die das Gefühl hatte, dass die Füße der Vorübergehenden sie zertrampeln würden, die sich deshalb selbst aus der Erde gerissen hat und weggegangen ist.«

Ein andermal sagte sie, sie liebe den Ort, von dem sie komme, doch er bereite ihr große Schmerzen. »Vielleicht würde er mir nicht solche Schmerzen bereiten, genau wie dir Palästina Schmerzen bereitet, wenn ich ihn nicht so sehr lieben würde. Vielleicht ist es bei Palästina anders, weil es dir nicht absichtlich Leid zufügt. Du hast ja nicht ausprobiert, ob es dich so umarmen würde, wie Heimatländer ihre Bewohner umarmen sollten. Du hast nicht gesehen, dass es sein Volk absichtlich ungerecht behandelt, in den Krieg und die Tragödie verwickelt hätte. Du hast es nur besetzt und unterdrückt kennengelernt.«

»Aber Palästina macht, dass ich mich ohnmächtig fühle, mein Liebling, genau als würde ich mit einem Hammer immer weiter nach unten geschlagen, als sei meine Mutter tatsächlich dort und ich unfähig, zu ihr zu gelangen. Vielleicht löschen Krieg und Tragödien den Gedanken an die Heimat aus, doch die Besatzung nährt die Liebe zu ihr. In der Unterdrückung werden wir eins mit ihr, und zwischen uns und unserem Land entstehen Verwandtschaft und schmerzvolle Liebe, die schwer zu zerstören sind, weil sie in uns liegen und nicht in der realen Welt. Das gilt besonders für uns Vertriebene, die wir fern von unserem Land leben. Für jemanden, der im Land selbst lebt, ist es vielleicht etwas anderes. Er wünscht sich möglicherweise manchmal, zu fliehen, ein Flüchtling aber bleibt immer Flüchtling. Allein der Gedanke an die Flucht erinnert ihn an das, was er verloren hat, und das Ganze wird zu einer Art Fluch.«

Das war meine Antwort auf Hilda. Ich spürte damals, dass sie den Tränen nahe war. Sie kam auf mich zu, als suche sie nach etwas, als wolle sie, dass ich sie in die Arme nahm. Sie hob die Hand und legte sich die Handfläche an die Stirn.

»Ich bin auch eine Geflüchtete und muss zurückkehren, um Bescheid zu wissen.«

»Aber du weißt doch Bescheid und bist genau deshalb geflohen. Ist es nicht so?«

»Ich weiß, dass ich dorthin gehen, sie sehen, hören und mit ihnen sprechen muss. Würdest du es doch nur verstehen!

Manchmal habe ich Angst wie die ausgerissene

Pflanze, wenn sie sich nach einem Boden sehnt, in dem sie sich verwurzeln kann.«

»Bin denn nicht ich dieser Boden für dich, Hilda?«

»Du bist mehr als das, und du weißt, dass ich dich sehr liebe, aber das ist etwas anderes.«

»Warum?«

»Du wirst wütend werden, wenn ich es dir sage.«

»Nein, das werde ich nicht.«

»Du meinst, dass du nicht wütend werden wirst, aber du wirst es doch tun.«

»Sag es mir, los!«

»Auch du willst mich nach deinen Vorstellungen formen. Du willst das Wichtigste in meinem Leben nicht mit mir teilen. Du willst mich nicht sehen, wenn ich tanze. Du willst nicht, dass ich mit meiner Vergangenheit Frieden schließe. Du hast mir beigebracht, mich anzuschauen, wenn ich nackt in deinem Bett liege. Und jetzt, wo ich mutig genug bin, willst du nicht mehr, dass ich es sehe. Du meinst, es sei leicht für mich, mich nicht fremd zu fühlen und kein Heimweh zu haben. Ich glaube, dass Fremdheitsgefühl und Heimweh ererbt sind, dass wir ihnen nicht entfliehen können, selbst wenn wir es wollten. Vielleicht ist es die Natur des Menschen, dass wir uns dauernd an unsere frühe Kindheit erinnern. Ich weiß nicht, was geschehen wird, wenn ich zurückkehre, auch nicht, ob der Ort mir wehtun wird, aber ich weiß, dass es notwendig ist.«

»Warum sprichst du so mit mir?«

»Weil du mich gefragt hast, und ich sage dir, was ich fühle.«

»Ist es denn ein Fehler, dass ich dich hier bei mir haben möchte?«

»Nein, aber du siehst nicht, was in mir ist.«

»Dann geh, Hilda, wenn das dein Entschluss ist!«

Ich sagte ihr, sie solle gehen und zog mich zurück. Ich nahm sie nicht in die Arme und setzte auch das Gespräch nicht fort. Ich wollte nicht verstehen. Und umarmen wollte ich sie auch nicht. Warum sollte ich das tun, wenn meine Umarmung ihr als Heimat nicht reichte? Hatte nicht sie all diese Entscheidungen im Leben getroffen? Sollte sie nur zu ihrer Familie gehen, in ihre Vergangenheit, und unterwürfig und schwach zu mir zurückkehren! Dann würde ich entscheiden, ob ich sie noch umarmen wollte.

Nichts stört einen Mann mehr als der Gedanke, seiner Frau nicht zu genügen, ungeachtet der Frage, ob er es in Wirklichkeit tut. Und ich wollte für sie alles werden. Als ich sie die ersten Male sah, vermied ich es, ihr von Angesicht zu Angesicht gegenüberzustehen, und kam meist vor ihr zu unseren Verabredungen, um mich schon einmal hinzusetzen, damit sie nicht sah, wie ich hinkte.

Wenn ich nach dem Ende unseres Gesprächs aufstand, gab ich mir insgeheim große Mühe, stets so zu erscheinen, als sei ich im Gleichgewicht und hätte sicheren Stand, und lehnte, natürlich, jeden Versuch ihrerseits, mir zu helfen, oder jedes Angebot, mich auf sie zu stützen, ab. Ich sah sie scharf an, damit sie von diesen Versuchen Abstand nahm. Wenn wir miteinander intim wurden, dirigierte ich sie absichtlich, sagte ihr zum Beispiel, sie solle aufstehen, sich setzen oder sich in einer bestimmten Weise hinlegen. Ich forderte sie auf, die Augen zu schließen oder zu öffnen. Dabei bemühte ich mich, mich von meinen körperlichen Problemen in der Leidenschaft zu ihr nicht behindern zu lassen, um nicht impotent zu erscheinen.

Manchmal lag sie, wenn wir fertig waren, auf meiner Brust, und ich küsste sie. Andere Male küsste sie mein Bein. Sie sagte, sie könne sich nicht vorstellen, dass ein anderer Mann als ich in sie eindringe, als sei ich in ihr Inneres geprägt. Und sie habe das Gefühl, dass auch ihr Körper meinem Körper eingeprägt sei: in die Breite meiner Schultern, meine Größe, den Umfang meiner Hand und in alles.

»Wenn ein Mann in eine Frau eindringt, ist das für sie etwas anderes, als was ihr fühlt. Er ist in ihr. Wenn er wieder herauskommt, ist es für sie so, als knalle er die Tür hinter sich zu. Deshalb will ich, dass wir so bleiben, wenn wir fertig sind. Es mag banal klingen, aber ich fühle mich erfüllt, wenn du mit mir schläfst. Ich meine nicht den Orgasmus, der ist etwas Gewöhnliches, das wir auch allein erreichen können, wenn wir wollen. Es ist Erfüllung.«

— 4 —

Was ich in meinem Leben gelernt hatte, war, meine Verletzung zu verachten, und zwar auf eine Art, die einem zur Falle werden kann, weil man zum Gefangenen seiner selbst wird. Ich wollte immer als ein eiserner Mann dastehen, den nichts aufhält und den das Leben nicht schmerzt. In New York sah ich einen sicheren Hafen, eine Stadt von Fremden, die nichts über mich wussten. Die Straßen der Stadt waren faszinierend und so voller Menschen, dass man zu jemand ganz anderem werden konnte. Das Leben schien zu rennen, als mixe es alles zu einem wundervollen Cocktail zusammen und sei, ganz einfach, das Leben.

Ich konnte den Central Park verlassen und sah ein paar Leute, die stundenlang regungslos zuschauten, was dort vor sich ging, während andere alles nach einem neuen Modegeschäft abklapperten oder aus einem Fast-Food-Restaurant kamen und danach in irgendein Museum gingen. Das Frappierende war: Man sah all die verschiedenen Nationalitäten, Chinesen, Franzosen, Afrikaner, Inder, Mexikaner und Araber, und lief einfach so zwischen ihnen umher, ohne sich fremd zu fühlen.

Oft überlegte ich, was wohl passieren würde, wenn Menschen so vieler Nationalitäten beispielsweise ins Lager kämen: Die Einwohner von Sabra und Schatila würden herauskommen, um zu sehen, wer da war, und sie für Vertreter des UNRWA, einer anderen internationalen Organisation, oder gar für Israelis halten.

Im Lager sind alle Gesichter vertraut und alle Menschen kennen einander, vom Gemüsehändler bis zum Funktionär der Volkskomitees. Selbst wenn ein Libanese zu uns hereinkommt, wird er von uns erkannt. Dort sind wir auf begrenzte Flächen verteilt und isoliert, wo aus den anfänglichen kleinen Zelten inzwischen Gebäude geworden sind, die Hälfte von ihnen illegal errichtet. Bis auf weiteres sind wir da auf engstem Raum zusammengepfercht. In irgendeiner Ecke hat Abu Hassan ohne Genehmigung einen Raum angebaut, damit sein Sohn heiraten konnte, in einer anderen hat Abu Muhammad sein Haus erweitert, damit seine mittlerweile herangewachsenen Kinder mehr Platz hatten.

Ich weiß, es ist eine Dummheit, ein Flüchtlingslager mit New York zu vergleichen, aber warum leben wir, die man uns gezwungen hat, unser Land zu verlassen, als gehörten wir in die Ecke? Warum leben wir stets an den Rändern der Viertel und gelten als Gefahrenquelle und Bedrohung für alle? In der Stadt des Lichts laufen alle Leute aneinander vorbei, doch wir bleiben immer eine Art Überschuss, verteilt auf Wohneinheiten, die eigentlich nur für eine Übergangszeit angelegt wurden.

Mit der Erweiterung jedes Lagers wurde die Hoffnung auf Rückkehr kleiner, weil es für die Menschen schwer wird, einen Ort zu verlassen, wenn sie sich an das Leben dort gewöhnt haben, auch wenn es eng und unbequem ist. Mein Vater hatte mir mal erzählt, als er im Libanon das erste Zimmer gebaut habe, um zu heiraten, habe er sich gefühlt, als habe er Räume in seinem unglücklichen Land niedergerissen.

»Es ist eine Form der Kapitulation, die sich aus dem Fehlen einer Alternative ergab. Weil wir die schwierigen Lebensbedingungen nicht ertrugen, entwickelten wir peu à peu den Wunsch nach einer gewissen Stabilität. Was ich allerdings getan habe, mein Sohn, ist, die Karte von Palästina im Haus zu behalten. Ich beschwöre dich, diese Karte mitzunehmen, wohin du auch gehst.«

Ich hatte die Karte tatsächlich behalten und in meiner Wohnung an die Wand gehängt. Ich hätte sie auch mit ins Büro nehmen können, doch ich wusste, dass sie nach Hause gehörte, in die Wärme. Wenn ich mir so ansah, wo ich lebte und welchen Wohlstand ich genoss, fragte ich mich allerdings häufig, ob mich die Rückkehr überhaupt noch lockte und ob ich noch Kampfeslust besaß, wie es der Fall wäre, befände ich mich im Herzen der Krise. Der Ort hier war eine so sättigende und verführerische Alternative, dass er manchmal den Wunsch bei mir erweckte, meine Heimat zu vergessen. Und hätte ich die Narbe nicht in meinem Gesicht belassen, hätte ich vielleicht viel von dem Unrecht vergessen, das meinem Land jeden Tag zugefügt wurde. Hätte ich nicht an meinem behinderten Fuß festgehalten, hätte ich vergessen, dass auf andere Palästinenser ein Feind lauerte, der sie quälte, einsperrte und sie zwang, unter seiner Befehlsgewalt zu arbeiten und sich tagtäglich seiner Willkür zu unterwerfen. Ich musste den Schmerz bewahren, nicht aus Masochismus, sondern um die Flamme des Zorns am Brennen zu halten, diese Flamme, die als einzige dafür einstand, dass unsere Rechte nicht vom Winde verweht wurden.

So wie ich vier Jahre nach dem Tod meines Vaters noch wusste, wie er war, erinnerte ich mich auch an Philip, meinen ersten Chef, und wie er zu mir sagte: »Halte im Leben an deinem Recht fest, aber lass nicht zu, dass es dich zerstört! Irgendwann wirst du erkennen müssen, dass man nicht immer sein Recht bekommt. Eines Tages werdet ihr gezwungen sein, einen Kompromiss einzugehen. Ob es die Zwei-Staaten-Lösung ist, weiß ich nicht. Ich weiß gar nichts, aber an einem Kompromiss geht für euch kein Weg vorbei.«

Er versuchte mich zu überreden, mich einer Therapie zu unterziehen, eine kosmetische Operation durchführen und meinen Fuß wiederherstellen zu lassen. Vielleicht wollte mein Vater ebenfalls, dass ich die Spuren des Krieges an meinem Körper behandeln ließ. Niemand verstand mein inneres Bedürfnis, mit der Vergangenheit verbunden zu bleiben. Ich hätte mit den Erinnerungen in Kontakt bleiben können, ohne zuzulassen, dass sie mich jede Nacht mit ihren Schmerzen peinigten, aber ich wusste, dass das Leben hässlich war und nichts Schönes. Mich um eine Verschönerung zu bemühen bedeutete für mich in etwa, mit einer Operation den Anteil des Bösen aus der Geschichte zu entfernen.

Das Ganze war für mich wie eine umfassende und

dauerhafte Trauer, nicht aus dem Wunsch, zu jammern, sondern weil der Tod nicht vorbei war und wir von unseren Mördern keine Entschuldigung erhalten hatten. Das war es, was Hilda nicht verstehen konnte. Ich lebte nicht freiwillig in der Dunkelheit, es hatte nur nach all diesen Bluttaten niemand ein Licht angezündet.

Vielleicht war sie aus demselben Grund zurückgegangen: um zu verstehen und zu fragen und nicht vor der Vergangenheit davonzulaufen. Ich weiß nicht, warum es mir für mich selbst legitim erschien, Rechenschaft zu verlangen, ich aber nicht wollte, dass Hilda dasselbe tat. Ich wollte, dass sie sich davon überzeugen ließ, dass sie mit mir neu geboren werden würde, und verstand sie nicht, wenn sie sagte, sie wolle nicht mich als ihr Zuhause und ihre Heimat, sondern wolle an den wirklichen Ort gehen, weil er ein Teil von ihr sei, den sie sich noch einmal genauer ansehen müsse.

Sie sei keine Gefangene des Leids, sie habe sich, bevor sie mich kennenlernte, von der Gewalt des Krieges und des Mordens befreit, sie andererseits aber auch nie vergessen können. »Vergessen lähmt einen, weil alles, was man in den vergangenen Jahren angesammelt hat, in einem verbleibt und neue Formen annimmt, wenn man nicht sämtliche Erinnerungen zu benennen versucht. Man ist dann nur die Fortsetzung dessen, was einmal war, und das will ich nicht für mich. Ich will zurückgehen und ein neues Verständnis finden oder zumindest nach einem neuen Verständnis suchen«, meinte Hilda.

Ich verstand sie nicht, als sie noch hier war, und auch jetzt wollte ich sie nicht verstehen, weil ich mich vor dieser Distanz zwischen uns fürchtete. Ich fürchtete mich vor den Feldern, auf denen sie gespielt hatte, vor den Speisen, die sie dort gerne aß, dem Geruch ihres Zimmers und vor den Umarmungen ihrer Eltern. Ich fürchtete mich davor, dass sie sich bei ihnen wieder zuhause fühlte und mich vergaß. Ich hatte Angst um sie, wenn sie vor ihnen tanzte, hatte Angst um sie, wenn sie überhaupt vor jemandem tanzte, weil die Zuschauer denken könnten, ihr Körper sei ungeschützt oder für jeden zugänglich. Ich hatte Angst. Ich wusste, dass sie weder minderjährig noch leichtsinnig war, aber ich konnte nicht anders als Angst haben. Es war mir nicht möglich, diese Liebe von der Angst zu lösen oder die Angst zuzugeben und mich zusammenzureißen.

Was mir jetzt zu schaffen machte, war eine Mischung aus Reue und Wut, als sei diese Frau zu einem Fluch geworden, der mich verfolgte. Alles, was ich zwischen uns unausgesprochen gelassen hatte. Ich sah sie springen, dabei ihr Haar schwenken und lachen. Ich sah, wie sie die Arme hob, synchron zu ihren Füßen, mit denen sie zwei Schritte vor und einen zurück ging. Sie bog sich in der Taille, beugte sich leicht vor und schüttelte ihren Körper ab. Ich sah ihre Leidenschaft und ihr Feuer und wünschte, ich hätte beides festgehalten, auch wenn es bedeutet hätte, mir die Hände zu verbrennen.

Nichts ist härter für einen Mann, als die Frau, die er liebt, zu ersticken, während sie ihre gemeinsamen

Erinnerungen in sich trägt. Und ich versuchte das jeden Tag zu tun: uns den Galgenstrick umzulegen. Dann spürte ich, wie er ihr vom Hals rutschte, um mich ganz zu umschlingen und schließlich zu einer Decke zu werden, unter die ich schlüpfen konnte und weinen, ohne das jemand mich sah.

Das war es, was mich quälte, so wie mich jahrelang das Gefühl gepeinigt hatte, dass ich meine Mutter nicht hatte schützen können. Ich sah die Kugeln in ihren Körper schlagen, ohne tatsächlich Zeuge ihres Todes gewesen zu sein oder zu wissen, wo sie getroffen worden war und ob sie noch Schmerzen gelitten hatte.

Hatte sie sich vor ihrem Tod noch gequält oder war sie gleich tot gewesen, nachdem die Soldaten auf sie gefeuert hatten? Hatten sie ihr in den Bauch getreten? Wer hatte ihr die Augen zugedrückt, oder waren sie offengeblieben und hatten ins Leere gestarrt? Hatte der Mörder Mitleid mit ihr gehabt, oder war es ihm egal gewesen? Hatte jemand sie beleidigt? Beschimpft? Vergewaltigt? Und warum hatte mein Vater nie von dem Verbrechen gesprochen? Warum hatte er mich nicht für ihren Tod verantwortlich gemacht? Warum war er nicht wütend geworden, weil er sie nur meiner Verletzung wegen alleingelassen hatte? Warum hatte er nie angedeutet, ich sei daran schuld? Diese übergroße Güte, die von ihm ausging, tat mir weh. Wie sollte ich mich von einer Verletzung befreien, die mir gezeigt hatte, wie sehr mein Vater mich liebte? Warum konnte Hilda das nicht verstehen?

Manche Leute leiden darunter, dass ihre Angehörigen ihnen etwas antun, ich dagegen litt unter der Liebe meines Vaters. Diese Großmut war mein Erbe, wie eine Schuld, die ich nie zurückzahlen konnte. Um ihm zu beweisen, dass sein Sohn all diese Opfer und diese Liebe zu schätzen wusste, hatte ich versucht, erfolgreich und strebsam zu sein. Was aber würde er sagen, wenn er erführe, dass ich die Tochter des Feindes liebte? Würde er sie bei uns akzeptieren?

— 5 —

Mein Vater starb im Winter des Jahres 1994. Er starb einen ganz gewöhnlichen Tod. Ein paar Tage war er krank, und dann verließ er uns. Ich hatte Zeit, mich von ihm zu verabschieden, mit ihm zu sprechen. Hilda hatte ich damals noch nicht kennengelernt. Doch nun überlegte ich, was er wohl über sie gesagt hätte.

Ich stellte mir auch vor, welche Worte ihr Vater und ich gewechselt hätten, wäre ich in sein Haus gekommen, hätte ihn getroffen und mit ihm gesprochen.

»Du hast meine Familie umgebracht, kannst du dir vorstellen, wie weh das getan hat?«

»Du wolltest mein Land beherrschen. Hätten wir einfach nur zusehen sollen?«

»Meine Mutter war schwanger.«

»Und was willst du jetzt von meiner Tochter?«

»Ich liebe sie ... Soll ich dir mal beschreiben, wie meine Mutter aussah?«

»Mein Bruder ist euertwegen gestorben.«

»Wie siehst du mich jetzt?«

»Ich will dich überhaupt nicht sehen.«

»Du willst nicht wissen, was ich über dich denke?«

»Es interessiert mich nicht.«

Es war ein fiktiver Dialog mit dem alten Feind. Ich weiß nicht einmal, wie ich mir solch ein Gespräch ausmalen konnte. Wann immer ich versuchte, in die Vergangenheit zu blicken, spürte ich, wie eine schwarze Hand nach mir griff und sich immer tiefer in meinem Körper verkrallte. Wenn ich mit Hilda sprach, war es etwas anderes. Sie hörte mir zu und versicherte mir, dass ich weder an meiner Behinderung schuld war noch daran, aus einem besetzten Land zu kommen. Weil das Leben so undurchschaubar sei, käme es uns eben so vor, als seien wir der Fehler, sagte sie.

Ich sah, wie der alte Feind sich hartnäckig weigerte, seine Schuld anzuerkennen, um sie dafür uns aufzuladen. Wer hatte Ariel Scharon nach Sabra und Schatila gelassen? Es war ein großer Skandal. Man habe ihn dort gesehen, meinte mein Vater. »Das Massaker war eine Schande für alle. Sie begannen, einander gegenseitig zu beschuldigen ... die Medien ... die Bilder ... die ganze Welt kritisierte, was passiert war, und so begannen sie, sich gegenseitig Vorwürfe zu machen, Phalangisten und Israelis.«

Aber vonseiten der Welt sei alles nur Lüge und Heuchelei gewesen, zum Teufel noch mal, denn es habe die folgenden Verbrechen an den Palästinensern nicht verhindert. Als die Leichen auf dem Boden lagen, hielten alle zusammen, als fürchteten sie um ihre eigenen Hälse, seien selbst direkt vom Tod betroffen und voller Angst, er könne sie auch erreichen. Doch als nach einer Weile das Blut kalt wurde, vergaß man die Leichen, als hätte es sie nie gegeben. Zusammen gaben sie dem Massaker seinen Namen, als sei die einzig mögliche Vorgehensweise nach einem Massensterben, es zu dokumentieren.

Als mein Vater starb, fühlte er noch immer diese Qual. An seiner Gleichmut und seinem fehlenden

Lebenswillen erkannte ich, dass es sich dabei nicht um Verzweiflung handelte, sondern um eine Art Kapitulation. »Nachdem der Krieg bewiesen hatte, dass er nichts brachte, sind wir alle zum Frieden übergelaufen«, sagte er. Es war wie in den Geschichten von reumütigen Dirnen, die nach dem Verlust ihrer Schönheit den Pfad Gottes einschlagen oder den der Buße. Sie geben auch nicht zu, dass sie ihren gesamten Profit aus der Prostitution gezogen und deshalb den größten Teil ihres Lebens damit zugebracht haben. Von der Tragödie, die sie auf diesen Weg gebracht hat, und den Rechtfertigungen dafür gehen sie direkt zur Reue über. Die Vorzüge und das Faszinierende an ihrem Beruf jedoch gestehen sie nicht ein. Das Böse ist verführerisch, genau wie der Hass eine unerklärliche Faszination ausübt. Wir Menschen verbringen ein ganzes Leben damit, das Gute zu glorifizieren, weigern uns aber, es zu verkörpern. Wir lassen nichts nach außen dringen von den dunklen Schatten, die sich mitunter über unsere Seelen, Zweifel, Eifersüchte und dunklen Triebe legen. Die Auswüchse unseres Inneren dringen nicht an die Öffentlichkeit, und so tragen wir stets zwei unvereinbare Seelen in der Brust.

Auch ich wollte Hilda meine zuweilen frevelhaften Gelüste nicht gestehen. Ich brachte es nicht fertig, ihr zu sagen, dass wir, wenn wir lieben, aus Furcht, uns selbst zu verlieren, manchmal grausam sind. Wie im Tod fällt es uns auch in der Liebe schwer, unsere Seele hinzugeben. Ich wollte, dass sie vor mir auf die Knie fiel, als dürfe Liebe nicht weniger sein als ein

Gottesdienst. Ich wollte dies nicht, um ihr wehzutun, sondern um ihr zu beweisen, dass ich ihr sicherer Hafen war.

Ich wünschte mir aus ihren Augen einen Blick wie den, den meine Mutter meinem Vater zugeworfen hatte, den Blick einer unverfälschten, einer unschuldigen Frau. Als »Neuland, das noch kein Wesen betreten hat«, so wie mein Vater meine Mutter beschrieben hatte, wollte ich auch Hilda.

Drückte ich mich nur wegen meines Fußes davor, sie tanzen zu sehen, oder auch, um vor dem Bild einer Frau davonzulaufen, die keine Jungfrau mehr war? Wollte ich, obwohl ich hier in Amerika lebte, und das schon seit etwa zwei Jahrzehnten, dass sie wie die Frauen im Lager war, die zitterten, wenn ihre Männer drohten, sie fortzujagen oder sich scheiden zu lassen? Die sich eilig den Kopf verhüllten, wenn sie Fremde sahen?

Welch grausamer Gedanke, nach Jahren nun zu entdecken, dass ich genauso war wie all die anderen Auswanderer in den Westen! Wir konnten auch in dem neuen Land nicht aus unserer Haut, taten aber so, als wären wir anders als früher. In meinem Konflikt mit ihr ging es nicht allein um meinen Körper, sondern auch um ihre Sichtbarkeit, deshalb brauchte ich von ihr die ständige Versicherung, dass sie mein Neuland bleiben würde. Wie dumm von mir! Was tat ich denn da anderes, als sie für meine eigene Furcht zu bestrafen? Aber gab es einen Weg zurück? Vielleicht existierte er, aber ich war nicht stark genug, ihn zu gehen.

Hilda wusste nicht, wie viele Ängste ich auszustehen hatte. Sie wusste nicht, wie oft ich mich in den Einzelheiten von früher verlor. Ich war ein erfolgreicher Mann geworden, aber ich trug noch immer an dem alten Leid. Meine Kleidung hatte sich verändert, aber das Gefühl von Erniedrigung und Zorn war geblieben. Ich wusste noch, wie mein Vater mich nach meiner Verletzung in die Gaza-Klinik gebracht hatte. Ich erinnerte mich an jede Einzelheit dort, wie ich aus der Bewusstlosigkeit erwachte, und an den Mundschutz, den die Krankenschwester trug. An den Tag, an dem ich zum ersten Mal in den Spiegel blickte und die Verbände auf meinem Gesicht sah. Ich versuchte sie abzureißen, aber mein Vater zog meine Hand fort und hielt sie von meinem Gesicht fern. Ich schaute auf mein Bein hinunter, und es erschien mir auch fremd. Wenn man seine Mutter verliert, sein Selbstbild und das von seinem Leben, seinen künftigen Bruder und die Vorstellung, einen Helden zum Vater zu haben, erkennt man, dass das Leben einem einen Schlag verpasst hat, der einen für immer begleiten wird. Ein unverdienter Schmerz stellt sich ein, prägt sich einem in den Körper, und man kann nichts dagegen tun, als sei man plötzlich ein Niemand geworden.

»Ich möchte mein Gesicht sehen, Papa.«

»Zum gegebenen Zeitpunkt wirst du das.«

»Was ist mit mir passiert?«

»Beruhige dich, mein Sohn!«

Ich versuchte mein Gesicht unter den Verbänden abzutasten. Ich wollte wissen, ob etwas ganz fehlte.

Ich hielt meine Tränen zurück, bis die Nacht kam, und weinte allein in meinem Bett. Als wir nach ein paar Tagen zum Reinigen der Wunde ins Haifa-Krankenhaus im Lager al-Burdsch, nahe beim Haus meiner Tante Zahra, gingen, gab es dort keine Spiegel. Ich legte meine Hand an die Wange und sah Blut daran. Ich tastete nach der Größe der Wunde. Dem Abstand zwischen Anfang und Ende. Wann würde ich mich sehen?

Als ich mich, nachdem mein Gesicht ein wenig verheilt war, zum ersten Mal anschaute, hätte ich den Spiegel am liebsten zertrümmert. Von nun an ging ich Spiegeln aus dem Weg, wo immer ich war. Es verging viel Zeit, bis ich wieder fähig war, mich anzusehen. Allmählich empfand ich es im Inneren so, als sei diese Narbe ich, als repräsentiere sie mein Wesen. Ich war zu ihr geworden.

Wenn es mir am Anfang auch gelang, Spiegel zu vermeiden, so gab es vor meinem Fuß doch kein Entrinnen. Der stete Satz meiner Tante: »Ach, der arme Junge!«, klang mir in den Ohren, und ich versuchte, in ihrer Anwesenheit extra schnell zu laufen, um ihr damit gleichsam mitzuteilen, dass es mir gut ging und ich dieses Mitleid nicht wollte. »Langsam, mein Schatz!«, sagte sie dann in so besorgtem Ton, dass ich vor Wut in die Luft ging und rief: »Es ist nichts, ich sag dir doch, es ist nichts.«

»Lass den Jungen in Ruhe!«, schrie mein Vater sie daraufhin an. »Die ganze Zeit bist du am Reden!« Sie begann im Zimmer auf und ab zu gehen.

»Was hab ich denn gesagt? Ich hab doch nichts Falsches gesagt.«

»Genug, Schwester, wir gehen nach Hause!«, meinte mein Vater schließlich. Sie setzte sich damals hin, schluchzte und klagte zu Gott. Mein Vater nahm meine Hand und ging. »Mach dir nichts draus, mein Sohn, sie liebt dich.«

Das Laufen fiel mir tatsächlich sehr schwer, dennoch versuchte ich, meinen Vater davon zu überzeugen, dass es mir gut ging. Als ich zu Hause angekommen war und auf dem Bett lag, blickte ich auf meinen Fuß, als sei er die Ursache aller Probleme. Ich spielte nicht mehr mit den Jungs aus dem Viertel. Die meiste Zeit verkroch ich mich weit entfernt von allen anderen in meinem Zimmer. In ihren Blicken lag entweder Geringschätzung oder Mitleid. Ich erinnere mich, wie sie sich eine Stunde Ballspiel in den Gassen des Lagers stahlen. An jenem Tag war es ungewöhnlich ruhig. Ich ging zu ihnen und versuchte, den Ball mit meinem heilen Fuß zu treten. Aber ich fiel hin. Alle lachten. Schließlich kam Muhammad, der Sohn meiner Tante, und stützte mich bis ins Haus.

»Was ist passiert?«, fragte mein Vater. »Warum sind deine Kleider so schmutzig?« Ich antwortete nicht. »Alles in Ordnung, Onkel, alles in Ordnung«, sagte Muhammad. Ich blieb für Tage ans Bett gefesselt, bis ich mich wieder erholte.

»Gott verzeihe dir, was du da getan, hast, mein Sohn! Gott verzeihe dir!«

— 6 —

New York, Winter 2000

Seit Hildas Abreise waren mehr als sechs Monate vergangen. Ihre Mails und Anrufe hatten vor mehr als drei Monaten aufgehört, und ich hatte nicht versucht, mich mit ihr in Verbindung zu setzen. Ich hatte den Eindruck, dass sie nicht zurückkommen würde und dass ich sie besser für immer vergessen sollte. Das Leben hatte einen routinemäßigen Gang aufgenommen, in dem keine Hoffnung mehr auf Liebe bestand. Ich war überzeugt, dass sie mich vergessen hatte und dort glücklich geworden war, und dass sie, wenn sie zurückkehren wollte, dies nur tun würde, um ihre Sachen zu packen. Ich wusste nicht einmal, ob sie sich dafür entscheiden würde, wieder in New York zu leben, ob ihre Leidenschaft fürs Tanzen sie wieder hierherführen würde.

Manchmal war ich sicher, dass sie zurückkehren würde, allerdings nicht meinetwegen. Sie würde zurückkehren, um zu tanzen. Ihre Leidenschaft musste sie einfach wieder hierherführen. Doch vielleicht würde sie auch vor ihrem Land kapitulieren und sich dafür entscheiden, dortzubleiben. Die Ungewissheit raubte mir den Schlaf, es war wie eine Obsession. Wie würde diese Frau sich verhalten? Was tat sie dort? Was aß sie? Pflückte sie sich wieder Mandarinen von den Bäumen, schälte sie, aß sie und schimpfte dann vor Ärger, weil der saure Saft noch an ihren Händen klebte, wie es ihr einmal als Kind passiert war? Würde sie grüne Mandeln essen und sie in Salz wälzen?

Lief sie wieder über die Mäuerchen, wie sie es getan hatte, als sie noch klein war? »Es waren ganz niedrige Mauern ... Aber ich konnte einfach nicht normal über den Boden laufen wie die anderen Kinder im Dorf«, hatte sie einmal erzählt.

Sie lief auch stets über den Wegesrand, wo der Gehsteig zu Ende war und die nackte Erde begann. »Mein Vater machte mir deshalb immer Vorwürfe und meine Mutter auch. ›Hilda, du machst dir die Schuhe schmutzig ... Hilda ... Wirst du je lernen, deine Kleider sauberzuhalten? ... Hilda!‹«

Aber sie hörte nicht auf diese Ermahnungen und lief weiter über die Mauern, bis sie in die Pubertät kam und ihr Körper sich veränderte. Ihre Brüste hatten nun Warzen, die manchmal ihre Form änderten, und sie bildete gebirgsartige Strukturen aus, wie sie es nannte. »Wenn ich als Jugendliche über die Mauer gelaufen wäre, wären die meisten jungen Männer des Dorfes hinter mir hergerannt, als sei ich eine Geographielektion, die sie zu lernen hatten.«

»Seht mal, sie hat einen Körper wie ein Bambusrohr!«, flüsterten dagegen die Frauen des Dorfes über sie. »Wenn man oben einen Ring drüberzieht, rutscht er glatt bis nach unten«.

Hilda hatte das Glück, dass ihr Vater ihr, als sie noch klein war, erlaubte, Ballett zu lernen. Zweimal die Woche schickte er sie mit dem Chauffeur in eine

Tanzschule in Jounieh, der reichen Stadt nördlich von Beirut. Er tat dies, weil es vornehm und aristokratisch war. Auch ihre Klavierstunden bekam sie aus diesem Grund. Aber sie hatte nie den Eindruck, musikalisch zu sein.

Die Laute, die ihre Sinne erregten, seien die, die der Körper mache, wenn er mit der Luft spiele, sagte sie. Der primitive Mensch, erklärte sie mir, habe auf Körperrhythmen zurückgegriffen, denn diese seien damals in Sachen Klangerzeugung das höchste der Gefühle gewesen.

»In jener Zeit gab es ja noch keine Instrumente, mit denen man Töne hervorbringen konnte, kein Klavier oder so etwas. Nur das Klatschen beim Tanzen oder das Geräusch, das der Körper machte, wenn er auf die Erde oder einen anderen Körper traf. Oder Stampfen mit den Füßen. Das war die Musik.«

Der ganze Intellekt, den wir heute als zivilisiert bezeichneten, habe sich dem Körper gegenüber in Schweigen gefasst, um dessen Schwingungen aufnehmen zu können. Er habe diese Bewegung verehrt. Heutzutage dagegen wiege sich der Körper nur noch zu Melodien. Für sie war das etwas sehr Schlimmes.

»Nur wenn der Tanz die Oberhand über die Musik gewinnt, wenn er sie zum Gehorsam zwingt ... wird er zum Tanz.«

»Warum sagst du nicht, dass sie eine Einheit bilden?«

»So ist das Leben nun einmal. Es muss immer einen Sieger und einen Unterlegenen geben.«

»Ein Kampf also?«

»Rivalität. Damit wir unser Bestes geben. Hör zu: Es ist so ähnlich wie bei Mann und Frau. Wenn sie nur eine Einheit bilden, ist der Eine nicht länger interessant für den Anderen.«

»Aber müssen sie denn immer miteinander kämpfen, Geliebte?«

»Nein, es ist kein Kampf. Aber sie müssen sich voreinander verborgen halten, als blickte man die ganze Zeit auf seinen Partner und spürte, dass es an ihm noch immer viel zu entdecken gibt, obwohl er offen vor einem liegt – nackt, aber mit Tausenden von Kleidern, die er noch nie getragen hat, in denen man ihn aber unbedingt sehen möchte.«

»Damit die Dinge nie aufhören, stimmt's?«

»Die Dinge hören nicht auf, wir sehen sie nur nicht mehr vor uns.«

»Aber wäre es nicht das Höchste, wenn Tanz und Musik eine Einheit bildeten?«

»Ich weiß nicht, vielleicht. Aber möglicherweise können sie das gar nicht.«

»Wird das Leben denn nicht erst dann vollkommen, wenn Mann und Frau eins werden? Wenn er in sie eindringt, schließt er in ihr eine Lücke. Hör zu, wenn sie sich nicht vereinigten – dann könnten sie sich auch nicht fortpflanzen. Dann gäbe es keine Geburt.«

»Vielleicht hast du recht. Aber zu einem bestimmten Zeitpunkt trennen sie sich wieder. Er wird wieder Mann und sie Frau. Vielleicht will die Musik kein Werkzeug zum Tanz werden, und vielleicht will der

Tanz nicht auf die Melodie als Grundvoraussetzung angewiesen sein.«

»Aber in dem Moment, in dem sie sich miteinander verbinden, werden sie zu einem Kunstwerk.«

Sie hatte damals gelächelt, vielleicht nicht als Zeichen der Überzeugung, sondern als Ausdruck ihres Glücks über unsere Unterhaltung. Auch ich liebte unsere Gespräche über alles, liebte unsere Meinungsverschiedenheiten, Dispute, Diskussionen und Fragen, die meist nur zu neuen Fragen führten. Es war wie bei Scheherezades Geschichten, genauso reizvoll, und das Ende der Geschichten blieb immer offen. In solchen Momenten waren wir wie New York, wie alle Städte, in denen nichts je endet.

Ich wusste nicht, wo all dieser Glanz geblieben, wie aus Liebe Abneigung geworden war und ich vom galanten Liebhaber zum Tölpel. Ich wusste nicht, was für ein Trieb den Menschen – Mann und Frau – dazu brachte, den Glanz gegen Ängstlichkeit und Furcht einzutauschen. Vielleicht waren es die Alltagssorgen, die den Mann, beispielsweise, vergessen ließen, warum er seine Frau geliebt hatte und überhaupt mit ihr eine Beziehung eingegangen war? Und vielleicht brachte derselbe Trieb die Frau dazu, einen Mann, den sie einmal geliebt hatte, nicht mehr so zu sehen, wie er ihr am Anfang erschienen war?

Warum begannen die Beziehungen immer voller Staunen und endeten in Gleichgültigkeit und Stumpfsinn? War das das Wesen des Menschen? Fehlende Aufrichtigkeit zwischen beiden? Langeweile? Warum waren die Liebenden nach einer gewissen Zeit, je nach den Umständen früher oder später, füreinander nicht mehr interessant? Warum erschien die Liebe immer so, als trüge sie ein Verfallsdatum, als sei sie dazu verurteilt, sich nie zu erneuern? Nahmen Leidenschaft und Ausdauer, um eine Beziehung wiederzubeleben, immer weiter ab? Wurden wunderbare Beziehungen dagegen tatsächlich im Laufe der Zeit immer besser, und welche Vorstellung hatte man sich von der ewigen Dauer dieser Liebe zu machen?

Ich wusste nicht, warum ich nicht glauben konnte, das Schönste an der Liebe sei ihr Beginn, wie die meisten Menschen es tun. Worin im Einzelnen sollte diese Schönheit bestehen? »Liebe ist ein dauerndes Sichüben im Lieben. Sie lässt uns nicht im Stich. Wir sind es, die das tun«, hatte Hilda mal zu mir gesagt.

Sie fragte mich immer, ob ich auch bei ihr bleiben würde, falls sie irgendwann mal krank werden sollte, ob ich das Schlechteste an ihr annehmen würde. Und jetzt, lange nach meiner Antwort, wusste ich es auf einmal. Ich wusste nun, dass ich ihr hätte sagen sollen, selbst das Schlechteste an ihr wecke noch immer mein Verlangen.

Waren nicht die gebirgsartigen Strukturen einer Frau das, was ihren Körper so vertraut machte? Waren sie nicht der ganze Unterschied? Ich hatte ihr nicht gesagt, wie gern ich ihr Haar berührte, wie sehr ich ihre rebellische Art liebte – auch wenn ich fürchtete, dass sie sich gegen mich wenden könnte – oder wie sehr ich mir manchmal wünschte, ihre Lippen mit den Fingern zu berühren und stundenlang zu spüren. Ich hatte ihr nicht gesagt, dass ich mir nun, da sie weit fort war, alles wieder ins Gedächtnis rief, die Größe ihrer Brüste, die Länge ihrer Finger, selbst die Form der Muskeln an Taille und Rücken. Ich hatte ihr nicht gesagt, dass all diese Dinge sie ausmachten und dass ich sie unbedingt wieder zurückwollte.

Denn andererseits wünschte ich mir auch, dass sie an meine Tür klopfte und mich anflehte, zu mir zurückkehren zu dürfen. Nicht aus Überheblichkeit, sondern um mich ihrer Liebe zu mir zu versichern. Warum hatte sie mir in ihren Mails nicht geschrieben, dass sie ohne mich sterben würde, warum war sie ohne mich nicht gestorben? Warum hatte sie mir nicht gesagt, dass sie litt wie ich? Warum hatte sie mir in den Mails unbedingt ihren jeweiligen Tagesablauf schildern wollen, und warum hatten sie plötzlich damit aufgehört? Warum gab es keine letzte Mail, in der sie flehte? Warum nicht?

»Vielleicht unterscheidest du dich gar nicht so sehr von denen, die du deine Scharfrichter im Krieg genannt hast, genau wie sie hast du nur auf die Peitsche gewartet, um damit über unsere Liebe herzufallen. Zum Teufel mit dir, ihnen und allem anderen!«

Warum waren das ihre letzten Worte gewesen, in all ihrer Härte?

»Meine geliebte Hilda,

ich bin nicht wie sie. Ich warte noch immer darauf, dass du eines Tages zurückkommst. Ich warte noch immer darauf, deine kleinen Fäuste an meine Tür klopfen zu hören ...«

So hatte ich eine Mail an sie begonnen, aber bald löschte ich alles wieder. So etwas konnte ich ihr nicht schreiben. Ich wollte ja nicht ihr Mitleid erregen. Vielleicht sah sie mich tatsächlich wie die anderen, grausam und wild, und wollte meine große Liebe hinter all dem nicht wahrnehmen.

In Gedanken versunken saß ich hinter dem Computerbildschirm und schwankte, ob ich eine weitere Mail schreiben oder die Sache vergessen sollte, als das Telefon klingelte. Während ich noch aufstand, um den den Hörer abzunehmen, hatte der Anrufer schon eine Nachricht aufgesprochen.

»Hilda, ich bin's, Eva. Ich versuche schon eine Weile, dich auf deinem Handy zu erreichen, aber es ist ausgeschaltet. Ich wollte mich mit dir treffen, um einen Kaffee mit dir zu trinken. Ich weiß, dass ich in letzter Zeit ziemlich weit weg war. Aber es gibt viele Dinge, über die wir sprechen sollten. Ich vermisse dich sehr. Ruf mich doch unter folgender Nummer zurück, meine Liebe: 2931075! Ich warte auf dich. Küsschen.«

Ich rief Eva unter der Nummer an, die sie hinterlassen hatte. Ich wollte allem nahe sein, was mich an Hilda erinnerte, jeder Person, die ich als Brücke zwischen mir und ihr empfand.

»Hallo, Eva ... Ich bin's, Madschid, wie geht es dir?«

»Hi, Madschid. Gut, und dir?«

»Auch gut. Du hast eine Nachricht hinterlassen, aber Hilda ist nicht hier. Sie ist nach Beirut gereist.«

»Ach, wirklich? Wann denn?«

»Vor ein paar Monaten.«

»Warum? Ist alles in Ordnung bei euch?«

»Ich weiß nicht. Sie ist nicht hier.«

»Hör zu, Madschid: Wie ist ihre Nummer in Beirut?«

»Weiß ich nicht.«

»Hast du denn nicht mit ihr gesprochen?«

»Das ist schwer zu erklären ...«

»Wo bist du jetzt?«

»Zu Hause.«

»Kannst du dich mit mir auf einen Kaffee treffen?«

»Ja.«

»Ich bin in der Fifth Avenue. Ich warte auf dich im Empire Café.«

»Gut, ich komme.«

Ich fuhr mit dem Auto zu dem Café, in dem wir uns treffen wollten, und dachte über New York nach, dieses Märchen, das Ausländer wie Amerikaner fasziniert. Es erschien mir wie eine Stadt der Gegensätze, und das war es ja auch tatsächlich. Wer den Broadway mit der Fifth Avenue vergleicht, zwischen denen wiederum der Times Square liegt, hat das Gefühl, innerhalb von Minuten von einer Welt in eine andere zu wechseln.

Alles in dieser Stadt wirkt prall, der materielle Wohlstand, die vielfältigen Quellen des Reichtums, die unerschöpflich erscheinen, sich von der Autoindustrie bis zur Filmindustrie in Hollywood speisen und was der endlosen Möglichkeiten mehr sind. New York erschien mir aber auch als Stadt am Rande des Abgrunds, als müsse diese immense Geschwindigkeit bei der Urbanisierung, der nichts Einhalt gebot, irgendwann einmal so tragisch enden wie die altgriechischen Sagen. Ich fragte mich ständig, wohin diese Macht sich bewegte, noch weiter hinauf oder hinab in den Abgrund? Für mich war sie wie das Bild eines Giganten, dessen Schicksal unbekannt war.

War es möglich, dass ein einziges Fleckchen auf der Landkarte all dies vereinte, die Oberflächlichkeit mancher Lehrpläne einerseits und den hohen Grad an Spezialisierung andererseits, die Industriebevölkerung im Norden und die Südstaatler, die an ihren alten Traditionen festhielten? Vielleicht lag die Macht dieser Vereinigten Staaten, darin begründet, dass sie ein so verwirrendes Rätsel waren, wie ein Strom mit vielen Zuflüssen und nur einem Abfluss.

Genauso sehr, wie ich dieses Land liebte, beneidete ich es und hasste seine Gewalt. Ein Land von dieser Macht konnte nicht barmherzig sein, vielleicht hatte ich deshalb das Gefühl, dass wir als Araber oder Palästinenser ihm nur als Brennstoff dienten.

Doch immer fühlte ich mich dem Broadway näher als der Fifth Avenue. Der Broadway war eine augenfällig schmutzige, geschwungene Straße. Wenn ich sie überquerte, hatte ich durch die dort herrschende Geschwindigkeit das Gefühl, ständig von Stromstößen geschüttelt zu werden. Die Restaurants waren billig und wimmelten von Menschen verschiedener Nationalitäten. Ging man dort vorbei, hörte man die Messer und Gabeln in den Händen der Männer und Frauen klappern. Immer sah ich reife Männer, denen die Einsamkeit ins Gesicht geschrieben stand, und

Frauen mittleren Alters, die unaufhörlich miteinander schnatterten.

Der Broadway erschien mir als die Unterweltsstraße schlechthin, und oft fragte ich mich, warum das wichtigste Theater New Yorks ausgerechnet in der billigsten Straße lag. Etwa, weil das Theater ein Forum des Volkes ist, das uns das Wesen der Normalmenschen zeigt? Diese Straße barg in ihren Höhlen Verbrecher und Mörder, für die ihre Abfälle eine Art Humus bildeten. Die Waren hier waren billig. Die Emotionen auch. Doch alles erschien echt. Straßen haben auch Fleisch und Knochen. Und dieser Leib, der Leib des Broadway, war in ständigem Fluss. Das war Amerikas Gesicht, überreich an Einwohnern und an allem, an Werten und Werteverlust, Moral und Moralverlust, Liebe und fehlender Liebe.

Nachdem man den Broadway in Richtung Fifth Avenue überquert hat, hat man das Gefühl, ein neues Amerika kennenzulernen. Hier zeigt es sich von seiner strengen Seite. Von der kapitalistischen Seite, in der für den Armen kein Platz ist, genau wie, verglichen mit Amerika, im Rest der Welt kein Platz ist für Gescheiterte und für Staaten mit geringerem Niveau. Hier herrschen Selbstherrlichkeit, Verbohrtheit und die übertriebenen Floskeln, die die amerikanischen Offiziellen in ihren Reden verwenden, um ihr Land als unbesiegbaren Ort zu definieren, als nie endenden Traum. Es ist eine aristokratische, vor Sauberkeit glänzende Straße, wo noch immer New Yorks Noblesse wohnt. Von hohen Gebäuden gesäumt. Hier werden die kostbarsten und für die Menschheit verführerischsten Waren verkauft. Sie ist gerade, geordnet und rücksichtslos, es sei denn, man bringt viel Geld oder große Schönheit mit. Eine Straße, die mit niemandem Erbarmen hat, wie alle Orte, in denen für humanes Gejammer keine Zeit ist. Hier gibt es die Weltmarken und die erlesensten Speisen. Und Eva fand sich hier als Königin der Welt wieder. Wie konnte es auch anders sein, wo doch diese Straße sie vom Boden aufgelesen und auf den höchsten Gipfel gehoben hatte? Wer, der gegen den Überfluss nicht immun war, konnte den Verlockungen maßlosen Reichtums widerstehen? Und warum sollte er ihm überhaupt widerstehen?

Als ich im Café ankam, wartete Eva schon auf mich. Sie stand von ihrem Stuhl auf, kam auf mich zu und drückte mir einen Kuss auf die Wange. Ihr Gesicht war stark gepudert, und die Lippen hatte sie sich leuchtend rot gemalt. Sie trug enge Jeans und eine schwarze Bluse, die ihre großen Brüste betonte. Aber sie war schön und verführerisch. Eine Frau, die viele Schätze in sich barg, mit sinnlichem Blick, als riefe sie einen zu sich, ohne ein einziges Wort zu sagen. Mir wurde bewusst, dass ich Eva zum ersten Mal mit den Augen eines fremden Mannes sah. Ich fühlte mich nicht zu ihr hingezogen, aber sozusagen fiel mir plötzlich eine Vielzahl von Einzelheiten an ihr auf. Vielleicht lag es auch daran, dass sie an diesem Tag sehr viel Wert auf ihr Erscheinungsbild gelegt hatte.

»Ich sehe, dass du immer schöner wirst.«

Sie lachte, und als sie ihr Wasserglas an die Lippen führte, lächelte sie immer noch.

»Komplimente und schöne Worte können Frauen immer gut gebrauchen.«

»Sie sind schön, meine Dame!«

Wieder lachte sie. Doch plötzlich wurde sie ernst, als studiere sie eine Rolle ein.

»Und jetzt sag mir, wo Hilda steckt! Was läuft da zwischen euch ab?«

»Gut – vor einer Weile hat Hilda beschlossen, nach Beirut zurückzugehen, ohne genau zu sagen, wann sie wiederkommt. Und jetzt haben wir keinen Kontakt mehr.«

»Was heißt das, ihr habt keinen Kontakt mehr? Einfach so? Das zwischen euch war doch eine Liebe wie im Roman ...«

»Ich weiß es auch nicht, meine Liebe. Ich weiß nicht, was sie dorthin gezogen hat.«

»Vermisst du sie denn nicht?«

Ich schwieg. Was sollte ich antworten?

»Was ist los mit dir? Meine Güte, vermisst du sie nicht?«

»Doch, ich vermisse sie sehr.«

»Was soll dann dieser Quatsch? Warum rufst du sie nicht an?«

»Ich will nicht.«

»Ihr kommt einem vor wie die Kinder. Gib mir ihre Nummer, ich werde sie anrufen!«

»Hör zu, Eva, eine Beziehung zwischen mir und Hilda ist unmöglich. Ja, unmöglich. Sie ist Süden und ich bin Westen. Sie ist Norden, und ich bin Osten.

Sie ist Feuer, und ich bin Wasser. Sie ist von dort, und ich bin von nirgendwo. Sie tanzt, und ich schaffe es kaum, mein Bein hinter mir herzuziehen.«

»Aber ihr liebt euch doch!«

»Sie ist etwas in weiter Ferne, wonach ich nicht zu streben wage. Meinst du, ich liebte sie nicht? Ich liebe sie voller Leidenschaft, aber ich weiß, unser Schicksal ist, dass wir uns trennen. Diese ferne Vergangenheit steht zwischen uns. Nicht weil ich sie wichtig nähme, sondern weil sie alle mich nie akzeptieren werden. Für Hilda bin ich Teil einer bitteren Geschichte, und sie ist es genauso für mich. Nicht sie selbst, sondern all die Dinge, die in der Vergangenheit geschehen sind ... verstehst du mich?«

»Ich verstehe nicht ... Oder vielleicht verstehe ich, bin aber nicht deiner Meinung.«

»Wir haben uns weit voneinander entfernt ... selbst in der letzten Zeit, als wir noch zusammen waren. Es gab da eine Kluft, die ich nicht verstehe. Ich fühlte mich, als hätte ich Angst, ihr näherzukommen. Es gibt vieles, was ich nicht erklären und begreifen kann. Und jetzt versuche ich jeden Tag, mich an den Gedanken zu gewöhnen, dass Hilda fort ist und dass ich immerhin ein paar Augenblicke mit ihr hatte, ein paar Momente, die sehr wahr und echt waren.«

»Und du gibst diese Momente einfach so auf?«

»Nein, es ist kein Aufgeben. Es ist die Realität.«

»Das verstehe ich nicht. Ich zum Beispiel habe deinen jämmerlichen Freund aufgegeben, weil er mich ständig betrogen hat. Es gab einen konkreten

Grund, und Ende. Kannst du es denn ertragen, dass es für das Ende eurer Liebe keinen Grund gibt?«

»Das kann ich nicht, wenigstens noch nicht. Aber mit der Zeit werde ich es vielleicht können.«

»Hör zu, Madschid, ich weiß, dass ich nicht die geeignetste Person bin, dir Ratschläge zu erteilen. Lange ging es in meinem Leben ständig bergab, aber ich weiß, dass ich mein Glück nicht einfach aufgegeben habe. Wenn ich etwas finde, das mich froh macht, beiße ich mich daran fest. Manchmal beiße ich dann, aus Angst, es zu verlieren, zu fest zu und füge ihm Schaden zu, bemerke es und halte es wieder behutsamer. Was, wenn du es so, ohne es zu bemerken, auch mit Hilda getan hättest? Hilda mit den Zähnen festgehalten?«

»Aber auch sie ... aber sie ist nicht hiergeblieben...«

Im Gespräch mit Eva fühlte ich mich wie ein Mann, der seiner ganzen Festigkeit entkleidet wird, als zöge ich mich vor ihr nackt aus. Ich war nicht so stark wie die Straße, in der wir uns befanden. Ich war nicht fest. Nur weich. Vielleicht machte gerade ihre Stärke mich so schwach. Sie war eine von den Frauen, die man nicht täuschen und anlügen kann. Man konnte sich auch nicht lässig geben, weil fehlendes Interesse für sie die schlimmste Sünde war und sie einen dafür zur Rechenschaft ziehen würde. Und mein Blick verriet mich. Er war zerknirscht, weil ich die Frau verloren hatte, die ich liebte. Diese Frustration, die ich spürte, hätte ich vor allen verbergen können, aber vor ihr nicht.

Schließlich brach sie das Schweigen und sagte mir, ich müsse mit Hilda sprechen. Angesichts ihrer Hartnäckigkeit war ich den Tränen nahe.

»Hör zu, sei kein Dummkopf! Verdränge nicht wegen deiner Angst, wegen einer Einbildung deine Gefühle. Geh zu ihr! Sprich mit ihr! Sag ihr, was du willst!«

»Aber du weißt ja nicht ... Das kann ich nicht. Schau mich doch an, Eva, schau genau hin! Du siehst vor dir einen erfolgreichen Mann, so gerade wie die Straße, in der wir sitzen, aber weißt du, wovor ich mich innerlich fürchte? Weißt du, wie oft ich meinen Körper malträtiert habe, um ihn so gerade zu machen wie die Fifth Avenue? Weißt du, dass ich, genau wie sie, auch hinter mir einen Broadway einschließlich all der Trümmerhaufen dort verberge? Was habe ich Hilda zu bieten? Meine Frustration? Ein Heimatland, das ich nie kennengelernt habe? Eine amerikanische Staatsbürgerschaft, die, meinem Gefühl nach, gar nicht widerspiegelt, wer ich bin?«

»Ich weiß nicht, warum du alle Dinge so miteinander vermengen und dann auch noch die Liebe da hineinpressen musst.«

»Kannst denn du deine Vergangenheit von der Gegenwart trennen, meine Liebe?«

Eva antwortete nicht. Schließlich waren wir nicht hier, um in einen Wettstreit zu treten, wer von uns die schlimmere Vergangenheit gehabt hatte. Wir waren zwei Fremde in einer Stadt, die uns zusammengeführt hatte, weil sie unsere Geheimnisse ignorierte. Wir waren in New York, weil wir hier die Möglichkeit hatten – oder meinten, sie zu haben –, ein Niemand zu sein, über die Straße zu laufen, ohne ständig der Vergangenheit ins Gesicht zu schauen. Niemand, der Eva, die Schauspielerin aus Mexiko, sah, wusste, dass sie vor ihrem Stiefvater und dem Missbrauch ihres Körpers geflohen war.

»Ich sage das alles, weil ich dir ein gutes und glückliches Leben wünsche.«

»Wird denn mein Leben ohne Liebe unglücklich sein?«

»Hör mal, Madschid, ich bin nicht Hilda. Ich bin kein Mädchen, das aus einer aristokratischen Familie abgehauen ist, deren größter Fehler es war, es zu sehr zu verwöhnen. Ich bin eine Frau, geknetet aus dem Lehm, dem Sand und dem Schweiß der Erde. Ich weiß, wie du empfindest. Ich weiß, was es heißt, wenn man allein ist. Ich weiß, was es bedeutet, wenn man bei jemandem Zuflucht sucht und meint, er werde einem zu seinem Recht verhelfen, um dann die Türen verschlossen zu sehen. Ich kenne mich aus mit Zurückweisung. Und weil ich mich mit all dem auskenne, kann ich auch identifizieren, wenn etwas gut und richtig ist, und bei dir und Hilda ist das der Fall. Deshalb passt ihr auch so gut zueinander.«

Während sie sprach, wurde mir für einen Moment klar, warum Hilda sie so mochte. Eva war nicht mehr die Frau, die Kinder abtrieb, sondern weise und gütig.

»Eins wollte ich dich noch fragen: Hast du tatsächlich Muhsins Kind abgetrieben?«

»Und was, wenn ich es getan hätte?«

»Ich möchte es wissen.«

»Ich werde es dir aber nicht sagen.«

»Stimmt es, dass du jetzt mit einer Frau ins Bett gehst?«

»Warum mischst du dich denn plötzlich in mein Privatleben ein?«

»Ich möchte es wissen.«

»Und was soll ich dazu sagen? Nein, ich habe Muhsins Kind nicht abgetrieben und bin nicht lesbisch geworden? Würde eine solche Antwort dich beruhigen? Hör zu, Madschid, du kennst doch meine Geschichte, oder etwa nicht?«

Zur Hölle mit dieser Frau! Warum regte sie sich nicht auf über meine Fragen? Warum nahm sie alles so ungerührt auf? Warum brach sie nicht zusammen, weinte nicht, erklärte mir nicht, dass sie tatsächlich abgetrieben hatte, dass sie es bereute und mit Frauen schlief, weil ihr Männerbild im Laufe ihres Lebens so entstellt worden war? Warum bestand sie darauf, so gefasst zu wirken, mehr als ich?

»Hör mal, es würde dir vermutlich guttun zu hören, ich betränke mich jede Nacht, um meine Tragödie zu vergessen, und sei überhaupt ein psychisches Wrack. Aber das ist nicht die Realität. Vielleicht war ich vor Jahren so und hab jedes Mal geweint, wenn ich über die Vergangenheit sprach. Aber das hat sich geändert. Ich weiß nicht, ob es an der Zeit lag oder an mir, aber ich bin nicht mehr die gebrochene und vergewaltigte Frau. Dieses Bild von mir habe ich abgelegt.«

Eva sprach noch lange weiter. Sie sagte, als sie ihr Zuhause verlassen habe, habe sie gewusst, dass sie von niemandem bemitleidet werden, sondern sich ihr Recht auf Glück erkämpfen wollte. Nach der Vergewaltigung habe sie ihren leiblichen Vater gesucht, um bei ihm Schutz zu finden, aber der habe nichts dazu gesagt, es schien ihm egal zu sein.

»In den Augen meiner Mutter standen Kummer und Schmerz. Trauer, gepaart mit ihrer Strenge. Die Trauer hätte mich dazu bringen können, ihr zu verzeihen. Aber im Blick meines Vaters war keinerlei Mitleid. Er sagte gar nichts. Was hätte ich da fühlen sollen? Jede Nacht rollte ich mich nun in meinem Bett zusammen, verkroch mich in meinen Körper, in der Erwartung, dass mein Stiefvater wieder über ihn herfallen würde ... Wie, um mich auf die Vergewaltigung vorzubereiten. Jede Nacht schwor ich, niemals ein Kind zu bekommen ... Ich wurde schwanger von ihm ... und trieb das Kind ab. Ich sprang so lange auf dem Bett herum, bis es genug davon hatte, so von mir umhergewirbelt zu werden. Als meine Mutter ins Zimmer kam, fand sie mich blutüberströmt daliegen. Ich hatte den Tod gesehen, und daraufhin beschloss ich zu gehen. Ich hatte kein bestimmtes Ziel und landete schließlich in New York, weil ein Mann aus Mexiko mich dort auf den Strich schicken wollte. Ich bestätigte ihn in diesem Vorhaben, um ans andere Ufer kommen zu können, und es gelang mir. Dann lief ich von ihm weg. Bevor ich ging, stahl ich ihm noch sein Geld. Ich nahm einen Job in einem Kosmetiksalon an und lackierte heruntergekommenen

Amerikanerinnen die Nägel. Aber ich wollte ein besseres Leben. Ich freundete mich mit Männern an, und sie zahlten viel Geld dafür, mit mir zusammenzusein. Ich suchte mir immer den am wenigsten Attraktiven aus, weil diese Art Männer kein Selbstbewusstsein hat und als Ausgleich für ihr schlechtes Aussehen viel für die Gesellschaft einer Frau bezahlt. Manchmal hatte ich auch das Gefühl, mich verliebt zu haben. Aber diese Liebe war daran geknüpft, dass mein eigenes Ego befriedigt wurde, das heißt, ich liebte sie nur, solange ich alles bekam, was ich wollte. Ich weinte nachts weder über meine verlorene Ehre noch über solche Schwindeleien und Märchen, wie man sie über Frauen verbreitet, die das traditionelle Verständnis von Geben und Liebe hinter sich lassen. An Reue dachte ich gar nicht. Ich dachte nur daran, Geld zu kassieren, um mich sicher zu fühlen. Aber je mehr Geld ich ansammelte, desto mehr wollte ich noch dazu. Ich war mir gleichzeitig Paradies und Hölle. Dann fand ich Mike. Mit ihm war es anders. Ihn liebte ich. Ich liebte ihn, wie ich lieben konnte, nämlich so sehr, wie der jeweilige Mann sich für mich interessierte. Aber dann roch er nach anderen Frauen, wenn er nach Hause kam, und ich weinte. Wirklich, ich weinte, ob aus Eifersucht oder weil ich mich austauschbar fühlte, weiß ich nicht. Ich hatte mich für die Schönste, Stärkste und Attraktivste gehalten, und nun ließ er all das stehen, um mit anderen zusammenzusein. Ich versuchte, mit ihm zusammenzubleiben und das Ganze zu ignorieren. Aber ich war wirklich am Boden zerstört. Ich war aufrichtig mit ihm gewesen und hatte ihm von meinen Tragödien erzählt. Ich weiß nicht, warum er nicht gut zu mir war. Ich hatte gedacht, er würde mich für alles entschädigen. Danach betrog ich ihn aus Rache, aber die Sache endete damit, dass ich den anderen Mann, kaum war ich mit ihm fertig, aus dem Bett schmiss. Ich war einfach fertig. Jeden Tag dachte ich daran zu gehen, aber ich wusste nicht, ob ich den ganzen Wohlstand aufgeben konnte, der mich umgab. Ich weiß nicht einmal, ob das mit dem Geld zusammenhing. Ich wollte auf jede mögliche Weise an Mike festhalten, ihn dazu bringen, seine Untreue aufzugeben und zu mir zurückzukehren, um mir zu sagen, eine Frau wie mich habe er sonst nirgendwo gefunden. Vielleicht deswegen wartete ich noch ab. Aber schwanger wurde ich nicht von ihm, keine Sorge! Ich hab die Pille nie weggelassen. Mein mir selbst gegebenes Versprechen, nicht schwanger zu werden, war stärker als jeder Liebeswunsch oder -wahn. Als ich ging, wollte ich nur, dass alles vorbei wäre: meine Liebe, mein Widerwille, mein Hass, mein Wunsch, alles zu sein, wonach er verlangte. Ich fühlte, dass ich erschöpft war, einfach nur genug hatte, und hätte gern alles vergessen. Aber ich wollte ihm auch wehtun, ihn meine Fassungslosigkeit und meinen Kummer spüren lassen und ihm das Gefühl geben, dass ich ihn besiegt hatte, deshalb dachte ich mir die Lüge mit dem Kind aus. Er ist dein Freund, du kannst ihm also jetzt mitteilen, dass es nie ein Kind von ihm gegeben hat und dass mein Spiel vorbei ist.«

Ich fragte sie nicht, warum das Spiel jetzt vorbei sei und warum sie ihn nun wieder aus dem Strudel befreien wollte, in den sie ihn zuvor gestoßen hatte. Aber vielleicht wollte sie auch nur sich selbst von ihm befreien, und es interessierte sie gar nicht mehr, ob er litt. Ihr Wunsch, das Spiel mit einem Neuanfang zu beenden, sprach ihr aus den Augen. Und dann hatte sie eine neue Welt entdeckt, die Schauspielerei. Sie sagte, sie habe nun das Gefühl, von der ganzen Welt als Star anerkannt zu werden, sie sei eine so wichtige Persönlichkeit geworden, wie sie es sich als Ausgleich für ihre früheren Verluste immer erträumt hatte.

Eva legte sich die Hand vor den Mund, als wolle sie die Worte damit zurückhalten, als habe sie für einen Moment das Gefühl, zu viel gesagt zu haben. Ich fragte sie nicht, ob sie und die Produzentin tatsächlich ein Paar waren, wie man es sich erzählte. Sie war in ihrer Beichte schon zu offen gewesen und äußerst transparent.

So, mit der Hand vor dem Mund, blieb sie sitzen. Ihre Augen füllten sich mit Tränen. »Meine Oma hat gesagt: ›Sie werden ihr übel mitspielen, und niemand wird ihr beistehen. Sie werden nicht einmal zugeben, dass sie ihr etwas angetan haben. Das ist das Schicksal schöner Mädchen.‹ Als hätte sie es gewusst.« Unter Tränen zauberte sie ein schwaches Lächeln hervor. Ich wollte zu ihr gehen, um sie zu umarmen oder zu beruhigen. Aber mit der anderen Hand signalisierte sie mir, dass ich sitzenbleiben sollte. Sie griff nach meiner Hand und sagte: »Für Menschen, die nur selten Glück erfahren haben, ist es mit großer Angst verbunden, es wieder zu verlieren. Ich bin im Moment sehr glücklich. Ich weiß nicht, was diese Tränen sollen, aber Eines kann ich dir sagen: Seine Schmerzen loszuwerden, ist ein schönes Gefühl, das wir, die wir unser Leben damit verbracht haben, über Dornen zu gehen, uns verdient haben. Gib Hilda nicht auf! Aber ich bin spät dran. Es hat mich sehr gefreut, dich zu treffen, mein Lieber.«

Sie verabschiedete sich und ließ mich völlig durcheinander und wie betäubt zurück. Sollte ich zum Hörer greifen, Muhsin anrufen und ihm mitteilen, dass es gar kein Kind gegeben hatte? Sollte ich gehen, Hilda eine Mail schreiben und ihr sagen, dass sie meine Chance auf Glück war?

Nichts davon tat ich, gar nichts. Ich verlangte nur die Rechnung, zahlte und ging nach Hause.

— 7 —

Krawall. Das war es, was mich nach Evas Worten überfiel. Als sähe ich ihren Stiefvater vor mir, wie er sie vergewaltigte. Als hörte ich die Ohrfeigen eine nach der anderen in ihr Gesicht klatschen. Als wäre ich Zeuge, wie er ihr seinen Penis in den Mund steckte und wie sie weinte. Bilder über Bilder und in der Brust ein Gefühl der Beklemmung.

Ich hatte das Gefühl, dass sie war wie wir Kinder des Massakers: besudelt mit Blut. Ach, dieses Blut, das niemand abgewaschen hatte! »... wenn man bei jemandem Zuflucht sucht und meint, er werde einem zu seinem Recht verhelfen ...« – »Sie werden nicht einmal zugeben, dass sie ihr etwas angetan haben« –, ihre Worte klangen mir noch in den Ohren. In diesem dummen Leben verhalf niemand einem anderen zu seinem Recht. Man stemmte sich nur mit der Hand aus dem Dreck heraus und rannte fort. All die Märchen, die wir von der Gerechtigkeit in den westlichen Ländern hörten! Wuchs diese Gerechtigkeit nicht aus den Leichen anderer empor?

Gründete nicht Amerika auf den Leichen der Indianer? Aber die Amerikaner hatten triumphiert. Und einen Mythos geschaffen. Und waren selbst zum Mythos geworden. Und was hatten wir Palästinenser getan, abgesehen davon, lange Klagegedichte zu schreiben? Wir hatten zu den Gewehren gegriffen. Wir waren in die Diaspora gegangen, waren überallhin zerstreut worden. Unsere Gewehre hatten wir aufeinander angelegt. Die Welt hatte uns aufgegeben. Wir hatten begonnen, um unseren Staat zu betteln. Das Recht war verloren. Und was nun?

Krawall. Evas geschändeter Körper. Als ich bei ihr saß und sie erzählte, hatte ich seinen Duft geatmet. Ihr einziger Triumph war der Luxus, in dem sie nun lebte, aber ihr Körper blieb erschöpft. Die Zeit hatte ihn nicht geheilt. Ihr Triumph war der Luxus, und meiner, dass ich ein Geschäftsmann mit einem Büro im 99. Stock geworden war. Aus dieser Höhe hatte man eine ganz andere Sicht. Aber sie war auch trügerisch. Oft hatte sie mir das Gefühl vermittelt, ich sei ein Mann, den nichts zerstören konnte. Trotzdem war ich ein Heimatloser geblieben.

Auch sie, die Amerikaner, blickten immer von ganz oben auf die Welt hinunter und manipulierten sie. Welch ein Rausch verschaffte einem eine solche Autorität! Das Volk lässt sich mitreißen von seiner Regierung, nicht wie wir Araber von leeren Parolen. Das tut es, weil es ein gutes Leben hat und mit keinerlei Unglück in Kontakt kommt. Ob es sich wohl auch so mitreißen ließe, wäre es wie wir seiner Rechte beraubt?

Der Krawall. Evas Körper verschwand, dafür kam Hildas. Ein jugendlich frischer Körper. Zart und weich. Wie hatte ich diesen Körper geschunden. Wie hatte ich ihn zwischen meinen Schenkeln zusammengepresst, während ich ihren Kopf gepackt hielt. Wie hatte sie unter mir gestöhnt und geschrien: »Ich will, dass du mich jetzt nimmst!« Wie hatte ihr Schreien mich entzückt, ihr Flehen, dass ich sie nehmen sollte. Nichts heizt das Verlangen eines Mannes mehr an als eine Frau, die verrückt nach ihm ist. Ihr Höhepunkt endete in Gelächter, als zöge sie die Essenz aus dem Leben. Ich lächelte und hörte es im ganzen Haus klingen.

Einmal kam ich in das Zimmer, in dem sie gerade ihr Tanztraining machte, und sah ein Bild von Martha Graham, das sie mitten an die Wand gehängt hatte.

»Wer ist diese Frau, Hilda?«

»Martha.«

»Was für eine Martha? Sollte ich sie kennen?«

»Martha Graham. Sie war eine Innovatorin des Modern Dance. Eine wunderbare Frau. Findest du, dass das Bild hierher passt, oder soll ich es an eine andere Wand hängen?«

»Nein, es sieht gut aus hier.«

Sie hatte gelacht damals. Sie begann, mir von Graham zu erzählen, und wie ihre Reise mit dem Tanz begonnen hatte. »Weißt du, dass der zeitgenössische Tanz als Reaktion auf das standardisierte Ballett entstanden ist? Sie wollten einen Freiraum. Mir macht Ballett auch keine Freude. Es mag den Charme des Besonderen haben, aber ich hasse alles, was mit Regeln zu tun hat.«

Während sie sprach, gestikulierte sie mit den Händen. Sie erzählte mir von Graham und den zahlreichen Tänzen, die sie choreographiert hatte. Sie sagte, sie sei großzügig gewesen und haben es niemandem übelgenommen, wenn er aus ihrer Choreographie etwas übernahm oder sich davon inspirieren ließ. »Ich habe diese Frau geliebt, seit ich klein war ... Ich hab von ihr gelesen.«

Graham habe geheiratet und wie eine Wahnsinnige geliebt, doch als sie älter wurde, sei sie depressiv geworden. »Sie sah andere Leute in all den Tänzen, die sie mit ihrem Mann getanzt hatte, und weinte. Sie vermisste ihn. Ich weiß nicht, wie ein Mann sich von so einer Frau trennen kann ... Aber sie hatte ein Comeback. Als sei sie vom Tod wiederauferstanden.«

Wenn sie sprach, erschien Hilda oft wie ein rotglühender Klumpen Leidenschaft. Enthusiastisch. Dem Feuer ganz hingegeben. Und ich muss gestehen, dass all dies mir die Furcht einflößte, sie könne nicht lieben, wie normale Frauen es tun, die nämlich, die zu Hause auf ihre Männer warten, bis sie aus dem Kaffeehaus kommen, und ihnen Abendessen machen.

Eine unkonventionelle Frau zu lieben ist höchst gefährlich, weil man das Gefühl hat, seine Männlichkeit sei in Gefahr, befinde sich außerhalb dessen, was Männlichkeit normalerweise bedeutet. Sie brauchte mich nicht in der Weise, wie eine Frau ihren Ehemann brauchte, um zum Beispiel ihren ungezogenen Kindern mit ihm zu drohen oder ihn um das Haushaltsgeld zu bitten. Sie war nicht mit mir zusammen, um vor ihren Freundinnen oder ihrer Familie mit mir anzugeben. Es war etwas anderes. Doch auf der Suche nach einem Grund, mit dem sich ihre Anwesenheit hier erklären ließe, fand ich keinen anderen als Liebe. Es war schwer zu glauben, dass die

Liebe einfach so da sein sollte, ohne jeden gesellschaftlichen Schutz.

Sie sagte, ich sei ihr Gefährte und Geliebter, aber reichte das, damit sie blieb, oder besser gesagt, für immer blieb? Sie war frei, und das bereitete mir schlaflose Nächte. Deshalb empfand ich ihre Reise nach Beirut als große Bedrohung, als sei über mich verhängt, dass sie eines Tages weglaufen würde.

Leise schloss ich die Zimmertür und legte mich schlafen. In genau dieser Nacht spürte ich, dass ich vor dem, was kommen würde, keine Angst mehr hatte. Vielleicht lag es an Evas Worten oder dem Wunsch, es ihr gleichzutun. »Sag Mike, dass es nie ein Kind gegeben hat!«, das reichte, um mir zu zeigen, dass sie sich von ihm befreit hatte. In dieser Nacht wollte ich Hilda nicht mehr für ihre Abwesenheit bestrafen und keine Kampflinie mehr zwischen uns ziehen: ich hier, sie da. Ich wünschte mir nur, sie lange in die Arme zu nehmen, bis wir beide einschliefen. Ich wartete auch nicht mehr darauf, dass sie an die Tür klopfte, wie ich es früher gewollt hatte, und dass sie mir erklärte, die Liebe habe über alles gesiegt. Ob tatsächlich die Liebe dies bewirkt hatte? Ob sie mir zur Heimat geworden war?

— 8 —

Als ein Bediensteter der amerikanischen Armee bei Marianne anrief und sie in sein Büro beorderte, dachte sie, es gehe um ihre ständige Kritik an Amerikas Eintritt in den Zweiten Golfkrieg. Es kam ihr nicht in den Sinn, dass in einem geschlossenen Umschlag ein Ende auf sie wartete.

»Ich warf ihm einen Gruß hin, setzte mich vor seinen Schreibtisch und sah ihn provozierend an, wie um ihm zu sagen, ich würde meine Einstellung gegen unsere Intervention in den Krieg nicht aufgeben. Aber er fragte mich gar nicht nach meiner Meinung. Er sprach mich direkt an und sagte, man sei im Irak auf menschliche Überreste gestoßen, und aus der DNA-Untersuchung und dem Abgleich mit Proben von Johns Verwandten habe sich ergeben, dass die Ergebnisse übereinstimmten.

»Ihr Mann ist bereits vor mehreren Jahren gestorben, meine Dame, und nun haben wir in der kuwaitischen Wüste seinen Leichnam gefunden. Wir bedauern Ihren Verlust sehr, aber Ihr Mann ist in Erfüllung seiner patriotischen Pflichten gefallen. Nehmen sie unser wärmstes Beileid entgegen!«

»Menschliche Überreste, Leichnam – wo ist John?«, hatte sie dem amerikanischen Offizier entgegnet. Mehr konnte sie nicht herausbringen. Die ganze Zeit habe sie nach einem Ende gesucht, meinte Marianne, und als der Offizier es ihr gegeben habe, habe sie das Gefühl gehabt, die Zeit stehe still.

»Ich weiß nicht, warum ich nicht geweint hatte ... Er war schon seit Jahren tot, und ich wusste es nicht. Und als ich es erfuhr, hab ich nicht geweint.«

Meine Freundin meinte, der Tod eines geliebten Menschen mache einem einen Sprung in die Seele, und manchmal könne man nicht einmal weinen, weil der Schock so gewaltig sei. Der Mensch finde oft keine Erklärung für seine Reaktionen, als ereigne sich die Tragödie jenseits seines Verstandes.

In Mariannes Fall war alles sehr schnell gegangen, Krieg, Tod und Verlust. Bei einem Leichnam im Sand dagegen war die Zeit stehengeblieben, und es gab viele Fragen und Zweifel. Der Schmerz hatte sich tagtäglich vervielfacht durch diese Ungewissheit, die einen hilflos machte, als stünde man am Rande eines Abgrunds. Einige Jahre hatte sie so am Rand gestanden, bis ihr Körper betäubt war, und als der Stoß oder Sturz kam, war der Tod nicht laut. Still war er, als bedürfe es weiterer Jahre, um wieder aus ihm zu erwachen.

Von da an wurde meine amerikanische Freundin zu einer äußerst ruhigen Frau, nein, nicht ruhig, einfach still. Nicht der Tod ist das Unglück, sondern das, was danach kommt, die Tage, die ohne den Verlorenen vergehen, vor allem wenn wir ihn nicht lange genug bei uns gehabt haben. Diese Kraft ist auch das, was einem das gesamte Wesen umstülpt, was einen in dieser Welt entweder zum trotzigen Rebellen oder zum Asketen macht.

Mariannes Bett wurde offiziell für alle Möglichkeiten offen. Sie konnte dort empfangen, wen sie wollte, sie konnte eine neue Beziehung eingehen und eine neue Liebe anvisieren, ohne Rücksicht darauf nehmen zu müssen, dass John möglicherweise noch am Leben war. Aber würde sie das überhaupt können? Warum blieb der Gedanke, dass sie das Andenken ihres Mannes betrog, selbst dann noch an ihr haften, als sie seines Todes sicher war?

Selbst bei seiner Beerdigung erschien Mariannes Verhalten so, als sei er gerade erst gestorben. Sie hielt dort eine schmerzliche Ansprache:

»Mein lieber John, ich weiß nicht, ob du mir jetzt zuhörst, und ich weiß auch nicht, ob wir Toten Vorwürfe machen dürfen. Du warst allein in einem fremden Land, du hast in einer Schlacht gekämpft, von der ich nie überzeugt war. Wenn du auf mich gehört hättest und hiergeblieben wärst, wäre all dies vielleicht nicht geschehen. Möglicherweise gehört es sich auch nicht, dich bei deinem Begräbnis zur Rechenschaft zu ziehen und dir zu sagen: Habe ich dich denn nicht gebeten hierzubleiben? Aber vergib mir, mein lieber Mann, dich verloren zu haben hindert mich daran, mich menschlichen Regeln, Liebe und Mitgefühl zu beugen, ich kann mich nicht so einfach damit abfinden, dass du nicht mehr da bist. Ich bin nicht so fatalistisch zu glauben, alle Dinge geschähen aus einem Grund. Ich kann es einfach nicht, wo ich dich doch jeden Tag so dringend brauche, ich kann es nicht, wenn ich in die Gesichter meiner Kinder blicke, die ihren Vater verloren haben. Das Leben geht weiter, ja, aber es wird nie mehr so sein, wie es war, als du noch da warst. Ich liebe dich.«

Alle, die zur Beerdigung gekommen waren, weinten über diese Rede der Ehefrau, nur sie selbst nicht. Während ich sie diese Worte sagen hörte, hatte ich die Vorstellung, ihr Hals sei voller Schnitte und ihr Körper von Messern durchbohrt. Sie schritt zu Johns Grab, legte einen Blumenstrauß darauf nieder und schlug ein Kreuz vor ihrem Gesicht. Dann ging sie mit langsamen Schritten fort und wandte sich dabei immer wieder um, wie man es tut, wenn einem der Abschied schwerfällt.

— 9 —

Als ich am folgenden Tag meine E-Mails öffnete, fand ich eine Nachricht von meinem Verwandten Muhammad. Es war das erste Mal, dass er mir einen langen Text dieser Art schrieb.

»Maryam hat geheiratet. Die Jalousie, nach der ich ihretwegen immer gespäht hatte, war länger als eine Woche geschlossen. Ich wurde fast wahnsinnig. Ich fragte überall nach ihr, aber niemand sagte mir etwas. Ich ging zum Laden ihres Bruders, und wir stritten uns. Er schlug mich, ich schlug ihn, und er sagte, wenn er mich noch einmal in der Nähe seines Ladens oder ihres Hauses sähe, würde er mich bei der Polizei anzeigen. Gestern erst haben sie die Jalousie wieder geöffnet. Ich sah im Zimmer viele Frauen. Maryam trug ein weißes Kleid. Als nur noch sie und ihre Schwester im Zimmer waren, ging ich auf die Jalousie zu. Maryam sah mich an und schloss sie. Ich wollte gehen und sie alle verprügeln. Aber ich blieb in meinem Zimmer.

Ich blieb und hörte die Autos hupen. Als sie aus dem Haus kam, sah ich nicht zu. Nur Freudentriller und Geräusche drangen zu mir. Fürchterliche Laute. So dunkel hatte das Lager vorher noch nie ausgesehen. Diese freudigen Stimmen. Die Gesichter der Frauen in ihrem Zimmer. Das Make-up auf ihren Wangen und Lippen. Was war das für eine Hochzeit, die innerhalb von ein oder zwei Wochen abgewickelt wurde? Ein elender, im Ausland lebender Mann nahm sie. Ein Verwandter von ihnen in Afrika. Das war alles, was ich wusste. Ich versuchte nicht, ihn zu sehen. Ich zog es vor, dass der Mann, der meine Geliebte nahm, ohne Gesicht blieb, vielleicht wäre der Verlust dann leichter. Wenn du über diese Liebe zu Jalousien nachdenkst, musst du mich für verrückt halten. Aber so ist die Liebe hier im Lager. Ein Mädchen, eine geschlossene Jalousie und Enttäuschung. Wahrscheinlich ist die Liebe bei den Amerikanern ganz anders.

Ich hatte schon monatelang damit gerechnet, dass dies geschehen würde, und seltsamerweise wurde ich ruhiger, als es passiert war. Lach nicht! Aber mich in mein Zimmer zurückzuziehen war wirklich meine Art, die Niederlage zu akzeptieren. Vielleicht schaue ich jetzt nicht mehr zu ihrem Fenster. Frag nicht, warum ich mir gerade dich als Adressaten ausgesucht habe, aber wenn ich mich in der Nacht damals zu den anderen jungen Männern hier gesetzt hätte, wäre ich möglicherweise zur Lachnummer für alle geworden.

Du dagegen bist weit weg. Die Tatsache, dass du mich nicht sehen kannst, macht es vielleicht leichter für mich, meine Seele vor dir auszubreiten. Die jungen Leute hier im Lager sind gut, zurzeit treffen sie sich täglich hier im Hof und zünden ein Feuer an. Sie bringen Wasserpfeifen mit und rösten Kartoffeln und Kastanien. So kämpfen wir gegen die Langeweile an. Manche rauchen auch Haschisch. Ich nicht. Andere. Ob du einem solchen Treffen etwas abgewinnen könntest, weiß ich nicht. Schreib mir von New York. Wie verbringen die jungen Leute dort ihre Zeit?«

Als ich diese Nachricht meines Verwandten las, musste ich lächeln. Er war so naiv und spontan. Ich wusste nicht, was ich ihm schreiben sollte. Ich empfand wie ein Vater für ihn, und plötzlich hatte ich ihn eingeladen, nach New York zu kommen.

»Lieber Muhammad,

sei nicht traurig, dass das Mädchen geheiratet hat! Niemand weiß, was dir das Schicksal beschieden hat. Was hältst du davon, mich hier zu besuchen? Was, wenn du versuchtest, ein Einreisevisum für die Vereinigten Staaten zu bekommen? Die Reisekosten kann ich übernehmen. Wir werden sehen, wie wir das mit den erforderlichen Dokumenten arrangieren. Dann könntest du dir New York mit eigenen Augen ansehen.

Alles Liebe

Madschid«

Er antwortete noch in derselben Nacht. »Meinst du ernst, was du da sagst? Das kommt mir vor wie ein Traum. Ich werde die Papiere beantragen. Ich kann dir gar nicht beschreiben, wie ich mich freue. Ich fühle mich wie neugeboren.«

Ich wollte auf meinen Verwandten, auf all die Personen, denen das Glück nicht so hold gewesen war wie mir, einen Schritt zugehen. Ich erinnerte mich an meinen Vater und seine ständigen Ermahnungen an unsere Landsleute, die Verbindung zu den Lagerbewohnern nicht abreißen zu lassen. Er sagte, er kenne ihre Nöte gut. »Alle sagen sie ständig: Palästina, Palästina, aber niemand liebt Palästina wirklich ... Hätten sie es genug geliebt, dann hätten sie es nicht verloren«, sagte er immer wieder frustriert.

Warum war es immer leichter, über das Leiden zu sprechen, als etwas dagegen zu tun? Brauchen wir Menschen das, die anderen leiden zu sehen? Berauschen wir uns daran, dass es im Leben stets Opfer gibt, Opfer, die uns das Gefühl geben, dass unser Schicksal immer noch besser ist als ihres, sodass uns die Beschwernisse unseres eigenen Lebens leichter erscheinen? Hatte mein Vater recht? Waren wir ein verhasstes Volk? Aber hatten nicht die arabischen Länder ihre Türen geöffnet, um uns zu empfangen? Waren wir ein undankbares Volk? Und warum sah man uns überhaupt immer nur als Volk? Konnte es nicht gute Palästinenser und schlechte Palästinenser geben?

Nach außen hin behaupteten die meisten Menschen, mit unserer Sache zu sympathisieren. Aber was wurde hinter den Kulissen geredet? Wir galten inzwischen als feindselig, und man konnte uns alles Mögliche anhängen, weil wir in der Diaspora lebten. Selbst die Heldentaten, die manche angeblich für uns vollbracht hatten, waren nichts als ein Handel mit unseren Leiden. Würden alle ernst meinen, was sie über ihre Liebe zu Palästina sagten, wären wir die Könige in diesem Reich. Aber die Welt schuldete uns auch nicht die Befreiung unseres Landes. Die Welt war ja kaum in der Lage, uns ein Zelt, ein Bett und eine Decke zur Verfügung zu stellen. Wir mussten die Sache selbst in die Hand nehmen und einen anderen Ausweg finden.

Ich hätte Muhammad gern gebeten, alles hinter sich zu lassen, aber ich wusste, selbst wenn er für ewig hier bleiben dürfte, könnte er das nicht. Das Bild früherer Not würde ihn weiterhin quälen, und er würde erkennen, dass wir zur Vergangenheit verurteilt waren, weil wir ohne sie jeden Beweis für unsere Existenz verlören. Unser Schicksal war ungewiss und wir lebten am Rande, obwohl wir mitten im Lebenskampf standen. In der Hoffnung, uns eine neue Vergangenheit schaffen zu können. Bis dahin hingen wir, die Palästinenser, an unseren Erinnerungen, wie um die Hoffnung auf Rückkehr nicht zu verlieren.

Vierter Teil

— 1 —

Hilda

Der Entschluss, das Land, in dem man geboren ist, nach langer Abwesenheit wieder zu betreten, erfordert viel Mut. Man kehrt zu seinen Erinnerungen nicht nur zurück, sondern gräbt sie wieder aus, um zu erforschen, was richtig und was falsch gewesen ist. Das war mein Leben lang mein Fehler: die Dinge nicht so nehmen zu können, wie sie waren. Hätte ich dieses Ich sein können, dass ich sein sollte, wäre alles vielleicht viel einfacher gewesen. Aber ich sage es noch einmal: vielleicht.

Vom Fensterplatz im Flugzeug schaute ich auf die Wolken am Himmel, und sie kamen mir vor wie ein kuscheliges Bett, in das ich mich legen und das ich zu meinem immerwährenden Zuhause machen könnte. Doch dann kam mir der Gedanke, dass dieses Bett genauso trügerisch war wie mein Heimatland, denn würde ich dies wirklich wagen, so würde ich feststellen, dass dieses weiße Bett nur ein luftiges Wolkengebilde war und mich einfach fallenließ.

Ich weiß, dass du sehr wütend warst, dass ich zurückgereist bin, vielleicht aus Angst, mich zu verlieren, so wie die Blätter fürchten, den Tau nicht festhalten zu können. Aber wenn du ein wenig daran gedacht hättest, wie sehr ich dich liebe, wärst du zu dem Ergebnis gekommen, dass diese Rückkehr notwendig war. Es gibt Leute, die fluchtartig ihr Land verlassen, und ich möchte keine von ihnen sein. Ich will mich nicht entwurzeln und eine neue Frau erschaffen. Ich will nur wissen, warum ich von hier fortgegangen bin und ob es unmöglich sein wird, eines Tages endgültig in dieses Land zurückzukommen.

Wenn man zu seinen Wurzeln zurückkehrt, passiert etwas Seltsames. Es erschüttert einen. Man stellt sich manchmal vor, man hätte sogar eine andere Figur bekommen, als hätte man seinen Körper wie einen Teig aus der Form genommen und gehenlassen. Diese schmerzhaften Geburtswehen sind eine Reise ins Ungewisse, von der man zuweilen nicht weiß, warum man sie überhaupt angetreten hat und ob es aus freien Stücken geschehen ist. Es ist fast wie beim Tanzen. Man muss seinen Körper überwinden. Man muss ihn vollkommen verlieren, um sich seiner umso stärker bewusst zu werden. Man wird nicht einfach durch Zufall zu einem guten Tänzer, sondern nur, weil man den Schmerz ausgehalten hat, über den allein man seinen Körper so zu kontrollieren lernt, dass man seine Gliedmaßen weich und elastisch, und ohne dass sie einem wehtun, verbiegen kann.

Irgendetwas zwang mich bei meinem Training, mich ständig selbst herauszufordern, als glaubte ich, auf mich warte ein anderer oder gar mehrere andere Körper. Als glaubte ich, wenn ich erst einmal ein Hindernis überwunden hätte, würde mich keines mehr ausbremsen können. Wenn ich aus der ersten Teigform heraus wäre, würde ich mich befreit fühlen.

Nach all den Mühen und Schmerzen fühlt man sich, als säße man zu Hause auf dem Balkon. Der Wind streicht einem über die Haut, und er duftet nach Freiheit. Man lächelt und denkt, dass man seinen Körper in ein Kunstwerk verwandelt hat. Ich hatte mich dieser Kunst verschrieben. Sie war meine Befreiung. Ich wollte, dass das Leben sich dort abspielte, zur Musik auf der Bühne, das machte mir die Rückkehr hierher leichter, denn wenn ich wieder gehen wollte, würde es mir nicht an Optionen fehlen.

Ich hätte die Konfrontation suchen, zur Rede stellen und verurteilen können, aber deshalb war ich nicht hier. Ich war hier, um verstehen zu können, und ich war auch deinetwegen hier, Madschid. Ich wollte wissen, ob ich dich wegen deiner Verletzung liebte, um mir zu beweisen, dass ich eine liebevolle und großherzige Frau bin, oder ob dich liebte, weil wir so eben lieben, ohne den Grund dafür zu kennen. Ich ging auch zurück, weil du genau davor Angst hattest, um dir zu sagen, dass du, wenn du dich entscheidest, mich nur teilweise anzunehmen, genau das wiederholst, was mich überhaupt veranlasst hat, von hier fortzugehen.

Der Schmerz gibt uns manchmal das Gefühl, uns sei alles erlaubt, es stehe uns zu, uns an allem zu rächen, allein um des Zerstörens willen zu zerstören. Dabei hindert er uns daran, uns zu fragen, wo unsere eigenen Fehler liegen. Der Schmerz ist verführerisch. Er verführt dich, deine Behinderung und die Narbe in deinem Gesicht zu behalten. Er verführt dich dazu, die Tragödie nicht therapieren zu wollen.

Ständig hast du das Ende unserer Liebe vorweggenommen, als wolltest du sie zum Tode verurteilen. Du wolltest glauben und daran festhalten, dass auch ich dich verlassen würde, um die Tragödie vollständig zu machen. Aber ich bin nicht Amerika und und keine der zionistischen Stätten. Ich bin eine Frau, die sich gewünscht hat, mit dir zusammenzusein, die jedes Details an dir, selbst den Geruch deiner Kleider und deines Morgenkaffees, in ihrem Gedächtnis bewahrt.

Als du in New York nicht bei meinen Aufführungen warst und auch nicht kommen wolltest, um mich tanzen zu sehen, hatte ich anfangs wegen deiner körperlichen Verfassung ein schlechtes Gewissen und dachte mir Entschuldigungen für dich aus. Aber irgendwann war ich so traurig, dich nicht dabeizuhaben, dass ich weinte. Da sagte Eva zu mir: »Entschuldigst du dich jetzt bei deinem Geliebten, Hilda, statt bei Gott? Beides ist unnötig.«

Sie sagte das, weil sie spürte, wie ich darunter litt, dir nicht offen sagen zu können, dass ich dir dein Fernbleiben nicht verzieh. Ich weiß, dass das alles schwierig für dich war, dein Gesicht anzusehen und es von der Narbe zu befreien. Ich weiß, dass es dir so schwerfiel, weil deine Tragödie nicht wirklich vorbei ist, und dass du das Gefühl hast, die Verletzung zu beseitigen, heiße die Wahrheit zu beseitigen. Ich wollte aber, dass du um meinetwillen ein paar Dinge hinter dir ließt und darauf vertrautest, dass ich dich liebe, und zwar einfach so, ohne Vorbedingung.

Einen Teil von mir kennst du gut: das fröhliche Mädchen, das tanzt und lacht. Aber ich habe noch eine andere Seite, die du mich gezwungen hast anzuschauen, als du mich batest, meinen Körper im Spiegel zu betrachten. Das waren meine anderen Perspektiven, das Leuchten in der Dunkelheit, der von der Haut ausgespuckte Schmerz.

Dies alles bewirkte, dass ich mir Fragen nach mir selbst stellte. Mit dir bin ich erwachsen geworden und reif. Vielleicht wurde ich mit dir zur Frau und wollte nun zurück in mein Dorf, um auch meine Vergangenheit mit erwachsenen Augen zu sehen. Diese Frau, die du zum Leben erweckt hast, war deine und meine Tragödie. Wenn ich sie wieder begrübe, ohne sie ihr Gesicht ansehen zu lassen, wäre das ein unverzeihliches Verbrechen gewesen.

Du weißt kaum etwas über den Ort, aus dem ich komme. Wenn ich versuchen würde, zwischen den Mitgliedern meiner Familie dein Bild einzufügen, wärst du wie ein Mosaikstück, das nicht dazu passt. Ich jedoch bin ein Teil dieser Ordnung, die auf Macht basiert, einer Gruppe von Menschen, die für Familie und Partei leben.

Wir – und hier nehme ich mich als Hilda aus, um von ihr nur noch als einem Teil dieses hypothetischen Wesens zu sprechen – sind eine christlich-orthodoxe Familie aus dem Matn-Distrikt im Libanon, diesem großen Vaterland, das, so spürten wir, eines Tages uns allein gehören sollte, und dafür begannen wir zu kämpfen.

Mein Leben lang verfolgen mich schon die Bilder meiner Vorfahren, die zu den großen Männern des Dorfes gehörten. Es ist wie mit dem Fluch des neunundneunzigsten Stockwerks, den du fühlst. Diese Höhe ist sehr verführerisch, aber gleichzeitig hält sie einen vom Leben fern. Ich war eins von den privilegierten Mädchen, die vom Chauffeur zur Schule gebracht wurden und deren Vater die Lehrerinnen und Nonnen kannte und dem sie größten Respekt entgegenbrachten.

Die Leiden der Lagerbewohner, von denen du mir erzählt hast, habe ich nie kennengelernt, und meine Wahlmöglichkeiten im Leben waren auch nie so begrenzt oder kaum existent. Solche Leute, von denen du gesprochen hast, waren für uns immer Niederrangige, Fremde.

Jeden Sonntag lief ich hinter meiner Mutter in die Kirche und nahm dort meinen Platz neben ihr ein. Dann sah ich zu, wie sie zum Herrn Jesus betete, und machte es ihr nach. Als christliches Mädchen hatte ich irgendwie das Gefühl, Gott besonders nahe zu sein. In diesem Kirchenraum schien es mir, als könne man dem Altar näher oder ferner sein, direkt mit Jesus sprechen und um Vergebung bitten.

Die anderen lebten auf einem fremden Stern, über den ich nichts wusste. Und hätten nicht in der Schule ein paar Mädchen von den Muslimen gesprochen, ich hätte nie erfahren, dass es noch eine andere Religion gab als unsere. Ich weiß nicht, warum es mir so vorkommt, als würde ich hier meinen Steckbrief schreiben, für den Mann, mit dem ich mehr als zwei

Jahre zusammen war und der mich doch mittlerweile kennen sollte.

Aber in New York war ich ja nicht das verwöhnte christliche Mädchen, weißt du, da war ich nur noch Hilda. Meine Geschichte hört sich ziemlich blöd an, wie eine Erzählung von den Lasten des Wohlstands, völlig realitätsfern. Aber so ist es nicht. Auch ich hatte meinen Anteil am Unglück. In diesem Kokon, in dem ich lebte, waren für alles Wucherpreise zu zahlen. Da war der Vater, der sich selbst und seine Familienangehörigen als über alles erhaben betrachtete. Seine jüngere Tochter überschüttete er mit Liebe, um die ältere Schwester zu schikanieren, die die Familie im Ort beinahe in Verruf gebracht hätte.

Von meiner Schwester Mathilde hab ich dir nie erzählt. Nicht weil ich mich für sie schämte, überhaupt nicht, sondern weil meine geschwisterlichen Gefühle teilweise gekappt sind. Du weißt ja nicht, dass meine Schwester mich nicht liebt. Nun ja, dass sie mich nicht liebt, kann man eigentlich nicht sagen, sagen wir lieber, ich bin gewissermaßen ihre Rivalin. Zwischen uns liegt ein Sprung, ein Riss, der nicht durch einen Fremden verursacht ist. Vielleicht hat mein Vater ihn unbeabsichtigt hervorgerufen. Und wieder sage ich: vielleicht.

Für die Frauen hier war sie die Allerschönste. Ihre blauen Augen waren groß und leuchteten wie die Sterne am tiefschwarzen Himmel. Ihre Haut war goldbraun und weich wie der Sand am Meer, ihr blondes, gewelltes Haar fiel ihr über den ganzen Rücken.

Wenn die Alten im Dorf von Schönheit sprachen, nahmen sie immer Mathilde als Beispiel, doch jedes Mal folgte darauf ein Seufzer, so tief wie ihr Schmerz. »Wie schade um sie!«, den Satz habe ich, ich schwöre, mehr als hundertmal über meine zwölf Jahre ältere Schwester sagen hören.

Ich weiß noch, als ich klein war, sah ich in Mathilde eine der Göttinnen, von denen ich in den Legenden gelesen hatte, oder eine Heldin aus dem Märchen, wie die zauberhafte Cinderella, Dornröschen oder Rapunzel. Meine Schwester war all dies, mein Vorbild, dem ich gleichen wollte, wenn ich groß war. Ich eiferte ihr auch nach, zog, wenn sie nicht da war, ihre Kleider an und betupfte mich mit ihrem hinreißenden Parfum.

Es war eine Art Ehrfurcht, oder zumindest war ich fasziniert von ihr. Eine Märchengestalt, die im selben Zimmer schlief wie ich! Ich schaute zu, wenn sie sich ihr langes Haar kämmte, sah es wie einen Wasserfall über ihren Rücken fließen und bat sie manchmal, mir mein Haar genauso zu kämmen. Sie war sehr nett zu mir, und wenn wir auch wegen des Altersunterschieds nicht zusammen spielten, war sie doch immer lieb und fröhlich.

Im Haus hatte sie einen Vorzugsplatz inne – und auch im Herzen meines Vaters. Er war auf sie genau so stolz wie auf seine Gewehre und Ländereien. Und auch sie stand mitten im Leben, sie tanzte, sang, lachte. Manchmal trank sie mit den Erwachsenen Bier oder Wein. Sie lernte Autofahren und bereitete sich auf die Universität, beziehungsweise, wegen der

Ereignisse im Libanon, auf eine Reise vor, um ihr Studium im Ausland fortzusetzen.

Sie hatte viele Freundinnen und Freunde. Ein paar Männer, die sie besuchten, waren auch Kämpfer der Partei. Sie trug kurze Röcke und enge Blusen. Für mich war sie das Fenster zur Welt. Oft stopfte ich mir Papiertaschentücher ins Oberteil, damit meine Brüste so groß wurden wie ihre, oder bemalte mir die Lippen mit Lippenstift, um sie so kirschrot wie ihre zu machen. Für mich war sie beinahe alles.

Plötzlich vergingen lange Nächte, in denen Mathildes Bett leer blieb. Ich wachte auf und weinte allein vor mich hin. Bei den wenigen Gelegenheiten, zu denen ich sie noch sah, behandelte meine Schwester mich ganz anders als sonst. Sie war nicht mehr so sanft und freundlich. Sie wurde etwas anderes, aber ich verstand nicht, was.

Es dauerte nicht lange, bis das Bett meiner Schwester aus dem Zimmer verschwand. Ein paar Arbeiter trugen es hinaus. Jetzt war nur noch ein Bett da, und viel Platz. Mein Vater sagte damals zu mir, das Zimmer gehöre nun mir allein, ich könne den großen Schrank in Beschlag nehmen, und statt Mathildes Bett werde er einen Zeichentisch aufstellen.

Als ich ihn nach ihr fragte, verfinsterte sich sein Gesicht, und er verlangte von mir, nicht weiter davon zu reden und den Augenblick zu verderben. »Freu dich an dem großen Zimmer, ich bringe dir auch noch neue Spielsachen. Du solltest froh sein, Bella!«, sagte er.

Damals lächelte ich, um so glücklich auszusehen, wie eine Bella sein musste, und insgeheim freute ich mich auch über die Spielsachen, die mein Vater mir nun jeden Tag mitbrachte. Plötzlich wurde ich in der Familie zu einem äußerst wichtigen Mädchen. Selbst die Klavierlehrerin beugte sich dem Wunsch meines Vaters und riskierte es, trotz der Bomben zu uns zu kommen und mich zu unterrichten.

Ich hatte sogar den Eindruck, mein Haar würde länger und bereite sich darauf vor, zu solch einem Wasserfall zu werden wie Mathildes Haar. Bis dahin wusste ich jedoch noch immer nicht, wo meine Schwester geblieben war. Tot war sie nicht, denn es hatte ja keine Beerdigung oder Trauerfeier im Haus gegeben. Sie hatte sich verändert, und dann war sie verschwunden wie ein Mädchen aus einer geheimnisvollen Geschichte oder einem Märchen, wo irgendein Ereignis ihr Leben auf den Kopf stellt oder sie in die Klauen des Bösen treibt.

Abgesehen von meiner größeren Schwester habe ich auch noch einen Bruder, der drei Jahre älter ist als ich. Und was glaubst du, womit er sich beschäftigt? Er bereitet sich auf die Kandidatur bei den Parlamentswahlen vor, um in Partei und Politik das Erbe meines Vaters anzutreten! Mein Vater will sogar ein Ministeramt. So ist die Stimmung in der Dorfbevölkerung. So geht man hier in diesem Land mit früheren Kämpfern um. Die Autorität, die sie früher aus ihrer Waffe bezogen, geht auf ihr politisches Amt über.

Anfangs wollte mein Vater seine alten Allianzen nicht aufgeben und auch nicht über Dinge verhandeln, die er in der Vergangenheit nie zur Diskussion gestellt hatte. Doch jetzt änderte sich das. Mein Bruder lief ständig zu »unserem Herrn«, einem mysteriösen Mann, über den ich nichts wusste, und sagte, durch weit geöffnete Türen werde wieder Ansehen in dieses Haus einkehren.

»Bella, Bella! Bald werden dich gute Nachrichten überraschen!«, sagte mein Vater und rieb sich die Hände, wie um sich auf die Beute vorzubereiten. Diesen Satz wiederholte er, von derselben Bewegung begleitet, jedes Mal, wenn er sich hinter geschlossenen Türen mit meinem Bruder zusammengesetzt hatte. Wer wäre denn besser geeignet als er, Minister oder Präsident zu werden, der er doch angeblich sein Leben für die Heimat geopfert hatte? Manchmal nahm er auch den kleinen Asaad auf den Arm und sagte zu ihm: »Dein Großvater wird dir schon zeigen, was Prestige bedeutet.«

Abgesehen von meiner kleinen Familie gab es noch viele andere Verwandte. Mein Onkel George, seine Frau und seine Kinder wohnten im Obergeschoss desselben Hauses. Andere Familienmitglieder lebten im selben Dorf, in der Nachbarschaft oder etwas weiter weg. Alle waren miteinander bekannt, wie in einem großen Wohnkomplex, der sich horizontal über das Gelände des Dorfes zog.

Aber unser und Onkel Georges Haus war das allerschönste, fast ein Palast. Vor dem schwarzen Eisentor standen Wächter, und es lag inmitten weitläufiger

Gärten. Wenn hart gekämpft wurde, war es uns allerdings verboten, ohne Erlaubnis oder ohne Aufpasserin hinauszugehen. Nur Mathilde genoss eine gewisse Freiheit, solange sie noch unter uns war. Viele Personen sahen wir ein- und ausgehen, die meisten von ihnen bewaffnet.

Aber auch die anderen Leute aus dem Dorf kamen und überhäuften uns mit Geschenken. Manche schickten gekochte oder getrocknete Feigen, andere Traubensirup. Die Frauen kamen mit Rosen- und Orangenblütenwasser zu meiner Mutter und baten sie, ihre häuslichen Produkte zu kosten wie bei einem Wettbewerb.

»Probieren Sie mal, Frau Marie, welcher Sirup ist besser, meiner oder der von Su'ad?«

Meine Mutter war stets darauf bedacht, alle zufriedenzustellen, und lobte sowohl das Rosenwasser der einen als auch den traditionellen Kischk-Teig der anderen. Als Mathilde fort war, begann meine Mutter, mir zum Empfang der Frauen, die ihrerseits meist ohne ihre Töchter kamen, meine hübschesten Kleider anzuziehen. »Beim heiligen Kreuz, wie schön dieses Mädchen ist!«, war ein Satz, den ich oft zu hören bekam.

Was meine Mutter jedoch nicht wusste, war, dass ich sie auch über meine Schwester tuscheln hörte, sobald sie selbst in die Küche gegangen war, um die Sachen in den Vorratsschrank zu stellen, Laurice aufzutragen, ihnen Kaffee zu bringen oder weitere Anweisungen für die Bewirtung der Gäste zu geben.

Aus Schmeicheleien wurde plötzlich Tratsch, und die bewundernden Blicke in ihren Augen bekamen etwas Lauerndes. »Niemand bekommt sie mehr zu Gesicht. Marie weiß nicht, wohin sie gegangen ist. Es heißt, sie ist in Bhannes in der Heilanstalt.« Jede von ihnen sagte irgendetwas über meine Schwester, und dann, wenn meine Mutter zurückkam, waren sie mit einem Mal wieder still.

Man wechselte das Thema und kam auf den Krieg zu sprechen: Umm Tony hatte bei den Kämpfen ihren Sohn verloren, wohin das alles bloß führen würde, der kommende Sieg, West-Beirut und Ost-Beirut ... und anderes, das ich größtenteils nicht verstand. Bis jetzt ist mir bei diesen ganzen Konflikten und Parteien noch immer vieles unklar. Vielleicht habe ich es aber auch einfach nur oberflächlich zur Kenntnis genommen, weil mir alles so unvernünftig vorkam. Ich distanzierte mich immer von diesen Dingen, ich glaube, weil ich sie ablehnte.

Inmitten all der Schrecken, die wir erlebten, hatte allein das lange Haar meiner Schwester Bedeutung für mich. Was war Mathilde bloß zugestoßen? Wo war sie geblieben? – Gemeinsam mit ein paar Kämpfern der Partei hatte sie Drogen genommen. Sie hatte sich in einen jungen Mann namens Edouard verliebt. Er nahm diese Pillen und teilte sie mit ihr. Niemand im Haus bemerkte es, sie sahen ihre Freundschaft mit dem jungen Mann sogar sehr gern.

Die meisten Kämpfer nahmen solche Pillen. Ich denke, mein Vater wusste das, war aber nie davon ausgegangen, dass der Giftkelch sich auch den Lippen seiner Tochter nähern würde. Er vertraute fest darauf, dass wir, seine beiden Töchter und sein Sohn, das Bild, das er von uns hatte, nie erschüttern würden. Deshalb verlor er auch vollkommen die Nerven, als die Sache ans Licht kam. Mathilde zeigte ein gänzlich verändertes Verhalten, selbst ihre Haut war ziemlich bleich geworden. Ich weiß nicht, ob mein Vater persönlich mit meiner Schwester sprach, aber wie Laurice mir später berichtete, zwang er seine Männer, sie ins Auto zu packen und nach Bhannes in die Heilanstalt zu bringen.

»Ihr Gesicht werde ich nie vergessen«, erzählte sie mir einmal. »Wie eine Wahnsinnige versuchte sie immer wieder, sie von sich zu stoßen, ihr Haar schwang von einer Seite zur anderen, und sie strampelte wie wild. Dein Vater stand an der Schwelle des Hauses und signalisierte ihnen mit seinen Blicken, dass sie sie gegen ihren Widerstand ins Auto setzen sollten. Ein elfenbeinfarbener Mercedes war das. Ich hab den Wagen noch genau vor Augen, mit geöffneten Türen. Dein Vater stand hier, neben der Steinmauer. Er trug einen schwarzen Anzug und eine rote Krawatte. Den einen Fuß hatte er auf der Schwelle und den anderen auf den Fliesen draußen, bereit, falls nötig, einzugreifen. Ich weiß nicht, warum er sie nicht selbst hinbrachte oder ein bisschen liebevoller mit ihr umging. Dann rief er uns Bedienstete, den Fahrer und die Wachleute zusammen und warnte uns, niemandem zu sagen, wohin Mathilde gegangen war.«

Mein Vater streute im Dorf das Gerücht, er habe Mathilde aus Angst vor den sich zuspitzende Kämpfen in den Süden geschickt, zu Verwandten ihrer Mutter. Aber natürlich verbreitete sich die Nachricht, dass sie Drogen genommen hatte, wie ein Lauffeuer. Als Mathilde nach etwas mehr als einem Jahr wieder nach Hause kam, war ihr Haar kurzgeschnitten. Sie war traurig und sah immer blass aus.

Mein Vater machte sich daran, ihre Verlobung mit dem Sohn meines Onkels George zu verkünden. Seit sie zurückgekehrt war, hatte sie keinen eigenen Willen mehr, als müsse sie verdientermaßen den Rest ihres Lebens für ihr Vergehen büßen, oder als habe jemand ihr die Schönheit geraubt und sie mit einem Fluch belegt. Einem Fluch, der sie begleiten sollte, solange sie lebte.

Auch nach Mathildes Rückkehr war meine Stellung im Haus noch verändert. Nun war ich das verwöhnte Mädchen, dem der Vater keine Bitte abschlug, Bella, wie er mich nannte. Aber insgeheim war diese Liebe immer an die Bedingung geknüpft, dass ich mich von meiner Schwester fernhielt.

Das las ich in seinen Augen. Mathilde meine Verachtung zu zeigen, so wie alle es taten, wurde zu einem probaten Mittel, an Spielzeug, Süßigkeiten und andere derartige Vergünstigungen zu gelangen. Für mich spielte sie nun den anderen Part im Märchen, nämlich die Figur, die man ins Feuer der Hölle geworfen hat und der sich niemand nähern darf. Oder die Hexe, die in einer einsamen Hütte im Wald hausen muss.

Auch sie liebte mich nicht mehr. Wenn mein Vater nicht da war und ich mich ihr nähern wollte, versuchte sie, mich wegzustoßen. Einmal war sie sehr traurig und bat mich, zu ihr zu kommen. Sie umarmte mich, zog mich fest an sich und brach in Tränen aus.

Was wollte sie bloß von mir? Ich rannte weg, floh vor ihrer Umarmung und lief erschrocken und ängstlich zu meinem Vater. Nicht, dass ich Angst vor ihr gehabt hätte, ich liebte sie ja. Ich fürchtete nur den Gedanken, dem stillschweigenden Verbot, mich der Hexe zu nähern, zuwiderzuhandeln. Wie grausam dieses Gefühl war, kann ich gar nicht schildern, und genauso wenig, warum ich mich so verhielt. Ich war einfach ein kleines Mädchen, das seine Sicherheit nicht verlieren wollte.

Jetzt, wo ich nach Hause zurückgekehrt bin, sehe ich den Thron, auf dem ich saß, mit anderen Augen. Am liebsten hätte ich Mathilde umarmt und gebeten, mir zu vergeben. Du wirst lachen, wenn ich dir erzähle, dass ich sogar einen elfenbeinfarbenen Mercedes vor dem Haus stehen sehe. Er ist nicht wirklich da, aber ich sehe ihn.

Als mein Vater mich mit meinem Kosenamen »Bella« empfing und meinte, ich hätte mich gar nicht verändert, wollte ich ihm sagen, o doch, mehr als er sich vorstellen könne. Und außerdem höre »Bella« sich an wie ein Hundename, und ich sei kein Hund.

Die Kinder meiner Schwester nahm ich ganz fest in die Arme, weißt du. Ich hatte in New York viele Geschenke für sie gekauft, und für meine Schwester einen grünen Gürtel, passend zu ihrer Augenfarbe.

Als ich zu ihr ging, um ihn ihr zu geben, nahm sie ihn entgegen, ohne zu versuchen, mich zu umarmen. »Was machst du dir solche Mühe?«, fragte sie nur. Ich trat noch ein Stück auf sie zu, aber sie machte mit dem linken Fuß einen Schritt rückwärts und lächelte, wie um mich allein mit einem Zeichen von sich zu stoßen.

Ich verstand. Über die vorgegebene Distanz hinweg streckte ich die Hand nach ihrem Ohr aus und befühlte ihren Ohrring. »Ich wollte nur sehen, was du für einen Stein in deinen Ohrringen hast«, sagte ich, wie um meinen Wunsch, sie in die Arme zu nehmen, zu rechtfertigen.

»Rubin. Das ist Rubin.«

Ich wollte ihr gerade sagen, dass es ein schöner Stein sei, da spürte ich, wie sich von fern die Arme meines Vaters um mich legten. »Komm mit, Bella!« Er ließ mir gar keine Zeit, Ja zu sagen, sondern ging gleich mit mir hinaus. Dort fing er an, von lokalem Arak und Kibbeh Nayyeh zu sprechen. »Weißt du noch, wie ich dich mit Kibbeh Nayyeh gefüttert habe? Ich habe immer kleine Bällchen daraus gemacht. Das waren gute Zeiten!«

Er legte mir den Arm um die Taille, und wir spazierten weiter durch den Garten. Die ganze Zeit redete er. »Hier hast du immer gespielt ... Da ist so viel, was wir zusammen tun müssen ... Ich will dich überallhin mitnehmen, es gibt so viele Leute, die wir besuchen müssen ...«

Er sprach, ohne meine Antwort abzuwarten. Vor Begeisterung außer sich ließ er die Fragen nur so auf mich niederprasseln, zog mich dann an sich und drückte mir einen Kuss auf die Stirn. »Die ganze Zeit warst du meine Lieblingstochter, und nun sieh mal, wie weit du es gebracht hast: auf den Broadway! Du wirst doch am Broadway tanzen, nicht wahr? Du wirst meinem Namen große Ehre machen, du wirst ihnen zeigen, wer die Beste ist, das beste Mädchen auf der Welt.«

Hätte jemand meinen Vater reden hören, er hätte mich um so viel Liebe beneidet, aber mich belasteten diese großen Erwartungen. Er wusste gar nichts über meine Kunst und hatte mich nicht einmal tanzen sehen, als existierte ich nur in seiner Vorstellung von mir und wäre außerhalb ihrer nicht denkbar.

Als ich dann versuchte, auch etwas zu sagen oder etwas gegen einen Satz von ihm einzuwenden, lief sein Gesicht vor Zorn plötzlich feuerrot an. »Wie kann nur ein Mädchen wie du so etwas fragen! Es ist ja nicht zu glauben!« Solche Sätze waren genug, dass ich lieber schwieg und aufs Reden verzichtete.

In meiner Kindheit und Jugend hatte ich stets Angst, zu antworten oder Fragen zu stellen. Was mein Vater sagte, muss mir immer wie eine Offenbarung des Himmels und unbezweifelbar vorgekommen sein. Jetzt aber ödete es mich an, wenn er sprach, und manchmal zögerte ich nicht, an seinen Worten herumzunörgeln, als sei ich nur wieder hergekommen, um meinen früheren Protest zu dokumentieren.

Dass ich meine Bewunderung für meinen Vater verliere, ist äußerst schwierig für mich, nicht nur zwischenmenschlich, sondern auch tief innerlich.

Jahrelang habe ich geglaubt, all der Luxus, der mich umgab, sei ein Ausdruck übergroßer Liebe, aber heißt Liebe nicht, dass wir die andern das sein lassen, was sie sind? Die Art, wie er mit meiner Schwester umging, hatte eine Kluft zwischen uns aufgerissen, das konnte ich, als ich reifer geworden war, nicht mehr ignorieren.

Bevor ich ins Ausland aufbrach, hatte ich viele Male versucht, ihn zu bitten, sie nicht mehr so verächtlich zu behandeln, sie nicht länger zu bestrafen. Hatte nicht er selbst Edouard in unser Haus gelassen? War er nicht auch Teil dieser Tragödie? Er sagte, sie habe ihn in den Dreck gezogen. Er verheiratete sie mit einem Verwandten, um die Schande loszuwerden und sie unter seiner Kontrolle zu halten. Mein Cousin, also der Mann meiner Schwester, war ihm vollkommen ergeben. »Geh Schwiegersohn, komm Schwiegersohn!«, und der Schwiegersohn erhob keine Einwände. Er sagte gar nichts.

Dieser Schwiegersohn arbeitete für meinen Vater und wohnte im großen Haus der Familie. Er war einer von uns, von den Kindern, die ich, ich schwöre, nicht auseinanderhalten könnte. Die Söhne meiner Onkel sehen alle gleich aus. Mathilde will die Gunst meines Vaters wiedergewinnen. Deshalb tut sie, was sie kann, um ihn zufriedenzustellen, sogar ihren ältesten Sohn hat sie nach meinem Vater benannt. Nun legt der große Asaad den Arm um den kleinen Asaad und geht mit ihm auf die Jagd, um, wie er sagt, einen Mann aus ihm zu machen. Das Leben meiner Schwester dagegen besteht nur noch in den Versuchen, meinem Vater, der sie nicht mehr gut behandelt, zu gefallen – und fortgesetzter Beklommenheit.

Sie wusste nicht einmal, ob sie wollte, dass ihr Sohn in so jungem Alter mit auf die Jagd ging und lernte, mit dem Gewehr zu zielen. Aber wenn dies der Widder war, den sie ihrem Vater zum Opfer zu bringen hatte, dann sollte es eben so sein.

Am Mittagstisch kamen wir alle zusammen. Mein Onkel George mit seinen Kindern, meine Schwester mit ihrer Familie, mein Bruder mit Frau und Kindern und ich. Laurice hatte all die Speisen zubereitet, die ich so gern mochte, als ich noch klein war. Alle paar Augenblicke hob mein Vater das Arakglas und rief: »Auf Hildas Gesundheit! Auf New York!« Und alle taten es ihm gleich. Ein Glas nach dem anderen wurde ergriffen, bis alle Hände in gleicher Höhe kurz über dem Tisch schwebten.

»Auf Hildas Gesundheit!«, wiederholten sie alle. Mein Vater setzte sein Glas ab, und auch die übrigen Gläser senkten sich allmählich, um ihren Platz auf dem Tisch wieder einzunehmen. Ob die guten Wünsche allen aufrichtig von Herzen kamen, weiß ich nicht, vor allem bei meiner Schwester, denn sie sprach mechanisch beziehungsweise übertrieben theatralisch wie in einer Fernsehserie.

Beim Essen redete mein Vater über den von Abu Musa hergestellten traditionellen Arak und von dem »Kurkeh«-Abend, wo sich die Leute aus dem Dorf in Abu Musas Haus rund um die Gerätschaften zur Destillation des traditionellen Araks versammeln, als sei dieses Ritual notwendig, damit das Getränk sein lokales und häusliches Aroma erhält.

»Abu Musas Araks sind so, als kämen sie vom Weinstock, sie schmecken kein bisschen nach Alkohol. Originaler Arak ist etwas sehr Großes und Bedeutendes.«

Alle nickten zum Zeichen, dass sie den Worten meines Vaters beipflichteten. Er lächelte. Erneut hob er sein Glas. »Auf Abu Musas Gesundheit!« – »Auf Abu Musas Gesundheit!«, wiederholten alle. Die Gläser senkten sich wieder auf ihre Plätze. Die Anwesenden widmeten sich erneut ihren Tellern und warteten auf die nächste Bemerkung meines Vaters.

»Magst du unser Essen nicht mehr? Warum isst du denn nicht? Das Fast Food in New York hat dir wohl den Geschmack verdorben!«, redete er mich einmal direkt an. Dabei lächelte er, während ich mit dem Löffel in der Suppe rührte.

»Iss, Bella, iss! Dieses ganze Essen findet dir zu Ehren statt.«

»Warum bin ich nur zurückgekehrt?«, fragte ich mich die ganze Zeit. »Was tue ich bloß hier?« Wenn es mir schwerfiel, mich auf Arabisch auszudrücken, nahm ich sogar englische Wörter zu Hilfe. Manche kritisierten mich, weil sie dachten, ich täte das absichtlich, aber ich hatte ja mehr als sechs Jahre im Ausland gelebt. Ich war nicht mehr die Hilda, die diesen Ort einst verlassen hatte. Es war wie mein Übergang vom Bild des kleinen Mädchens zur Frau. Der Frau, die ich im Spiegel sah, wenn wir uns liebten.

Warum war ich zurückgekehrt? Um meinen Vater zu kritisieren? Um mit ihm abzurechnen? Um mich verspätet bei meiner Schwester zu entschuldigen? Habe wirklich ich ihr Unrecht zugefügt? Warum konnten wir nicht zusammen durch den Garten spazieren und wie Erwachsene miteinander reden? Bin ich zurückgekommen, um zu sehen, wie ähnlich wir uns alle sind? Oder, um meinen Schmerz zu aktivieren und wieder aufleben zu lassen? Und warum kamen sie mir vor wie Fremde? Mein Gott, wie bedrückend Gesichter sein können, schlimmer als Erinnerungen!

Von ihnen allen brachte nur Laurice mir Mitgefühl entgegen, als verstünde sie genau, was in mir vorging. Bei Menschen, mit denen man seit seiner Kindheit zusammengelebt hat, die aber nicht zur Familie oder Verwandtschaft gehören, ist irgendetwas anders. Sie haben ein anderes Gespür für einen, als erwarteten sie nichts. Man ist nicht ein Teil oder eine Fortsetzung von ihnen, deshalb versuchen sie einen zu sehen, wie man ist, nicht so, wie sie selbst einen haben wollen.

Nur bei Laurice war ich noch ein kleines Mädchen, denn sie entschlüsselte meine Blicke und erkannte, was in mir vorging. Über alles wusste sie Bescheid, über die Geheimnisse des Hauses seit meiner Kindheit, die Stelle, an der mein Vater seine Waffe versteckte, den Ort, an dem meine Mutter ihren Schmuck aufbewahrte, über das Alter der Blumen in unserem Garten, die Aufzeichnungen der Familie, das Gerede der Dorfleute. Sie war wie eine verschlossene

Truhe voller Ereignisse, ein unveröffentlichtes Geschichtsbuch und scharfsichtiges Auge, dem nichts entging.

Nur bei ihnen, bei Laurice und Giorgio, konnte ich mich so geben, wie ich war, und wie ein Kind lachen. Wenn Giorgio Blumen pflückte, sie mir zuwarf und ich dasselbe tat, schüttelten wir uns vor Lachen, als seien wir verrückt geworden – oder vernünftig. Ich genoss es, fern aller Fragen nach meinen Wurzeln einfach nur zu lachen, zu spielen und herumzualbern.

Dabei ging es nie darum, dass ich das Dorf gehasst hätte. Ich liebe es sogar sehr. Ich liebe den Boden, den Himmel, die Felsen dort. Wäre ich nie mit diesem Land in Berührung gekommen, ich hätte nie gespürt, wie schön das Leben ist. Meine Mutter wurde immer böse, wenn ich als Kind mit schmutzigen Kleidern ankam, und bat Laurice, mich ins Haus zu bringen, damit ich mich waschen konnte.

»Kannst du mir vor dem Einschlafen noch eine Geschichte erzählen, Mama?«

»Heute nicht, meine Schatz, ich bin müde.«

»Bitte Mama!«

»Na gut ... Es war einmal, vor langer Zeit, eine kleine Prinzessin namens Hilda.«

»Hatte sie langes Haar?«

»Ja, über den ganzen Rücken.«

»Wie Mathilde?«

»Wie Mathilde.«

»Wann kommt meine Schwester zurück, Mama?«

»Frag nicht so viel, meine Kleine, frag nicht so viel ... Schöne Mädchen tun das nicht.«

»Aber, Mama …«

»Komm, wir sprechen das Vaterunser und das Ave Maria, und dann schläfst du tief ein.«

»Aber, Mama …«

»Vater unser im Himmel, geheiligt werde dein Name …«

»Sieht der Vater unser aus wie Papa?«

»Ach Hilda, was sind das für Fragen? Bete still weiter und dann schlaf!«

Wenn ich betete, kniff ich immer die Lider ganz fest zu, als würde ich dadurch andächtiger. Manchmal kniete ich mich auch mit geschlossenen Augen vor den Spiegel und betete extra laut, vielleicht würden mein Vater oder meine Mutter mich dann hören und kommen, um mir auf die Schulter zu klopfen. »Sondern erlöse uns von dem Bösen … dein Wille geschehe …«, schrie ich, und Laurice musste lachen.

Was ist nur mit dem kleinen Mädchen passiert, das seinen Eltern in die Arme rannte? Was ist mit dem Mädchen passiert, das immer Bilder von seiner kleinen Familie malte, auf denen es sich selbst zwischen Vater und Mutter platzierte? Was ist passiert mit mir? Warum bin ich zurückgekommen, als wollte ich Gräber wieder aufreißen? Warum bleiben die Dinge nie so, wie sie sind? Mein Vater erhebt sein Glas, meine Schwester bleibt unglücklich, meine Mutter geht ganz darin auf, unsere gesellschaftliche Stellung zu fördern, meinen Bruder, der die Geschäfte meines Vaters führt und die zerstreuten Reste der Partei wieder zusammenführt, bekommen wir kaum zu Gesicht, jedes Jahr begehen wir den Gedenktag für meinen Onkel, der sich umgebracht hat, und so weiter. Warum wollen mir diese Szenen nicht mehr gefallen?

»Mama komm, schau mal, was ich gemalt habe! Das bin ich, das ist Papa und du hältst den Ballon hier fest, weil ich schon müde bin. Und das sind die Kinder von Onkel George.«

»Und was ist das da am Himmel?«

»Das sind die Augen von Onkel Freddy und seiner kleinen Tochter. Sie sind bei der Jungfrau Maria und schauen zu uns runter.«

»Ach meine Kleine!«

»Kommt Onkel Freddy zurück, Mama?«

»Nein ...«

»Wo ist seine Frau?«

»Sie ist wieder in ihre Stadt gegangen.«

»Warum ist sie nicht hier bei uns geblieben?«

Keine Antwort. Auf keine meiner Fragen gab es von meiner Mutter eine Antwort. Ich weiß nicht, warum ich bei meiner Mutter mehr Fragen stellte, sie im Gespräch mit meinem Vater aber zurückhielt. Das Bild von Onkel Freddy mit der dicken Brille, das mitten im Wohnzimmer hing, war die einzig konkrete Erinnerung an ihn. Dazu sein jährlicher Gedenktag, an dem seine Frau nicht teilnahm.

Als ich größer wurde, wurden meine Fragen noch zahlreicher. Meine Mutter weigerte sich weiterhin, mir zu antworten, doch noch immer hörte ich es hier und da flüstern. Onkel Freddy hatte Selbstmord begangen, nachdem er drei palästinensische Kämpfer erschossen hatte. Er war zurück ins Haus gekommen und hatte sich anschließend umgebracht. Seine Frau war vollständig von der Bildfläche verschwunden, genau wie meine Schwester eine Zeitlang.

Als der Krieg abebbte, meldete mein Vater mich an einer Tanzakademie in Jounieh an. Schon als ich klein war, hatte ich ein bisschen Ballettunterricht genommen, dann aber wegen der Bombardements wieder aufgehört. Auch meine Schwester Mathilde hatte Stunden bekommen, aber alles Erlernte war ihrem Körper und selbst ihrem Gedächtnis mit einem Mal wieder verlorengegangen.

Wenn ich von der Akademie zurückkam, tanzte ich meinem Vater etwas vor. Er rief dann Onkel George herbei, damit auch er zuschaute, und beide klatschten sie laut Beifall, während meine Schwester von weitem zusah. Für meinen Vater war das schön zu sehen, aber er hätte sich nie vorgestellt, dass ich eines Tages zu ihm kommen und sagen würde, ich wolle das Tanzen zu meinem Beruf machen.

Natürlich wollte er mich nicht nach New York schicken, und um es allein in Angriff zu nehmen, fehlte mir das Geld.

Ich könnte fast schwören, dass er seine Einstellung nur änderte, weil er hörte, wie meine Schwester ihm beipflichtete.

»Die Mädchen der Familie sollten nicht allein reisen, vor allem nicht zum Tanzen. Was sollen die Leute im Dorf sonst von uns sagen, Papa?«

»Gerade du solltest dich bei diesem Thema mit deiner Meinung zurückhalten. Wir haben ja gesehen, was die Mädchen der Familie selbst unter dem

Dach ihres Vaters anstellen konnten. Hilda wird reisen, ob die andern das wollen oder nicht.«

Er sagte das, als sei es sein letztes Wort, und tatsächlich protestierte niemand mehr.

Nach seiner Einwilligung versprach ich ihm, mich zusätzlich für Modedesign einzuschreiben, um auch ein praktisches Fach zu haben.

»Haute couture!«, rief meine Mutter laut.

»Ça sera magnifique ma chérie!«

Sie sprach Französisch, als wäre ich in einem Pariser Modehaus untergekommen.

»Ich gehe nach New York, Mama, nicht nach Paris!«

»Ach, stell dir nur mal vor, die Kleider und Pelze ... les bijoux encore!«

»Ich will tanzen, Mama.«

»Du wirst die schönsten Kleider machen! Vergiss deine Mutter nicht!«

Sie begeisterte sich für etwas, wozu es möglicherweise nie kommen würde. Aber ich lächelte und ließ ihr die Freude.

Mein Vater schickte mir jeden Monat meine Zuwendung und überschüttete mich mit Geld. Als ich ihn von New York aus anrief und ihm erklärte, ich hätte begonnen, für mich selbst zu sorgen, und verdiente Geld, weil ich neben meinem Studium für ein Modehaus arbeitete und mich einer Tanztruppe angeschlossen hatte, ging er in die Luft.

»Ich komme für dich auf, und wäre ich am Ende der Welt!«

Diese Zahlungen waren an feste Rituale geknüpft: Jeden Morgen und Abend rief ich ihn an, um ihn bis ins Detail über meinen Tag auf dem Laufenden zu halten und meiner Mutter die Möglichkeit zu geben, ihm ins Wort zu fallen und ins Telefon zu rufen: »Wo bleiben die Kleider, Bella?« Zu Beginn war das gut so, aber mit der Zeit wurde es zur Belastung.

»Ich will, dass du zurückkommst.«

»Aber Papa, das kann ich nicht.«

»Das Gerede hier wird immer größer, du hast einen Monat für die Rückkehr, sonst werde ich böse mit dir.«

»Du kannst nicht von mir verlangen, dass ich zurückkomme, nicht jetzt, wo meine Karriere begonnen hat ... meine Zukunft ...«

Ich konnte nicht zu Ende sprechen, weil mein Vater mitten in meinem Satz den Hörer aufgelegt hatte, nachdem meine Mutter noch hatte einwerfen können: »Ach Asaad, die Kleider!« Das war die Zeit, in der wir uns kennenlernten. Von unserem ersten Treffen an habe ich dir nichts von meiner Beziehung zu meiner Familie erzählt. Ich wollte, dass du nur Hilda in mir sahst.

Natürlich willigte ich nicht ein zurückzukehren. Für zwei Monate stoppte mein Vater seine Zahlungen, doch als er spürte, dass das nichts brachte, rief er mich wieder jeden Morgen an und sprach in ganz sanftem Ton mit mir.

»Ich werde für dich sorgen, bis ich sterbe. Aber du musst daran denken zurückzukommen, Hilda. Bleib nicht zu lange weg, meine Tochter!«

Je länger und hartnäckiger ich darauf bestand, in New York zu bleiben, desto milder wurde sein Ton. Warum wurde mein Vater bei mir so schwach, und warum gefiel mir das? Er begann mich mehr als jemals zuvor mit Geld zu überschütten und übernahm den Part des Förderers all meiner Ambitionen.

Erst aus der Ferne erkannte ich, dass ich einen Groll gegen meinen Vater hegte. Ich hatte ein eingeengtes Leben geführt, gepresst in die Form eines Mädchens, das ich nicht sein wollte, hatte vor Angst gezittert, wenn ich mich seinen Befehlen widersetzte oder seine Anweisungen nicht befolgte, wenn ich ein Kleid trug, das ihm nicht gefiel, mich meiner Schwester näherte, Fragen stellte, wenn ich nicht betete.

In New York zu sein hieß, mehr oder weniger vor ihm sicher zu sein. Zu ein paar Kurzbesuchen flog ich in den Libanon, redete mich aber damit heraus, zu beschäftigt zu sein, und blieb nicht lange. In den letzten drei Jahren brach ich die Besuche ganz ab, denn ich war tatsächlich völlig von meiner Arbeit in Anspruch genommen. Ich selbst bemerkte jedoch gar nicht, wie sehr ich mich verändert hatte, mir kam nicht einmal in den Sinn, dass sieben Jahre im Ausland mich ummodeln würden.

Als ich wieder hier war, verhielt ich mich meinem Vater gegenüber ziemlich spöttisch, ganz im Gegensatz zu der Scheu, die früher mit seiner Anwesenheit verbunden war. Ich lachte laut, brachte Giorgio mit ins Haus, spielte mit meinen Nichten und Neffen und brachte ihnen lauter Blödsinn bei.

Nervige Geräusche zu erzeugen, indem man zwischen seine Handflächen blies, zum Beispiel, oder den Nippes meiner Mutter im Wohnzimmer durcheinanderzuwerfen.

Dieses kindische und ungezogene Verhalten war zwar meinem Alter unangemessen, aber ich genoss es so sehr, dass ich einmal, als wir im Garten waren, sogar Mathilde zurief, sie solle kommen und mitspielen.

Ich flüsterte ihrem Sohn ins Ohr, er solle sie holen gehen, selbst wenn er sie am Kleid hinter sich herziehen müsse. Und als sie schließlich kam, bettelten alle Kinder wie aus einem Munde, sie solle sich zu uns zu setzen.

»Mathilde, Mama Mathilde, Tante Mathilde!« riefen sie.

Sie schlug die Beine übereinander und setzte sich. Die Kinder versuchten nun gemeinsam, ihr beizubringen, wie man den nervigen Ton hinbekam. »Du hältst deine Hand so ... nein, nein! Den Daumen hier ... und jetzt blas hinein!«

Als es ihr gelang, applaudierten alle. Sie lächelte lange, dann lachte sie. Es hörte sich an, als wäre sie gerade erst wieder zum Leben erwacht, wie ein vergessenes Lachen. Ihre Augen wurden feucht, und sie war den Tränen nahe. Nein, sie weinte richtig, aber es war ein schönes Weinen, sie lächelte und lachte dabei.

»Ach ... Schwester«, sagte sie.

Daraufhin ging ich zu ihr, nahm sie in die Arme, und wir weinten und lachten gemeinsam. Ich erklärte ihr, dass ich sie sehr liebte, und strich ihr mit den Fingern durchs Haar, wie um es wieder herzubringen, als würde es neu wachsen, wenn ich es ein bisschen kämmte.

Ich dachte an meine Jahre im Ausland, als ich bis auf kurze Telefonate fast ganz von meiner Schwester abgeschnitten gewesen war. Seltsamerweise hatte ich nie solches Heimweh gehabt, wie man es sonst hat, wenn man weit fortreist. So ein verweichlichtes Luxusgeschöpf war ich nicht, dass ich Angst gehabt hätte, irgendwo zu leben, wo ich mich nicht auskannte. Traurig oder einsam war ich nur selten, und dann auch nur für kurze Zeit. Gleich darauf gewann ich meine Energie wieder, als hätte ich vollkommen vergessen, dass ich nicht von dort war.

Ich denke, wir übertreiben manchmal, wenn wir unsere Heimat und unsere enge Bindung an sie beschreiben. Beispielsweise weiß ich, dass du dir Palästina mehrmals am Tag in deiner Phantasie ausmalst, mein Land dagegen war mit all seinen Enttäuschungen und Kriegserinnerungen stets greifbar.

Ich wollte mich freimachen von dem Konzept einer ursprünglichen Heimat und dort nicht mehr hingehören. Ich sehnte mich danach, die Orte zu sehen, an denen Martha Graham getanzt hat. Alles in der Stadt nahm ich in mich auf, die engen Straßen, die Menschenmassen, als hätte es mich in ein Atari- oder Playstation-Spiel verschlagen.

Ich entdeckte, dass ich alles, was ich früher geliebt hatte, gar nicht wirklich liebte, weder den großen Tisch, um den wir uns jeden Tag versammelten, noch die sich ewig hinziehenden Besuche bei Freunden und Verwandten. Mein altes Leben erschien mir – abgesehen vom Tanzen – nun als reine Zeitverschwendung.

Bevor ich dich kennenlernte, hatte ich sogar gern Kontakt zu den jungen Männern von New York. Auf dem Autorücksitz eines von ihnen, den ich hier kennengelernt hatte, verlor ich meine Unschuld. Als ich ihm sagte, ich sei noch Jungfrau, wollte er mir nicht glauben. »Mit vierundzwanzig noch Jungfrau? Machst du Witze?«, lachte er.

Als er dann in mich eindrang, schrie ich auf, und er wusste, dass es kein Scherz gewesen war. »Mein Gott, du warst ja wirklich noch Jungfrau!«

Aber er hörte nicht auf, sondern tat es. Danach kehrte ich in meine Wohnung zurück, als könne ich nicht glauben, dass ich keine Jungfrau mehr war. Ich war weder traurig noch glücklich, nur durcheinander, als hätte ich ganz plötzlich einen Körper. Bei meinem nächsten Kurzurlaub im Dorf fühlte ich, dass ich ein kleines Geheimnis mit mir herumtrug, von dem niemand sonst wusste.

Meine Mutter versuchte oft, mir am Telefon zu entlocken, ob ich eine Beziehung zu einem Mann hatte. »Warum fragst du so viel, Mama?«, antwortete ich schlau. Dann erklärte ich ihr, ich sei zu beschäftigt und hätte für so etwas keine Zeit.

»Ich bin in New York, Mama. In dieser Stadt gibt es keine Jungfrauen«, sagte ich dann, nachdem ich aufgelegt hatte, und lachte.

Vielleicht war ich manchmal ein bisschen zu böse und aufsässig. Ich machte gern Ärger oder verspottete sämtliche Werte und Überzeugungen meines Vaters. Vielleicht war ich auch unhöflich, frech oder sogar herausfordernd. Aber es war zu spät, mich zurückzuziehen, um wieder die Hilda zu werden, die sie geschaffen hatten. So sind die Frauen eben: Haben sie die Unschuld, die man ihnen als Etikett angeheftet hat, einmal verloren, bringt nichts sie wieder zurück.

Wie ich mein schlechtes Gewissen losgeworden bin, weiß ich nicht. Vielleicht hatte bereits der Vorfall mit Patricia in meiner Kindheit mich eine gewisse Skepsis gegenüber den Nonnen gelehrt – und gegenüber dem Schuldbekenntnis, das ich seit frühester Kindheit aufsagte, ohne je schuldig zu sein. Viele Male zwang ich mich, mich nicht der Vergangenheit hinzugeben oder zu bereuen, dass ich die Erwartungen meiner Familie enttäuscht hatte. Mich interessierte nicht, was ich verlieren oder gewinnen würde. Ich lebte meine Leidenschaft, meine Leidenschaft für den Tanz, das Leben, die Kunst.

Gelang es mir wirklich, mich meiner Familie nicht mehr zugehörig zu fühlen? Wenn es so war, warum musste ich dann zurückkommen? Ich erinnere mich noch, wie oft du mich gebeten hast, allein auf unsere Liebe zu bauen, aber ich war dazu nicht fähig. Ich wusste nicht, ob Liebe Zugehörigkeit bedeutete oder eine Fessel, und genauso wenig, warum ich in dir meine Heimat sehen sollte. Liebevoll machte ich unser Bett und faltete deine Kleidung, wie es eine Ehefrau tut, aber ob ich dies tat, um mir ein neues Heim zu schaffen, wusste ich nicht.

Zerrissen von meinem ersten Zuhause putzte ich in diesem absurden zweiten Zuhause die Fenster und lachte dabei, als wäre es ein Spiel. Am Abend versank ich in deiner Umarmung und gab mich dir hin, wie um mich in dich einzuhüllen. Wenn ich aufwachte, fühlte ich mich von dir gewärmt. Diese Wärme begleitete mich manchmal den ganzen Tag, als trüge ich eine kleine Sonne im Herzen. Meist jedoch kam das Bild des ersten Ortes, die Erinnerung, wieder hoch, als wolle sie mich damit provozieren, dass ich sie nicht durch neue Erinnerungen ersetzen konnte. Ob ich wohl deshalb zurückgekehrt bin? Um sie anzusehen und ihr klarzumachen, dass ich es doch kann? Vielleicht aber auch, um die Erinnerung zu überlisten, um ihr zu erklären, dass wir einen Kompromiss schließen können. Indem ich mich über alle Orte ausbreite und die Feindschaft gegenüber meinen Wurzeln aufgebe.

— 2 —

Diesen Morgen, als ich mit Laurice zu Giorgio ging, drängte ich sie den ganzen Weg über, mir zu sagen, warum die Frau meines Onkels nicht mehr zu unserer Familie gehört.

»Dein Vater hat sie verjagt, weil er sie für den Tod seines Bruders verantwortlich machte.«

»Was soll sie denn getan haben?«

»Warum willst du unbedingt die Erinnerungen wieder heraufbeschwören?«

»Wie war er? Erzähl mir von ihm!«

»Er war sehr klug und gutaussehend, aber auch sehr reizbar.«

»Gut, und was noch?«

»Er schlug sie.«

»Er schlug seine Frau?«

»Ja, er schlug Amal.«

»Warum?«

»Hör zu, Hilda, sie hat es mir mal erzählt. Er hatte sie grün und blau geschlagen.«

»Hat er sie denn nicht geliebt?«

»Er liebte sie wahnsinnig, aber er hatte sexuelle Probleme. Er konnte seinen ehelichen Pflichten zu selten nachkommen ... und deshalb schlug er sie.«

»Mein Gott, was für ein Blödsinn!«

»Amal ist eine schöne und sanfte Frau. Und dein Onkel hat niemanden getötet. Einmal nahmen die Palästinenser ihn gefangen und raubten ihm seine

Waffe, das stimmt … Viele Nächte konnte er nicht nach Hause. Dein Vater vermittelte bei seinen Entführern und zahlte ein hohes Lösegeld. Dein Onkel kam völlig gebrochen zurück. Als Folge der Folter sprach er tagelang kein Wort. Er nahm Beruhigungsmittel, aber sein Zustand wurde immer kritischer. Er wollte Amal umbringen … er warf ihr vor, ihn betrogen zu haben. Aber dann konnte er es nicht. Erst richtete er die Pistole auf sie, und sie weinte vor Angst, aber dann schoss er sich selbst in den Kopf.«

»Was sagst du da? Er hat die Palästinenser gar nicht getötet?«

»Nein. Dein Vater wollte aus seinem Selbstmord eine Heldentat machen. Es war eine Tragödie!«

Ich brannte vor Zorn. Das Feuer loderte ganz plötzlich auf und war nicht mehr zu löschen. Auch diese Geschichte war also erlogen. Auch Madschid war beteiligt an der Tragödie meines Onkels. Wir hatten seine Mutter getötet, und sie hatten meinen Onkel erniedrigt und gequält. In Sachen Verbrechen waren wir auf gleichem Stand. Nein, nicht Madschid und ich waren es gewesen. Wir hatten niemanden umgebracht. Der Zorn musste mich dazu getrieben haben, ihm und mir anzulasten, was vor so langer Zeit geschehen war. Wir liebten einander doch. So weh taten wir einander nicht. Und was meinen Vater betraf, so musste er, um den Heroismus des Krieges zu propagieren, jede Niederlage leugnen.

»Und die Palästinenser, warum hatten sie ihn gefangen genommen? Was hat er ihnen getan? Welche Schuld trug seine Frau? Hat sie ihn betrogen?«

»Nein, meine Liebe ... nein. Ich kenne sie. Ich werde nicht lügen. Jesus gebietet uns, nicht zu lügen. Es war alles nur Einbildung ... es war nur in seinem Kopf passiert.«

»Aber mein Vater, Laurice ... mein Vater hat gesagt ...«

»Dein Vater wollte seine Ehre schützen ... eure Ehre.«

»Aber er hat mich angelogen.«

»Nein, nein ... der Herr lügt nicht. Er ist kein Lügner. Er wollte die Familie vor Klatsch bewahren. Weißt du denn nicht, wie die Leute reden, Hilda? Dein Vater, unser Herr, ist ein guter und starker Mann. Er sagte, dein Onkel habe sie umgebracht, um ihn und seinen Ruf nicht zu zerstören.«

»Die Palästinenser, Laurice ... Wer sind die Palästinenser?«

»Was soll diese Frage?«

»Sind sie wirklich unsere Feinde? War es nötig, dass wir sie und sie uns getötet haben?«

»Sie ...«

»Ich muss wissen, wer sie sind, Laurice ... haben sie wirklich unser Land zerstört?«

»Ich weiß es nicht, Hilda. Ich bin nur eine einfache Haushälterin.«

»Ach Laurice, der Bombenlärm ... all die Kriege ... all das Sterben ... es war alles so schrecklich.«

»Ich weiß.«

»Manchmal scheint es so, als wäre es noch nicht vorbei: die Wächter vor dem Haus, Mathildes Traurigkeit, all die Gewehre im Haus ... es ist alles so furchtbar. Irgendwann sind wir aufgewacht, und der Krieg war vorbei, aber sein Geruch ist noch da, ganz frisch, so frisch wie klebriges Blut, wie eine Wunde, die nicht heilt.«

Im Weitergehen murmelte Laurice: »O Jungfrau, o Jungfrau, o Jungfrau, o heilige Maria, o heilige Maria!« Ich nahm ihre Hand, als suchte ich Sicherheit bei ihr, oder Ruhe, als stünden wir beide unter dem Einfluss der Erzählung und müssten Mitgefühl miteinander haben ... und zusammenrücken. Es gibt ein Band zwischen Menschen, das stärker ist als Worte. Es besteht in dem, was man fühlt, wenn man seine Hand in die der anderen legt, was mit einem geschieht, wenn man ihnen in die Augen blickt und ihre Geschichte erfährt. Das Wesen dieser menschlichen Beziehungen liegt in dem, was mit Worten nicht auszudrücken ist.

Ich wollte Laurice sagen, dass ich mich in dich verliebt hatte, in einen Palästinenser, aber meine Zunge ließ mich im Stich, wann immer ich es versuchte. Schließlich nahm ich meinen ganzen Mut zusammen und rief laut: »Laurice, ich liebe einen Palästinenser. Ich liebe einen Palästinenser, Laurice!«

Ich sagte es so, als überstürzten sich die Worte, um dann alle auf einen Schlag herauszukommen. Laurice ließ meine Hand los, sah mich an und rief: »Du bist verrückt.«

»Ich bin verrückt, Laurice ... ja, ich bin verrückt, aber verrückt im guten Sinne, so wie Giorgio ... Nicht das Verrücktsein ist das Schlimme.«

»Ach, meine Liebe, von allen Männern auf der Welt ...«

»Es ist Liebe, Laurice, die hält sich nicht an gesellschaftliche Konventionen.«

Laurice lächelte, und ich sah mir die Frau an, die meine Geschwister und mich in meiner Kindheit versorgt, unsere Wäsche gewaschen und gebügelt und unsere Betten gemacht hatte. Klein war sie. Ihr Haar war schwarz und hing ihr bis auf die Schultern. Nach den üblichen Maßstäben war sie nicht schön. Sie entsprach nicht dem landläufigen Schönheitsideal, aber sie war sanft und gutherzig. Sie hatte nicht geheiratet, keine Kinder bekommen und auch nie davon geträumt, das Haus meines Vaters und davor das meines Großvaters zu verlassen, wo sie gedient hatte, seit sie dreizehn Jahre alt war.

Ihre Mutter war jung verstorben, und ihr Vater hatte sie hergebracht, damit sie für meine Familie arbeitete und er von der Last ihrer Erziehung befreit war. Sie war dabei nicht unglücklich, sondern zufrieden, als wüsste sie gar keine andere Möglichkeit für sich. »Ihr seid eine großzügige und gute Familie«, hatte ihr Vater gesagt, als er sie übergeben hatte. »Mach dir keine Sorgen, sie ist in guten Händen«, hatte meine Großmutter ihm geantwortet. Dann nahm sie Laurice, bat sie, sich zu waschen, gab ihr neue Kleider und lehrte sie alle Tätigkeiten im Haushalt. Sie lebte mit meinen Onkeln und den häuslichen Gepflogenheiten und lernte die goldene Regel meiner Großmutter: »Was in diesen vier Wänden vor sich geht, dringt nicht nach außen.«

Sie war Zeugin aller wichtigen Ereignisse in unserer Familie gewesen, hatte selbst die winzigsten Details erfahren und im Gedächtnis behalten. Meine Großmutter hatte sie sogar immer wieder gefragt, ob sie eigenständig werden, heiraten, ein Leben außerhalb unseres Hauses führen wolle. »Aus diesem Haus will ich nur ins Grab gehen, Madame, sonst will ich nichts.« Das sagte sie nicht in leidvollem oder traurigem Ton, sondern mit der vollen Überzeugung einer frommen Frau, die in diesem Haus eine Art Tempel sah.

Im Krieg putzte Laurice den Boden im Haus, nachdem man die Verletzten dorthin gebracht hatte. Am Ende besprengte sie immer die Schwelle mit Wasser, als wolle sie die Dämonen vertreiben. Den Kämpfern beistehen tat sie nicht, sie war zu weich und wäre in Ohnmacht gefallen, ganz im Gegensatz zu meiner Mutter, die in manchen Situationen sehr stark wurde, anders als die verwöhnte Frau, als die wir sie sonst kannten.

Meine Mutter konnte Blut sehen und damit zurechtkommen. Erste Hilfe zu leisten war für sie eine ernste Angelegenheit. Für Angst und Schrecken war keine Zeit. Sie holte Alkohol und Watte und bat Laurice, ihr heißes Wasser und Verbandmull zu bringen. Nachdem sie ihr Bestes gegeben hatte, schlief sie erschöpft ein und schlummerte, als hätte sie etwas ganz Normales zu Ende gebracht, als wäre das Blut zu einem Teil ihres Alltags geworden.

— 3 —

In einem kleinen Keller, einem unterirdischen Gewölbe, bestehend aus drei Räumen, von denen zwei durch einen Bogen miteinander verbunden waren, verbrachte mein Onkel George den größten Teil seiner Zeit. Uns Kindern war es nicht erlaubt gewesen, diesen Ort zu betreten, und lange stellte ich mir darunter etwas vor wie die Tiefen der Hölle. Abgesehen von meiner Mutter war mein Onkel der einzige, der einen Schlüssel dazu besaß. Einer der Räume diente als Vorratskeller für die Tonkrüge mit Olivenöl, Oliven, Linsen und Wein, das wusste ich.

Zu Beginn jedes Herbstes erschienen Arbeiter von den »nomadisierenden Arabern«, wie mein Vater sie nannte, um die Oliven zu ernten, die meine Familie anschließend zur Presse schickte. Auch ihre Frauen kamen hinzu, breiteten Plastikmatten auf dem Boden aus und klopften die Oliven, um sie danach mit Öl und Zitrone in Gläser zu quetschen.

Sie hielten den Kopf bedeckt und redeten ständig bei der Arbeit. Mir war der allzu enge Umgang mit ihnen nicht erlaubt, aus Angst vor Läusen, sagte meine Mutter. Am Ende des Tages waren ihre Hände schwarz. Es waren raue Hände, die von einem mühevollen Leben zeugten.

Die führenden Männer im Dorf holten die Beduinen zur Erntezeit heran. Bis zum Ende der Olivenernte wohnten sie in Zelten oder Betonhäusern mit

Blechdächern. Ich genoss dieses Treiben um Dorf und Haus, als bewege sich nach dem Ende des Krieges endlich wieder etwas.

Das Geheimnis des ersten Raums war also bekannt, die beiden anderen jedoch waren mir ein Rätsel geblieben. Als ich nun wieder da war, drängte ich meinen Onkel George, mich zu seinem Aufenthalt im Keller mitzunehmen. Weil ich so heftig und ausdauernd bat, willigte er schließlich ein.

Mit gemächlichen Schritten stiegen wir die Treppe im Haus hinunter, obwohl ich nur wenige Sekunden bis zum Keller gebraucht hätte.

»Hör zu, Hilda, du kennst deinen Onkel George nur als deinen Onkel.«

»Ich weiß über vieles Bescheid.«

»Was weißt du denn?«

»Dass du und Papa Kämpfer wart.«

»Dein Vater war Befehlshaber, er war kein gewöhnlicher Kämpfer.«

»Ich habe euch gesehen, wenn ihr nachts mit den Gewehren und Maschinenpistolen aus dem Haus gegangen seid, weißt du. Ich sah, wie viele Personen im Wohnzimmer zusammenkamen. Ich bin erwachsen, Onkel, ich bin kein Kind mehr.«

»In jenen Tagen …«

»Was ist mit jenen Tagen? Waren es gute Tage?«

»Wir waren stark, wie glaubten daran, nie zu unterliegen. Unsere Träume, unser Großlibanon!«

»Und was ist von all dem geblieben?«

»Wir wollten dieses Land regieren, es zu neuem Ruhm führen.«

»Mit Krieg?«

»Der Krieg, die Grausamkeit, manchmal ist das alles nötig.«

»Schließ die Tür auf«, unterbrach ich ihn, »und lass uns drinnen weiterreden.« Ich fürchtete nämlich, er könne es sich anders überlegen und mich bitten, die Idee, den geheimen Raum zu betreten, fallenzulassen. Er steckte den Schlüssel ins Schloss und drehte ihn nach rechts. »Tak!«, das erste Schloss war auf. »Tak!«, das zweite Schloss war auf. Ich hörte die Holztür quietschen, als er sie vorsichtig aufstieß, um uns eintreten zu lassen.

Er streckte seine Hand nach einer Stelle in Nähe der Tür aus und drückte auf eine Taste, um das Licht anzuschalten. Eine gelbe Lampe warf ihre Schatten über den Raum, und ich stand wie gebannt da. Dies war kein Keller. Ich befand mich in einem Kunstatelier. Es waren die beiden aneinandergrenzenden Räume, die von dem Torbogen getrennt wurden. In dem einen befanden sich Statuen und Reliefs, im anderen Arbeitswerkzeuge und -materialien. Ton, Steine, Meißel und Formen.

»Was ist denn das? Wer hat das alles gemacht?«

»Dein Onkel George.«

»Warum versteckst du all diese Dinge?«

Ich ging im Raum umher und betrachtete die Reliefs. Die meisten zeigten Personen, deren Extremitäten abgetrennt waren. Ein Mann ohne Finger. Ein anderer ohne Ohren. Eine Frau, deren eine Brust abgeschnitten war, während die andere auf ihrem Bauch lag. Statuen von Männern ohne Beine oder ohne

Köpfe. Das Relief einer Kanone. Weitere von Gliedmaßen. Eine Hand, ein Ohr, ein Bein.

Mein Onkel zeigte auf die Reliefs. »Manche davon habe ich aus Stein und Fels gemacht, mit dem Meißel. Andere sind aus Metall. Dieses zum Beispiel ist aus Ton, schau, ich habe ihn mit den Händen geknetet und dann einen Gipsmodel dafür hergestellt, um ihm diese Form zu geben.«

»Warum machst du sie so?«

»Wie?«

»So versehrt.«

Ich wusste nicht, ob dies Kunst war und ob ich diese Reliefs bewundern sollte. Ich wusste nicht einmal, ob er es auf Bewunderung abgesehen hatte. Ich dachte nur, wir wohnten in einem riesigen Haus, unter dem Leichen lagen, oder menschliche Überreste. Dieser Ort war wie ein Fluch, dieses Land wie ein Massengrab, das alle gemeinsam zugeschüttet hatten, um ihre Häuser darauf zu errichten. In diesem Keller stand ich den Bombenopfern von Angesicht zu Angesicht gegenüber, und auch der Kanone, die mein Onkel nicht aus dem Kopf bekommen hatte. Rote Blutflecken gab es nicht, doch ich hörte beinahe das Heulen und Stöhnen von Menschen, das schwöre ich.

Warum tun die Erinnerungen so weh, wenn sie in einem wach werden? Warum können wir der Vergangenheit nicht ins Auge schauen und ganz in Frieden sagen: »Das ist vorbei«?

Warum geht das Leid nicht vorüber, so wie alles andere? Warum stellen sich Jammer und Tränen wieder ein, nur weil irgendwelche Bilder an uns vorbeiziehen, während wir doch nicht lachen müssen, wenn die Erinnerung uns zu einer amüsanten und angenehmen Szene zurückführt? Was ist das für ein Geheimnis, das die Trauer in sich trägt und durch das sie sich ins Endlose verlängert?

Die Stimme meines Onkels riss mich aus meiner momentanen Versunkenheit. Er legte mir die Hand auf die Schulter und fragte: »Warum bist du hierher zurückgekommen, Hilda?«

Ja, warum war ich zurückgekommen, fragte auch ich mich erneut, während ich die Reliefs betrachtete. Ich versuchte, die Tränen in meinen Augen zurückzudrängen, etwas von meinem Mut zusammenzuraffen, und sagte: »Genau deshalb bin ich zurückgekommen. Denn wenn ich mir all diese Versehrtheit nicht ansähe, würde ich nie ganz werden.«

»Du hast alles verlassen, hast dich weit von uns entfernt, und plötzlich kommst zu wieder, als wolltest du bloß mit uns abrechnen. Du bist uns gegenüber voreingenommen.«

»Ich bin gekommen, um euch zu sehen, um meine Mutter zu sehen, meine Schwester und ...«

»Und wen, Hilda? Du bist zurückgekommen, um deinen Vater zum Beichten zu drängen, uns alle zum Beichten zu drängen. Das sehe ich in deinen Augen: die Fragen und die Verurteilung. Willst du wissen, wie viele Männer wir getötet haben? Willst du, dass wir die Leichen für dich zählen? Wird dich das glücklich machen? Meine Angehörigen sind Kriegsverbrecher? Du wirst nach New York zurückkehren und dich dort über die Freveltaten deiner Familie beklagen? Was willst du? Wir sind deine Haut, meine Kleine, wenn du uns von dir abreißt, wirst du nur dir selbst wehtun, nicht uns.«

»Ich will verstehen, das ist alles.«

»Du quälst dich doch nur selbst. Du kannst jemanden, der mit seinen Entscheidungen gelebt hat, nicht dazu bringen, sie aufzugeben, mein Kind.«

»Deine Reliefs sprechen von Schuld, Onkel.«

Sein Lachen hallte durch den ganzen Keller.

»Schuld? Meine Reliefs sprechen vom Leben, von Kraft. Wir waren starke Männer, nichts konnte uns aufhalten.«

»Abgetrennte Gliedmaßen – was ist das für eine Kraft?«

»Die Kraft, die dieses Haus oben gehalten hat, die Kraft, die es dir ermöglicht hat zu reisen, tanzen zu lernen und in Wohlstand und Luxus zu leben. Sie hätten uns alles genommen, verstehst du das nicht? Alles! Wir mussten angreifen und kämpfen, um zu schützen, was uns gehörte.«

»Und was tut ihr jetzt? Habt ihr etwa gesiegt?«

»Wir haben es versucht.«

»Ist das ein Sieg? Berge von Leichen? Weißt du, Onkel, das Schlimmste am Krieg ist, dass alle voller Angst sterben, dass sie sich nicht aufs Krankenbett legen, lächeln und sagen können: Jetzt können wir in Frieden unser Leben dahingeben.«

»Soll ich dir eine Sonne und Blumen meißeln, Hilda, damit du zufrieden bist? Soll ich dir einen Baum malen? So ist das Leben nun mal, meine Kleine. Ich will nicht zu hart zu dir sein, aber du darfst auch uns nicht mit all diesen Vorwürfen kommen.«

»Ich will keinen Baum, Onkel. Für Bäume bin ich zu groß.«

»Sollen wir wieder hochgehen?«

»Ja, gehen wir hoch.«

— 4 —

Die meisten hier denken, es sei leicht, sich dem Unbekannten in die Arme zu werfen, zu beschließen, sein ganzes Leben in einen Koffer zu packen und abzureisen. Selbst ich weiß nicht, wie ich das habe tun können. Sie lachen, wenn ich englische Wörter verwende, und bitten mich, langsam zu sprechen. Sie wissen ja nicht, dass ich mich verändert habe. Sieben Jahre, die ich fern von ihnen gelebt habe, versuchen sie auszulöschen oder in einen einzigen Satz zu pressen: »Erzähl uns von Amerika!«

Meine Schwester lacht und hält sich die Hand vor den Mund. Ich denke mir schon Geschichten aus und sage, die Frauen dort hätten vier Augen und die Männer keine Zähne. Ich flüchte mich in Ironie. Mein Bruder, angepasst wie er ist, fällt mir ins Wort und berichtet meinem Vater von der Industrie dort, von Fortschritt, Finanzen und Firmen. Mein Vater nickt stolz. Ich unterbreche sie absichtlich, sage etwas über New York und schweige dann wieder.

Weißt du warum? Ich stelle fest, dass ich diese Stadt, in der ich sieben Jahre gelebt habe, gar nicht kenne. Ich kann sagen, sie ist ein faszinierender Ort, aber ich könnte den beiden nicht sagen, dass ich sie wirklich kenne. Dann nehmen die Gespräche eine andere Wendung. Ich bitte meine Schwester, ein wenig mit mir auf den Balkon zu gehen. Mein Vater sieht mich tadelnd an. Ich nehme ihre Hand, und wir gehen hinaus.

»Weißt du, Mathilde, das Schönste an New York ist, dass ich dort eine Fremde bin. Ich will die Stadt gar nicht gut kennen, ich will mir keine neuen Erinnerungen erwerben. Ich genieße es einfach, eine Fremde zu sein.«

»Aber irgendwann wirst du neue Erinnerungen brauchen.«

»Nein. Warum sollte ich mich damit belasten?«

»Du bist zurückgekommen, weil du diese Erinnerung brauchst.«

»Nein, euertwegen bin ich wieder da, um euch zu sehen. Du zum Beispiel, würdest du nicht lieber woanders leben?«

»Auf keinen Fall.«

»Aber du bist hier nicht glücklich.«

»Uns geht es gut, und wir sind glücklich, vor allem, seit der Krieg vorbei ist.«

»Was ist denn das für ein Glück, Schwester? Ich sehe dich kaum mal lachen.«

»Ich habe die Familie, meine Kinder, Papa und Mama und meinen Mann bei mir.«

»Papa? Bist du denn über Papa nicht traurig?«

»Warum sollte ich?«

»Er hat dir Schlimmes angetan, Mathilde, spürst du das nicht?«

»So darfst du nicht von ihm reden! Papa ist ein großartiger Mann.«

»Aber Mathilde ...«

»Hör zu, Hilda, ich habe einen Fehler gemacht und musste dafür büßen. Ich will mich von meinen Fehlern läutern, vielleicht vergibt er mir dann eines Tages.«

Ich wollte nicht glauben, was ich da hörte. Meine langhaarige Schwester hält sich für nicht mehr als eine Sünde. Sie begann, mir von der ersten Zeit ihres Verfalls zu erzählen, und beschrieb mir die Euphorie, die ihrem Koma vorausgegangen war. »Gott schütze uns!«, wiederholte sie nach jedem Satz.

Beim Zuhören spürte ich, dass es nicht in allen Fällen eine Tugend ist, seine Sünde zu bekennen, sondern auch eine Art Kapitulation sein kann. Immer wenn ich sie zu unterbrechen versuchte, um ihr in Erinnerung zu rufen, dass mein Vater selbst die Kämpfer während des Krieges mit den Drogen versorgte, wurde sie blass und verteidigte ihn vehement. Sie sagte, er habe dies nur getan, um sie besser auf den Kampf vorzubereiten. Ich hörte ihr zu und begriff, dass ich meinen Vater umgebracht hatte, und mit ihm einen Teil von mir selbst. Das Land aus Wolken hatte ich getötet, indem ich mich auf sie hatte fallenlassen. Nach diesen Verbrechen fühlte ich meinen Verrat aufs Schärfste – und den Rausch, den sie mit sich brachten. Ich begrub beide mit eigener Hand und begann zu weinen wie eine Verbrecherin, die ihre Taten nicht beabsichtigt hat.

Danach hob ich sowohl Erde als auch sterbliche Reste auf und rieb mir damit Gesicht, Brust und den übrigen Körper ein. Anschließend küsste ich ihnen den Tod wieder ab. Ich hüllte sie in Leichentücher und tanzte auf dem Grab den Tanz einer Frau, die sich ihres Körpers entledigt hat. Sie waren unter mir, hörten das Stampfen meiner Füße, ohne sich jedoch daran zu erfreuen. Die Zuschauer applaudierten. Sie konnten ja nicht sehen, was unter dieser Bühne begraben lag. Sie sahen nur einen Körper, der einen anderen Körper verließ und sich vervielfältigte, und hielten das Ganze für eine wunderbare Szene.

Erstaunt hörte ich Mathilde zu und fragte mich, ob ich die Einzige bin, die die Fehler unseres Vaters sieht. Warum protestiert niemand gegen das, was wir durchgemacht haben, warum konnte mein Vater sie alle nach seinem Bild formen? Ich hätte ihnen Spiegel vorhalten mögen, damit sie sich die Risse in unseren Seelen anschauten, aber sie erschienen so ruhig, dass es schon eine Provokation war, unverrückbar wie Felsen. Wenn ich sie ansah, schalt ich mich selbst für meine Neugier, und oft beneidete ich sie um ihre Blindheit.

Martha Graham sagt: »Kein Künstler ist zufrieden. Es gibt kein Genügen, niemals. Es gibt nur eine göttliche Unzufriedenheit, eine seltsame Unrast, die uns vorantreibt und uns lebendiger macht als die anderen.«

Vielleicht hatte meine Freundin recht, aber sie hatte vergessen zu sagen, dass diese verdammte Unrast uns nach ganz unten zieht, uns zwingt, mit unseren Dämonen zu tanzen, um uns professionelle Tänzer nennen zu dürfen. Vielleicht war ich zur Unrast verurteilt, um diese Kunst hervorzubringen, um meinen Körper zu zwingen, sich selbst neu zu erschaffen.

— 5 —

Diesen Morgen schien schon früh die Sonne. Ich stand auf, betrachtete ihre Strahlen und fragte mich, ob wohl jeden Tag dasselbe Licht hervorbricht, oder ob das Licht jeweils nur Stunden alt wird, um die Geburt einer neuen Farbe zu ermöglichen. Ich dachte darüber nach, wie sich die Erinnerungen wandeln, wie wir in entlegene Dörfer zurückkehren und dort Männer sehen, mit denen wir einmal geflirtet haben und die jetzt ihre Kinder auf dem Arm tragen. Wie sieht mich der Mann, mit dem ich das erste Mal getanzt habe, jetzt, wo ich groß bin und eine andere Haarfarbe habe? Wie können die Bäume, unter denen wir uns geküsst haben, nur noch ein Teil der Natur sein? Wie soll eine Frau den Mann vergessen, dem sie den ersten Kuss gestattet hat? Wie weiß sie, dass er nicht ein anderer geworden ist? Wie weiß sie, dass sie keine andere Frau ist? Wie kommt das Rad der Zeit zum Stehen, sodass wir niemals wieder werden, wie wir waren?

Ich dachte auch an dich, wie du mir gesagt hast, Amerika sei ein gefährliches Land und New York wie die Hölle, der man nicht mehr entkommen möchte. »Es gibt einen gewaltigen Unterschied zwischen dem amerikanischen Volk und seiner Regierung. Weißt du, die amerikanische und die israelische Regierung löschen unsere Kultur aus und werfen unsere Altertümer weg, töten uns und zerstreuen unsere Familien, um anschließend der Welt zu erklären, wir seien die Verbrecher. Amerika ist ein gefährliches Land, weil es, nur um seine Herrschaft zu legitimieren, sein eigenes Unrecht leugnet und dafür ein anderes, gefälschtes Unrecht fabriziert. Die wirkliche Geschichte ist verloren, meine Kleine, und wir mit ihr.«

Die Kriegserzählungen gleichen sich alle. Der Mörder findet eine Entschuldigung, mit der er seine Verbrechen verdecken kann, und der Unterdrückte eine Rechtfertigung, die Schuld sich selbst aufzubürden. Inmitten der verfälschenden Interessen geht die Wahrheit verloren, niemand mehr bleibt, sie zu verkünden, nicht einmal jemand, sie zu hören. Alle hier sagen, wir hätten kämpfen müssen, und betrachten die Grausamkeit als angemessen. Deshalb ist mein Vater für sie ein unfehlbarer Held.

Vor kurzem habe ich versucht, dich anzurufen, aber du warst sehr hart zu mir. Ich habe geschworen, mich nicht wieder bei dir zu melden, und mir gesagt, vielleicht wirst du ja eines Tages verstehen. Gerade heute jedoch erschien es mir hart, nicht bei dir zu sein, als hätte ich ein Loch im Bauch, das nur du stopfen kannst.

Es hätte mir gutgetan, dich anzurufen, um das Gefühl zu haben, dass irgendwo noch immer eine andere Hilda existiert. Ich sehe mich an und spüre, dass ich eine andere Frau bin. All diese Orte, die einen grundlegenden Teil meines Wesens bildeten. Die Gerüche, die ich jahrelang in der Nase hatte. Die Vogelnester, die ich beobachtet habe. Die Leute im

Dorf. Sie alle. Zwischen ihnen und mir lag ein tiefer Abgrund, als hätte ich sie nie gekannt und als sei dieses Mädchen, dass sie alle geliebt und mit dem sie gespielt haben, nie ich gewesen.

Vom Balkon aus sah ich Giorgio. Er rannte vor den Kindern fort. Schnell ging ich zu ihnen. Ich sah, dass er hingefallen war. Er hatte sich am Bein verletzt. Kaum dass sie mich bemerkten, rannten sie fort. Ich schimpfte mit ihnen und drohte ihnen, dass ich sie bestrafen würde. Sein Gesicht war rot, und vor Wut schnaubte er wie ein Drache. Er rupfte Gras aus und warf es hinter sich.

»Du blutest ja, Giorgio. Komm mit, damit ich deine Wunde verbinden kann!«

»Ah, ah, ah.«

Er schüttelte den Kopf.

»Giorgio, du musst mitkommen, bitte! Hör nur dies eine Mal auf mich!«

Aber er willigte nicht ein. Schnell rannte ich ins Haus. Ich brachte Desinfektionsmittel, Handtücher und Wundverbände. Er saß noch in derselben Haltung da und rupfte weiter Gras aus. Ich rückte sein Bein zu mir hin und begann, die Wunde zu reinigen. Er zog es wieder zurück. Da nahm ich eine List zur Hilfe, damit er es wieder ausstreckte.

»Hunde!«, sagte ich. »Denen werde ich's zeigen! Sie haben dir wehgetan ...«

Ich sprach weiter und wischte dabei das Blut von seinem Fuß. Als ich den Kopf hob, um ihn anzusehen, bemerkte ich, dass Giorgio leise und bitterlich weinte.

»Ach, wein doch nicht so, mein Schatz! Was hast du denn, Giorgio?«

Ich setzte mich neben ihn und nahm ihn in die Arme.

»Du hättest gern eine Mutter, mein Lieber, die dir Frühstück macht und auf dich wartet, wenn du aus der Schule kommst. Du wärst gern ein normaler Junge, so wie sie, stimmt's?«

Er war ein Kind im Körper eines Mannes. Er stöhnte noch immer, und wir blieben ungefähr eine halbe Stunde dort sitzen, bevor er wieder aufstand. Wir gingen ins Haus. Mein Vater war im Wohnzimmer.

»Warum musst du immer mit diesem Verrückten zusammensein, Hilda?«

»Papa!«

Er sprach weiter so böse. Ich ging in die Küche und bat Laurice, sich um Giorgio zu kümmern und ihn nach Hause zu bringen. Wütend ging ich dann wieder hinaus und fragte meinen Vater: »Warum machst du das mit ihm?«

»Mein Gott, er ist verrückt. Benimm dich nicht so, nur um ihn zu verteidigen!«

»Hör zu, Papa, vielleicht war es Giorgio früher verboten, unser Haus zu betreten, aber jetzt nicht mehr. Nicht, solange ich hier bin.«

»Das ist mein Haus, hier gelten meine Regeln.«

»Ich überlasse es dir und komme nie wieder. Das schwöre ich dir.«

»Du undankbares Mädchen! Alles was ich tue, tue ich doch für dich.«

Es war das erste Mal, dass ich direkt in Konfrontation zu meinem Vater ging. In Windeseile hatten sich die Familienmitglieder um uns versammelt. Ich gab mir Mühe, vor ihm Haltung zu bewahren und stark zu erscheinen. Alle forderten mich auf, in mein Zimmer zu gehen. Als ich spürte, dass ich es nicht mehr lange aushalten würde, tat ich das auch. Ich warf meinem Vater noch einen herausfordernden Blick zu und ging dann in mein Zimmer hinauf.

Die Zimmertür schloss ich ab und brach in Tränen aus. Meine Mutter war mir gefolgt.

»Mach die Tür auf, Hilda!«

Ich antwortete nicht.

»Hilda, was hast du, Kind? Mach auf!«

Ich gab ihrem Drängen nach und öffnete.

»Warum streitest du dich mit deinem Vater, Hilda? Warum weinst du? Was hast du, Kind?«

»Warum will er, dass ich Giorgio vertreibe?«

Sie erklärte mir, ich sei zu alt für solche Dummheiten, ich benähme mich nicht so, wie es sich gehöre.

»Mein ganzes Leben lang verlangst du von mir, dass ich Jesus lieben soll, Mama. Der Messias, Mama, hat die Schwachen und Elenden geliebt, und du machst mir Vorwürfe, weil ich Mitleid mit einem armen verwaisten Jugendlichen habe?«

Ich hätte ihr noch weiter aufzählen können, womit meine Familie den Anweisungen der Religion zuwiderhandelte, derentwegen sie doch Tag und Nacht von mir verlangten, um Vergebung zu bitten. Doch stattdessen gab ich mich heißen Tränen hin, was ich, als ich noch klein war, nie gewagt hatte, als seien Tränen ein Verbrechen, das wir zwar begehen mussten, von dem wir aber nichts verlauten lassen durften.

Ich weinte aus vielen Gründen, unter anderem deshalb, weil dieser Ort wie ein in sich geschlossener Block wirkte, in dem es keinen Platz für Fremde gab, und ich dort nun fremd war. Alles, was sie über mich wissen, ist, dass ich mich auf Modedesign spezialisiert habe und dass ich tanze. Einige betrachten mich insgeheim als schamlos und dreist, äußern aber aus familiären Erwägungen ihre Meinung nicht offen. Ich jedoch wusste, was man in den kleinen, geschlossenen Frauenrunden redete. »Ein Mädchen, das nach Amerika gegangen ist, um da mit den Hüften zu wackeln. Mit den Hüften wackeln ging woanders wohl nicht.« Ich kümmerte mich nicht um das, was man sagte, auch wenn es mich traurig machte. Manchmal jedoch muss ich einfach weinen, um sicher zu sein, dass ich noch lebe. Irgendwo in meinem Inneren habe ich ihre Erwartungen an mich überwunden, als hätte ich mich ins Feuer geworfen und wäre von Flamme zu Flamme gewandert. Dieses Brennen ist inzwischen eine Art Sucht, nach irgendeiner Wahrheit zu suchen, genau wie das Tanzen. Den Körper ein ums andere Mal dazu zu zwingen, seine Grenzen zu überschreiten. Viele Körper aus ihm zu erschaffen. Zum Rhythmus der Musik sprach ich mit einem Gott, den ich, von ihnen gezwungen, oft hatte um Vergebung bitten müssen. Ich rief ihn an, die weltlichen Genüsse mit mir zu teilen, ich rief ihn an, Fleisch und Blut zu werden genau wie ich.

— 6 —

Die Geduld meines Vaters angesichts meines Verhaltens, das er als kindisch oder gedankenlos und unpassend ansah, wurde von Tag zu Tag geringer. Ich drehte die Musik laut und tanzte in meinem Zimmer. Ich ging stundenlang mit Giorgio aus. Ich lachte laut. Doch auch ich wusste nicht mehr, was ich ihm zu beweisen suchte, und genauso wenig, was ich hier tat. Wenn ich mir die Wände um mich herum ansah, verstand ich, warum ich fortgegangen war.

Manchmal kam er in mein Zimmer und tat, als sei er nicht mehr böse auf mich. Er bat mich, ihm etwas vorzutanzen. Aber ich weigerte mich. Er sprach mit mir von der Zeit der Olivenernte. Er erinnerte mich daran, wie ich auf seinem Schoß gespielt hatte, als ich noch ein Kind war. Was mit mir los war, fragte er jedoch nicht.

Ich sah ihn an und fragte ihn wieder nach dem Krieg. Warum Onkel Freddy sich umgebracht hatte und warum es seiner Frau verboten war, uns zu besuchen. Er erzählte wieder dieselbe Geschichte. Er versteifte sich sogar noch mehr darauf. Manche Menschen hätten den Tod verdient, meinte er, wie die Palästinenser, von denen er behauptete, mein Onkel habe sie umgebracht. Er sprach lange, dann erklärte er mir, ihm sei ein wichtiges Amt im Staat versprochen, das Ministeramt, das er anstrebe, werde uns unseren Sieg zurückbringen.

Der Einfluss der Partei sei momentan im Rückgang begriffen, aber sie werde ihre alte Herrlichkeit schon noch wiedergewinnen. Heute habe er »unseren Herrn« besucht, das heißt, den einflussreichen Geistlichen, mit dem er bekannt ist. »Die Dinge werden wieder anders für uns, Hilda, du musst dich heute wie ich betrogen und ungerecht behandelt fühlen, aber die Dinge müssen sich richten.«

Ich sagte ihm, er gehe bei mir von falschen Voraussetzungen aus, ich sei nicht gegangen, weil wir den Krieg verloren, sondern weil wir ihn überhaupt begonnen hätten. Er lachte, tätschelte mir den Kopf und sagte, ich wisse nicht recht, was ich sagte, ich sei noch zu jung. Er habe für alles Vorbereitungen getroffen, für die Art und Weise, wie man die Vergangenheit, Einfluss und Herrschaft wiedergewinnen könne.

Nur eine Stimme war im Zimmer zu vernehmen, nämlich seine. Ich hätte gern meine erhoben, um ihm zu sagen, dass immer, wenn er redete, irgendetwas an der Art, wie er den Mund bewegte und auf der Rolle des unbekannten, der Welt entfremdeten Helden beharrte, mir das Gefühl einflößte, ich sähe einen langen Fernsehfilm. Diese mysteriöse Aura, mit der er sich zu umgeben suchte. Diese mysteriöse Aura, die ihn für mich so durchschaubar machte. Sein Auge, dem er den Anschein geben wollte, als dringe es mit seinen Blicken in weite Fernen vor, war doch so kurzsichtig, dass er nicht einmal sah, was direkt vor ihm war. Dieser herablassende Tonfall – und dann die Erkenntnis, gefolgt von völliger Zerknirschung, weil alles, woran er in seinem Leben festhielt, nur Irrtümer waren. Ich beobachtete seine innere Widersprüchlichkeit, weil er sie so vor mir ausbreitete, und sah darin allmählich nichts weiter als einen langen illusorischen Monolog.

Genau dies hatten wir unser Leben lang erfahren: die Illusion der Macht. Die Illusion, wir seien die Vorzüglichsten, Hervorragendsten, Besten. Die Illusion, an die wir geglaubt hatten. Würde ich meinem Vater erzählen, dass ein Palästinenser in der Emigration die Anrufe seiner Tochter nicht entgegennahm, was würde er tun? Was, wenn ich mich in seine Arme warf und ihm erklärte, ich hätte manchmal den Eindruck, du nähmst an mir Rache für das, was sie getan hatten?

Würde er verstehen, dass die Rollen sich verkehrt hatten? Dass die Drogen, die er den Söhnen anderer Leute gegeben hatte, bei seiner Tochter angekommen waren, und dass die Wunde, die er in die Körper der Opfer geschlagen hatte, heute unser eigenes Herz durchbohrte? Was, wenn ich ihm erklärte, er könne, ohne es zu wissen, am Mord an deiner Familie beteiligt gewesen sein? Und dass ich weiß, warum mein Onkel gestorben ist? Würde ihn das aufhalten, oder würde es ihn nur wütend und noch grausamer machen?

Ich entschied mich zu schweigen, denn von einer Konfrontation hätten wir beide nichts. Ich wusste ja, während ich der einzigen Stimme im Zimmer zuhörte, dass mein Koffer nach mir rief, wieder ein Ticket zu kaufen und in das Land zurückzukehren, in dem meine Träume wohnten.

»Morgen reise ich ab, Papa.«

»Was?«

»Ich reise morgen ab, Papa.«

»Du willst nicht mehr bei mir bleiben, Hilda, du bist wie eine Fremde geworden. Alles, was ich versuche, für dich zu tun – und du willst wieder abreisen! Wie lange wirst du diesmal fortbleiben?«

Ich antwortete nicht. Er knallte die Tür zu und wiederholte dabei: »Undankbares Mädchen.«

Im Esszimmer versammelten wir uns alle um den Tisch. Meine Koffer warteten, einer neben dem anderen, im Wohnzimmer, als freuten sie sich noch mehr auf die Abreise als ich.

Beim Essen war es außergewöhnlich ruhig. Zum ersten Mal hatte ich das Gefühl, im Haus sei es wirklich still. Vor meine Abreise müsse ich ihnen noch etwas Wichtiges mitteilen, sagte ich. Dann erzählte ich von dir.

»Ich habe in New York einen netten jungen Mann kennengelernt, er sieht gut aus und ist beruflich erfolgreich. Wir verbringen viel Zeit miteinander, ohne dass es uns irgendwie langweilig würde, und er behandelt mich gut. Er nimmt einen Spiegel, zeigt mir mein Bild und ganz neue Farben, und er wärmt mich. Er liebt mich ebenfalls sehr, obwohl er sich oft benimmt wie ein großes Kind und obwohl er Angst um mich hat.«

Alle hörten sie zu, ohne die geringste Reaktion zu zeigen. Ich wurde ausführlicher und erklärte ihnen, du seist mir ähnlich, weil wir beide in New York fremd seien und auch das Bedürfnis hätten, fremd zu sein. Ich liebte deine schwarzen Augen, sagte ich, und beschrieb ihnen, wie sie im Dunkeln glitzern. Dann teilte ich ihnen mit, dass du eine Verletzung im Gesicht hast und nicht gut laufen kannst.

»Warum hat er das? Warum hast du uns noch nie von ihm erzählt? Wo ist er? Warum ist er nicht mit dir gekommen?«, fragte mich meine Schwester.

»Ach, eins hab ich vergessen, euch zu sagen: Er ist eigentlich Palästinenser, und diese Verletzungen rühren von einem Granatsplitter her, der ihn im Lager Sabra und Schatila getroffen hat.«

Kaum hatte ich meinen Satz beendet und die Gabel aus der Hand gelegt, um mich inmitten des allgemeinen Erstaunens für die Abreise fertigzumachen, hörten wir es an der Tür klopfen. Es war eine Abordnung der Dorfbewohner. Freudentriller von Frauen waren draußen zu hören. Männer schossen mit Gewehren in die Luft. Mein Bruder kam herein und überbrachte die frohe Botschaft: »Dein Name steht auf der neuen Kabinettsliste, Papa! Am Nachmittag wird sie bekannt gegeben. Ich habe die Nachricht überprüft, Ihre Exzellenz, der Minister – Minister für soziale Angelegenheiten!«

»Ihre Exzellenz, der Minister, Ihre Exzellenz, der Minister, herzlichen Glückwunsch, herzlichen Glückwunsch!« Freudentriller. Schüsse in die Luft.

Ganz in Ruhe nahm ich meine Koffer und zog mich vor dem Radau zurück. Im Meer der Gratulanten bemerkten sie mich gar nicht.

Der Chauffeur wartete draußen. Ich blickte nicht zurück. Der Lärm allein reichte mir als Grund, einfach so, ohne das geringste Aufsehen, zu verschwinden.

SWALLOW EDITIONS

Für Leser der arabischen Literatur in aller Welt, gegründet und herausgegeben von Rafik Schami. Die Reihe ist zensur-, erdöl-, langweile- und diktaturfrei.

Swallow Editions baut eine Brücke, die arabische Autorinnen und Autoren mit den Lesern anderer Kontinente verbindet. Die literarische Qualität, die schöpferische Kraft der Texte und die ausdrucksstarke Phantasie der Autoren sind die ausschlaggebenden Kriterien für die Auswahl eines Textes. Für die Entscheidung spielen weder Nationalität und Religionszugehörigkeit der Autoren noch das Thema der Texte eine Rolle. Diese Voraussetzungen, so hoffen die Herausgeber und Freunde der Reihe, werden es den Texten erleichtern, Leser in vielen Ländern zu faszinieren. Die Literatur, die uns anspricht, reflektiert spannend die Wirklichkeit der arabischen Gesellschaften, ihren Reichtum, ihre Vielfalt, ihre Schönheit und ihre Fähigkeit am schöpferischen Prozess der Zivilisation teilzunehmen.

Unsere internationale Homepage informiert dreisprachig auf Englisch, Deutsch und Arabisch:
swalloweditions.net

Fadi Azzam
Sarmada
Roman
Aus dem Arabischen von Hakan Özkan
Hardcover ISBN 978-3-89930-416-9
eBook ISBN 978-3-89930-144-1

Drei Frauen eines drusischen Dorfes im Süden Syriens lehnen sich gegen die Macht der Gesellschaft, der Familie und der Leidenschaft auf, während gleichzeitig das Land selbst mit den Mächten des Osmanischen Reiches, des Französischen Kolonialreiches und dann des Baath-Regimes ringt. *Sarmada* ist ein zauberhafter Ort, was die Menschen, die dort leben, jedoch nicht sonderlich wahrnehmen. Für sie sind Seelenwanderung, Zaubertränke, Wahrsager wie die Tiere der felsigen Wüste allesamt Teil der Landschaft.

»Azzams Kritik an der Diktatur ist vernichtend präzise. Da gibt es das verheerende Porträt eines Intellektuellen der Baathisten: ein Kinder hassender Schulleiter, der einen Jungen foltern lässt. *Sarmada* ist indirekt ein früher Roman der zeitgenössischen arabischen Revolutionen. Freiheit, bemerkt Azzam, muss ebenso sicher ausbrechen wie erstickte Sexualität. Es braucht nur eine Brise, um den Staub zum Herrscher des Ortes zu machen.« *The Independent*

»Mit *Sarmada* beweist uns Fadi Azzam, dass es in der arabischen Literatur immer noch unentdeckte Juwelen gibt ... wunderschöne Texte, die lange von der Diktatur erstickt wurden, beginnen, sich aus den Fängen der Zensur zu befreien.« *Rafik Schami*

Alexandra Chreiteh
Always Coca~Cola
Roman
Aus dem Arabischen von Christine Battermann
Hardcover ISBN 978-3-89930-415-2
eBook ISBN 978-3-89930-148-9

Die Beiruter Studentin Abir Ward, Tochter einer konservativen Familie, ist hin- und hergerissen zwischen den traditionellen Werten ihrer Familie und denen ihrer sexuell abenteuerlichen Freundinnen Jana und Jasmin. Es hilft ihr auch nicht, dass der Blick aus ihrem Fenster gefüllt ist mit einer riesigen Coca-Cola Werbung, die Jana in einem roten Bikini zeigt. Als Jana erfährt, dass sie schwanger ist, müssen die drei jungen Frauen gemeinsam die Konsequenzen tragen.

»Eine hintersinnige Coming-of-Age-Geschichte. Hier ist eine junge, äußerst begabte Autorin zu entdecken, der es mit Leichtigkeit gelingt, der heutigen durchkommerzialisierten Gesellschaft einen Spiegel vorzuhalten – egal ob in West oder Ost.«
Volker Kaminski, qantara.de

»... deuten sich doch hinter der Fassade tiefgreifende Konflikte an. Wie nebensächlich erörtern die drei Freundinnen etwa die Möglichkeit für Jana, abzutreiben. Dass es gerade bei solchen Andeutungen bleibt und der Leser sich den Rest dazu denken muss, ist eine große Stärke des Romans. Eine weitere Stärke ist seine sprachliche Qualität: der Übersetzerin ist es sehr gut gelungen, Abirs unmittelbaren, rasanten Erzählstil ins Deutsche zu übertragen.«
Rebecca Nordin Mencke, SWR 2

Rafik Schami
Ich wollte nur Geschichten erzählen
Mosaik der Fremde

Hardcover ISBN 978-3-89930-170-0
eBook ISBN 978-3-89930-177-5

»Die Lebenserinnerungen Schamis erschließen dem deutschen Leser, im Wechsel von Geschichten und Reflexionen, nicht nur Grunderfahrungen von Migranten in und mit Deutschland. Sie bieten vor allem auch faszinierende und hochaktuelle Einsichten in die ganz andersartigen Mentalitätsmuster in Deutschland und in der arabischen Welt. Eine farbig erzählte und anregend zu lesende autobiografische Skizze, die über den Kreis der Fans des Autors hinaus mit Nachdruck empfohlen werden kann.« *Ronald Schneider, ekz.bibliotheksservice*

»In den 35 Jahren seiner Karriere hat der heute 71-jährige Romancier diverse Genres bedient. Der rote Faden seines Werks wird auch im vorliegenden Buch weitergesponnen: Es ist seine Stimme gegen die syrische Despotie.« *Dierk Knechtel, Badische Zeitung*

»Rafik Schami verschafft mit seinem Buch Einblicke in den deutschen Literaturbetrieb und erzählt von den Mühen, als Exilautor Fuß zu fassen und sich gegen falsche Freunde und Widersacher zu wehren.«
Rolf Brockschmidt, Der Tagesspiegel

»Sie denken auch darüber nach in diesem Buch, was ein Exilautor wie Sie dem Land, in dem er jetzt zu Gast ist oder lebt, eigentlich geben kann, was ein besonderer Beitrag sein kann ...« *Frank Meyer, Deutschlandfunk*

SWALLOW EDITIONS